RUN
for your
LIFE

RUN for your life

Ein dunkler Liebesroman

Band 1

Von
Ellie Bradon

RUN for your life – Ein dunkler Liebesroman
2. Auflage, 2023
© Ellie Bradon – alle Rechte vorbehalten
Die Autorin wird vertreten von:
Marina Rackl
Nußackerweg 3 – 92345 Dietfurt a. d. Altmühl
ellie.bradon@gmail.com
Herstellung und Verlag: BoD - Books on Demand, Norderstedt
ISBN: 9783757801809

FEAR HAS TWO MEANINGS:
FORGET EVERYTHING AND RUN OR
FACE EVERYTHING AND RISE.
THE CHOICE IS YOURS.

- Unknown -

*Für **Sabrina**, weil mein wilder Keno ohne dich niemals das Licht der Welt erblickt hätte.
Ich dank dir von Herzen für deinen unermüdlichen Support seit der ersten Ellie-Stunde!*

♥

TRIGGERWARNUNG

Alkohol- und Drogenkonsum, (sexuelle) Gewalt, (psychischer) Missbrauch, direkte Sprache in Form von Schimpfwörtern, ...
Ich könnte dir jetzt alle möglichen Trigger aufzählen, die dich in diesem Werk erwarten, was mich garantiert zwei weitere Seiten in diesem Buch kosten würde.

Da du dich bewusst für diese Geschichte entschieden hast, und ich sowohl auf dem Cover, als auch in der Buchbeschreibung explizit darauf hinweise, gehe ich davon aus, dass du mit dem Genre DARK ROMANCE vertraut bist.

Ich erwähne an dieser Stelle noch einmal Folgendes, da es viele LeserInnen oft vergessen:
- Dies ist eine **fiktive Geschichte**!
- Die Charaktere, sowie deren Lebensumstände und sämtliche Handlungen sind frei erfunden!
- Die Orte entsprechen keiner Realität!
- **Verhütung im realen Leben ist WICHTIG!**
- **Gewalt in jeglicher Form ist FALSCH!**

Nun wünsche ich dir aufregende Lesestunden im kubanischen Dschungel – sei wachsam und vertrau nicht jedem, der dich nett anlächelt, princesa 😊

Playlist

K1 Hurricane – Thirty Seconds To Mars
K2 Never Surrender – Liv Ash
K3 Story Of My Life - Illenium
K4 Land Of Confusion – Hidden Citizens
K5 History Of Violence – Theory Of A Dream
K6 It's A Sin – Hidden Citizens
K7 The One To Survive – Hidden Citizens
K8 Paint It Black – Hidden Citizens
K9 The Kill – Thirty Seconds To Mars
K10 Stay Alive – Hidden Citizens feat. REMMI
K11 Astartes – Ty Knight
K12 Crawl - UNSECRET
K13 New Divide – J2
K14 Light Em Up – Fall Out Boy
K15 I Know Your Secrets – Tommee Profitt
K16 Night Of The Hunter – Thirty Seconds To Mars
K17 Mad World - UNSECRET

K18 Love Is Madness – Thirty Seconds To Mars
K19 War Of Hearts - Ruelle
K20 Life - NEFFEX
K21 Umbrella – J2
K22 Castle Of Glass – Linkin Park
K23 Climb - ADONA
K24 Centuries – Fall Out Boy
K25 Unbroken – Maria Olafs
K26 Dangerous Night – Thirty Seconds To Mars
K27 Up In Flames - Ruelle
K28 Man Or A Monster – Sam Tinnesz
K29 For This You Were Born - UNSECRET
K30 Dance With The Devil – Breaking Benjamin

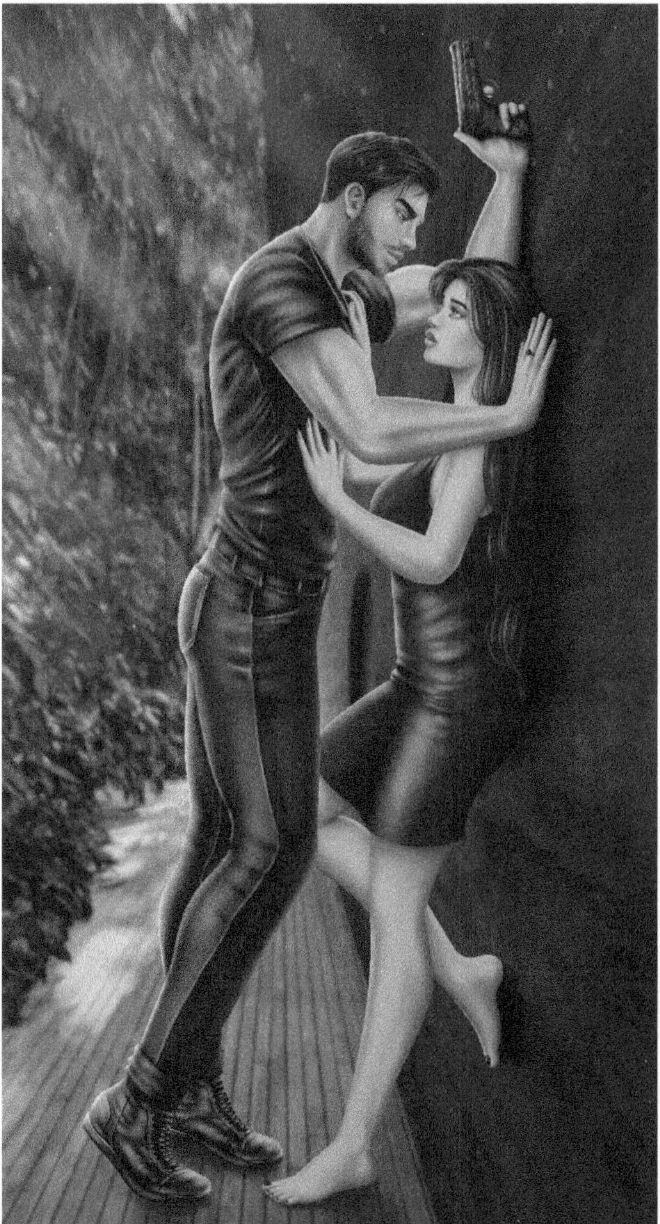

Vorwort
-Keno-

Was ist das Erste, das dir einfällt, wenn du an Kuba denkst? Rum. Zigarren. Traumstrände.
FALSCH!
Lass mich dein Weltbild geraderücken, kleine Prinzessin. Die richtige Antwort lautet:
Drogen. Nutten. Waffen.
Mir kannst du glauben, denn ich wurde vor dreißig Jahren ungefragt in diesen abgefuckten Scheißhaufen namens Welt hineingeboren.
Von der geheiligten *la familia* abgerichtet wie ein blutrünstiger Kampfhund.
Von meinem Vater programmiert wie ein herzloser Roboter.
Du glaubst, etwas Gutes in mir zu finden?
Ich muss dich enttäuschen, *princesa*.
Du bist ja auch nicht so dämlich und suchst eine Blume in der Antarktis, oder?

Ich bin kein Monster.
Ich bin nicht der Teufel.
Ich, kleine Amara, bin der Tod.
Und jetzt komm ich dich holen.
Bist du bereit für den kubanischen Dschungel?
Nein? Pech, denn du hast keine andere Wahl.
Willkommen in meiner Hölle, mi amor!

Keno

Kapitel 1

Feuchter Salzwind wirbelt um mein steinernes Gesicht und peitscht mir die Haare unentwegt in die Fresse. Mit einer genervten Bewegung furche ich sie zurück an ihren Platz und mahle mit den Kieferknochen, weil ich keinen Bock habe, mir noch länger die Beine in den Bauch zu stehen.

»Für jede weitere Minute, die ich hier unnötig rumstehen muss, schneide ich euch irgendwelche verfickten Gliedmaßen ab! Angefangen bei euren verkümmerten Schwänzen!«, knurre ich drauf los und spüre mit jeder weiteren verstreichenden Sekunde, wie mein Geduldsfaden immer heftiger gespannt wird. Gleich reißt er. Dann rollen Köpfe.

Ich lehne seitlich mit verschränkten Armen an einem kleinen morschen Holzpfeiler, an dem ein Schnellboot mit einem rauen Strick angebracht wurde. Es schaukelt in den sanften Wellen und stößt mit der Bugseite immer wieder gegen den hölzernen Steg. *Dong. Dong. Dong.*

Das Geräusch macht mich aggressiver, als gut für meine Mitmenschen ist. Normalerweise bin ich Buddha, aber verdammte Kacke, ich muss schlafen! Nur kann ich nicht schlafen, wenn diese degenerierten Arschlöcher nicht endlich in die Pötte kommen.

Ich bin ausnahmslos von unfähigen Idioten umzingelt. Nur deswegen stehe ich mitten in der Nacht überhaupt hier am Hafen und muss diese beschissene Lebendlieferung *beaufsichtigen*.

Man könnte meinen, dass es nach der dreihundertsten Übergabe keine Probleme mehr geben sollte. Dem ist nicht so und das pisst mich echt an.

»Zwei sind noch drin, Boss«, schwafelt mich einer der abgefuckten Seeratten mit einem so dämlichen Akzent voll, dass ich ihm gerne eine Kugel in die Schnauze ballern will. Einfach aus Prinzip, weil er ein Volldepp ist.

Könnten all diese hirnlosen Nichtsnutze fliegen, wäre die ganze Welt ein einziger fucking Flughafen.

»Dann sollen sie ENDLICH RAUSKOMMEN!« Ich kann nichts dafür, dass jedes meiner gedonnerten Worte immer mehr an Dezibel gewinnt.

Überaus konzentriert, um irgendwie runterzukommen, massiere ich mir die Nasenwurzel und versuche *wirklich* nicht so gereizt zu klingen, wie ich mich fühle.

Das unnütze Helferlein zuckt unter meinem schneidenden Blick zusammen und ich ramme meine Augen noch ein bisschen heftiger in ihn. *Tick tack, du Arschfurunkel!*

Mein Blick wandert flüchtig über meine Breitling, die schwarz und schwer um mein linkes Handgelenk liegt. Drei Uhr zweiundvierzig. Wunderbar. In knapp vier Stunden darf ich wieder beim Alten antanzen. *Ich! Will! Schlafen!*

»Ich glaub, das können sie nicht, Boss.«

»Sind sie tot?« Das kommt echt emotionslos weil – *Überraschung!* – mir scheißegal ist, ob diese minderjährigen Fotzen noch atmen oder nicht. Wer bin ich, dass ich mir auch noch darüber einen Kopf mache? Eben!

»Geh mir aus dem Licht, du stinkender Schwanz«, grolle ich finster und stampfe an dem räudigen Köter mit der abartigsten Bierfahne, die ich jemals gerochen habe, vorbei. *Fuck, muss man hier echt alles selber machen?!*

Angepisst betrete ich über einen hölzernen Steg den ausrangierten Frachter und schiebe mich mit der Taschenlampe meines Handys in einen der großen Container, an dem der dunkelgrüne Lack außen bereits abblättert.

Nein, mir stockt nicht der Atem und nein, ich habe auch nicht das Bedürfnis, in eine der versifften Ecken zu kotzen. Ich kenne das. Das alles hier.

Der Geruch nach Eisen, Fäkalien und dem Tod begleitet mich schon mein Leben lang. Ist fast so vertraut wie das Waschmittel, nach dem die Wäsche riecht, wenn das Hausmädchen sie frisch in den Schrank gelegt hat.

Vor einem klapperdürren Ding, das zusammengerollt in einer Ecke liegt, gehe ich in die Hocke und stütze den Ellbogen der Hand, mit der ich das Handy halte, auf einem Knie ab.

Der Schein wandert über ihre blasse Haut und ich muss sie nicht anfassen, um zu checken, ob sie noch atmet. Tut sie nicht. Auch gut.

Mit einem genervten Seufzen erhebe ich mich und steuere den Ausgang des Containers an. »Mitkommen!«

Ich belle so laut, dass meine todbringende Stimme zusätzlich von den blechernen Wänden widerhallt und jemanden bitter aufschluchzen lässt.

Die Zweite hat sich tot gestellt. *Sehr clever, Mäuschen. Nur nicht clever genug für mich. Deine hektischen Atemzüge konnte ich bereits von draußen hören.*

Wie gesagt, ich mache das heute nicht zum ersten Mal. Diese Huren können wen anders verscheißern.

Außerdem hätte sie die zweitägige Rückfahrt ohne Nahrung und Wasser eh nicht überlebt. Im Endeffekt hat sie also Glück, dass sie mir nicht entgangen ist.

»Bitte«, wimmert sie zittrig und ich höre, wie sie in der kahlen Ecke herum rutscht, weil ihre schweißgetränkte Haut ein quietschendes Geräusch am kalten Blech erzeugt. »Ich will da nicht raus! BITTE!«

Das kommt fast schon hysterisch und Leute, ich bin wirklich, *wirklich* müde. Gestresst. Angepisst. Ich habe keinen Nerv für dieses Theater.

Ein Verlust mehr oder weniger. Wen kümmert es? Der Lieferant muss vor Don Juan seinen Kopf samt Eier hinhalten, nicht ich. Ich bin der, der ihm den Kopf vom Hals säbelt oder die Eier abreißt und in den Rachen stopft, bis er daran erstickt, wenn der Oberdon unzufrieden ist.

Und sind wir ehrlich: Don Juan ist *immer* unzufrieden. Ich glaube, er kam schon als unzufriedenes Baby zur Welt. Dieses abgedrehte Bild in meinem Kopf, von einem Baby mit schwarzen, zusammengezogenen Brauen, muss ich kurz sacken lassen, bevor ich mich wieder auf die elendige Ware konzentriere.

»Was willst du dann?«, säusele ich rein rhetorisch, als wären ihre Befindlichkeiten von Belangen. Sind sie nicht. Als hätte sie tatsächlich eine Wahl. Hat sie nicht.

»Nicht da raus! Bitte nicht da raus«, jammert sie tränenerstickt und ich drehe mich langsam zu ihr um.

Anscheinend weiß sie haargenau, dass sie entweder an irgendein brutales Schwein verschachert oder zwangsprostituiert wird, sonst würde sie mir nicht derart die Ohren volljammern. *Kluges Kind. Armes Opfer.*

Als sie mein Gesicht sieht, weiten sich ihre blutunterlaufenen Augen und es tritt beinahe etwas Weiches in ihre verheulte Visage.

Na wunderbar, jetzt denkt die Pute, ich besitze ein Herz, weil ich wie irgend so ein Kasper aus einem romantischen Scheißfilm aussehe. So dumm. So oberflächlich. So fucking langweilig. *Ich sehe verdammt hübsch aus, oder? Ich weiß, danke. Fluch und Segen in einem, Schneckchen.*

»Deine Entscheidung«, murmle ich tonlos, ziehe meine Beretta und verpasse ihr einen perfekt ausgemittelten Schuss zwischen die vom Heulen geröteten Augen, der ihr schweinchenhaftes Gequieke auf die Sekunde verstummen lässt.

Der Knall in dieser beengenden Blechbüchse ist abnormal laut, weshalb ein angenehmes Rauschen von meinen Ohren Besitz ergreift. *Ah, das ist besser. So fucking viel besser.*

Nein, ich denke jetzt nicht darüber nach, warum ich das gemacht habe. Oder an eine andere Übergabe an einem Hafen auf den Bermudas, die ein bisschen eskaliert ist, weil ich mich von einem *Gefühl* habe hinreißen lassen.

Ich denke nicht an *sie*. An *Emma*, der ich den kleinen Knackarsch gerettet habe, bevor sie verscherbelt worden und daran zu Grunde gegangen wäre.

Vielleicht habe ich aber eben doch an die süße Kämpferin mit den großen, bernsteinfarbenen Augen gedacht und deshalb das Leben dieses bemitleidenswerten Mädchens verschont, deren Hirnmasse sich jetzt zusammen mit tiefroten Blutspritzern an der rostigen Containerwand verteilt.

Denn das, was ich da eben getan habe, war ihre beste Option. Alles andere wäre die absolute Hölle gewesen. Ohne Rückfahrticket.

Zehn Mädchen statt zwölf. Der Alte wird toben, aber das interessiert mich einen verfickten Dreck, denn jetzt kann ich endlich heim und schlafen.

Buenas noches, ihr Penner!

Du glaubst, ich bin herzlos? Nun, das mag sein. Aber du, princesa, bist verdammt naiv, wenn du denkst, in dieser Geschichte etwas Gutes zu finden.

Bist du bereit für die Vargas-Hölle? Für die gottlosen Monster, die mich tagtäglich umgeben und sich meine Familie nennen? Denkst du wirklich, du bist stark genug für diesen düsteren Ort mitten im Dschungel, der dir das letzte bisschen deiner reinen Seele rauben wird?

Letzte Chance, mi amor!
LAUF!

Amara

Kapitel 2

Mein Kopf fliegt schwungvoll zur Seite, als eine beringte Rückhand volles Rohr gegen meine Wange knallt. Vor Entsetzen keuche ich auf und kneife die Augen fest zusammen. Gerade so schaffe ich es, ein Wimmern zu unterdrücken. *Heul jetzt bloß nicht!*

»Ich sagte, NICHT REDEN! Kapiert?!«, plärrt mein Cousin mich so laut an, dass meine Ohren klingeln.

Ich ziehe den Nacken ein und rucke mit dem Kopf zurück, weil er mich derart überragt, dass ich sein Gesicht gar nicht richtig sehen kann.

»ICH FRAGTE: KAPIERT?! Antworte gefälligst!« Blitzschnell schließt sich seine Godzillahand um meine Kehle und ich lande mit der Rückseite hart an irgendeiner rauen Steinwand.

Alles geht so wahnsinnig flott, dass ich kaum hinterherkomme. Sind wir noch in meinem Schlafzimmer oder hat er mich so heftig geschlagen, dass ich im Flur gestrandet bin?

Nicht reden! Antworte gefälligst! Da soll sich noch einer auskennen. Immer dasselbe Theater. Ich kann es nicht mehr hören, zum Teufel!

Was plustert dieser hässliche Pfau sich überhaupt so auf? Er wird nicht bekommen, weswegen er hierhergekommen ist. Da kann er mich noch so oft als Piñata missbrauchen und draufhauen. *Keine Süßigkeiten für fucking Vittorio!*

Nur über meine Leiche tritt sein abartiger Familienstammbaum an meines Vaters Stelle und reißt sich unser Land unter die dreckigen, abgekauten Fingernägel.

Bestimmt hat Onkel Allegro ihn geschickt, dieser gierige Bastard. Seit Jahren schleicht er um unsere Familie herum, weil mein Vater krank ist. Jetzt liegt er im sterben und ich bin so nutzlos wie ein weiteres Sandkörnchen in den unendlichen Weiten der verdammten Sahara.

Warum? Weil ich in den falschen Körper hineingeboren wurde. Nein, ich fühle mich nicht männlich, aber ich *müsste* ein Mann sein, dann wäre mein Leben nicht so verdammt anstrengend.

Dann würde mich niemand in Frage stellen und akzeptieren, dass ich bald Papas Nachfolge antrete. Ich müsste mich nicht an diese ganzen, hirnverbrannten Regeln halten, wie eine Frau in unserer Welt zu sein hat.

Zieh dich hübsch an. Nicht so nuttig!
Nicht reden. Antworte gefälligst!
Auf den Boden schauen. Schau mich an, wenn ich mit dir spreche!
Knie dich hin. Mund auf!
Spreiz die Beine. Mach dich enger!
Du bleibst hier. Weiche mir bloß keinen Schritt von der Seite!

Ich hasse diese Welt. Die ganzen Regeln. All das Getue dieser überheblichen Arschlöcher, die glauben, dass ihr Schwanz der Ersatz für ein Zepter ist, um die verschissene Welt zu regieren.

Ich bin die rechtmäßige Erbin der guatemalischen Mafia. Nur eben ohne Penis und bei Gott, das geht natürlich überhaupt nicht. *Kein imaginäres Krönchen für Amara, wenn kein Mann da ist, der brav das Händchen hält ...*

Dieses Land ist meine Heimat. Mein zu Hause. Hier wurde ich geboren und hier werde ich sterben.

Vermutlich holt mich der Sensenmann schneller, als mir lieb ist, wenn meinem rauschenden Verstand nicht augenblicklich etwas Brauchbares einfällt. Zum Beispiel, wie man sich als unterwürfiges Weibchen verhält.

Was will Vittorio, dieser Bastard von Cousin? Dass ich Männchen mache? Muss ich hecheln wie ein artiger Hund und schwanzwedelnd vor ihm sitzen? Gott, wie ich ihn hasse!

Hätte ich eine Knarre zur Hand, würde ich ihn jetzt erschießen. Glaube ich. Keine Ahnung, ob ich *wirklich* jemanden töten könnte, aber vorstellen kann ich es mir gerade ziemlich gut.

Seine fast schwarz lodernden Augen verlangen nach einer Antwort. Fuck, was sage ich denn jetzt? Ganz egal, Hauptsache nicht laut werden. Auf keinen Fall einen Mann anschreien. Das ist verboten. Genauso wie direkter Blickkontakt, außer man wird explizit dazu aufgefordert. *Scheiße, mein Schädel pocht ...*

»Ich werde doch NICHT MEINEN COUSIN HEIRATEN!« *Hups, jetzt bin ich doch laut geworden. Naja, kann schon mal passieren, wenn man mich derart reizt.*

Ich bin halt nicht leise und unterwürfig. Unsichtbar und kleinlaut. So wurde ich nicht erzogen. Weder mein Vater noch meine Mutter haben mir eingeprügelt, dass ich so zu sein habe. Meine Kindheit war glücklich. Ich war wild, laut, chaotisch und frei.

Jetzt nähert sich der Tag meiner Gefangenschaft rasend schnell und das gefällt mir nicht. Ich werde eingesperrt sein. In meinem eigenen Haus, denn wenn mein Papa stirbt und ich keinen Mann an meiner Seite habe, dann fällt innerhalb von achtundvierzig Stunden unser gesamtes Imperium in Onkel Allegros gierige Hände. In seine und die seiner Zwillings-Höllenausgeburten. Vittorio und Raphael.

Ersterer steht vor mir und krempelt sich gemächlich den schwarzen Hemdärmel hoch, um mir gleich die nächste Ohrfeige aufzustreichen. *Wusch!* Eine Ballerina würde mir für diese einwandfreie Pirouette jetzt vermutlich applaudieren oder vor Neid erblassen.

Am liebsten will ich Vittorio kratzen. Beißen. Schlagen. Erschießen. Irgendwas! Aber es ist zwecklos, sich gegen diesen Bullen aufzulehnen. Er ist Hulk und ich bin ein Gnom.

»Reiz mich nicht, Amara!«, brüllt er so unbeherrscht, dass Spucketröpfen mein Gesicht benetzen. Gott, wie abartig kann ein Mensch bitte sein? »Du wirst Raphael heiraten! Das ist nicht verboten! Wenn du dich weigerst, dann wirst du sehen, was du davon hast. Du wirst niemanden finden, der dir einen beschissenen Ring an deinen mickrigen Finger steckt, weil ich dich hier einsperren werde! HÖRST DU? DU TUST, WAS ICH DIR SAGE!« *Klatsch!*

Jetzt reicht es aber wieder, du Penner!

Angewidert wische ich mit dem Handrücken über die befeuchtete Stelle an meiner heiß glühenden Wange und mache einen Satz zur Seite, weil er erneut nach mir grabschen will. Dabei stolpere ich direkt gegen eine Wand. Eine Betonwand. *Jackpot!*

»Alles okay?«, brummt John, einer der Wachen meines Vaters, der vermutlich durch den Lärm hier rauf gelockt wurde. Oder weil er der Einzige ist, der auch nur ansatzweise sowas wie Eier besitzt in diesem Haus – neben Papa natürlich.

Ich hatte nie einen wirklichen Draht zu John. Er ist ein grimmiger, kahlrasierter Eigenbrötler mit einem Glasauge, das immer starr geradeaus glotzt, aber in dieser Sekunde würde ich mich am liebsten vor ihm verneigen, weil er raufgekommen ist.

Wenn Vittorio jetzt auch nur einmal falsch zuckt, dann dreht John ihm den Hals um. *Hehe, komm, schlag nochmal zu, du blödes Sackgesicht!*

»Alles bestens«, säuselt mein Cousin, diese falsche Schlange, und richtet abermals seine Hemdärmel, als wäre er ja *so* tiefenentspannt. »Amara und ich hatten nur eine Unterhaltung.« *Ach so nennt er das? Dann muss ich dieses Wort für mich wohl neu definieren ... Arsch! Loch!*

»Und?«, bohrt John gereizt nach und lässt mit seinem einäugigen Killerblick keine Sekunde von Vittorio ab.

Am liebsten würde ich ihn noch zusätzlich aufstacheln, ihm gleich hier und jetzt das verkommene Herz aus seiner geschwellten Hühnerbrust zu reißen.

Das, was Vittorio von mir verlangt, lässt alles in mir zu beißendem Eis gefrieren. Es verursacht den Brechreiz des Jahrhunderts. Ich werde bestimmt *nicht* seinen Bruder heiraten. Meinen *Cousin*! Wo sind wir denn? Das ist ja abartig!

»Sie wird über meine Worte nachdenken. Nicht wahr, Amara-Schätzchen?« *Ich Schätzchen dir gleich was, du Freak!*

Seine Stimme klingt so seidig weich, dass ich ein Würgen unterdrücken muss. Beinahe liebevoll fährt sein Zeigefinger meinen schmerzenden Kiefer entlang, den ich ihm am liebsten abbeißen möchte. *Kannst du vergessen. Schieb dir meine Antwort quer in den Arsch. Mit Anlauf und ohne Gleitmittel, damit du es richtig fühlst, du blöder Wichser!*

»Sicher«, knirsche ich aus zusammengebissenen Zähne, um jetzt kein Fass aufzureißen.

Natürlich würde der Bodyguard Vittorio anpacken, aber nicht töten. Man tötet die Familie nicht. Niemals. Also würde Vittorios Ärger spätestens dann wieder auf mich zurückfallen, sobald er sich von Johns Gigafaust erholt hätte. Deshalb schlucke ich meinen Zorn, obwohl ich um ein Haar daran ersticke. Wie immer.

»Eine Woche«, raunt Vittorio noch im Vorbeigehen und zupft an meinen langen Haarspitzen, was einen Stromschlag durch meinen unteren Rücken schickt und mich die Fäuste noch härter ballen lässt. *Pfoten weg, du perverser Sack! Ich bin nicht dein Spielzeug!*

Dabei blitzen mich seine dunkelbraunen Augen so hasserfüllt an, dass mir eine Gänsehaut der unschönen Sorte über die Wirbelsäule kriecht. »Dann will ich eine Antwort.«

Ich hätte ihn damals im Sandkasten einfach mit der Schaufel erschlagen sollen, diesen Parasit. Nun ist er fast zwei Köpfe größer als ich und könnte mich ohne großen Aufwand unter seinem perfekten Lederschuh zerquetschen.

Erst jetzt merke ich, wie ich unbewusst den Atem angehalten habe. Er entweicht mir mit einem Stoß und ich entspanne mich augenblicklich wieder, weil dieser penetrante Wurm endlich mein Zimmer verlässt.

Als er uns den Rücken zuwendet, zeige ich ihm ganz erwachsen den Stinkefinger. Das gefällt John nicht, was mir das Blitzen in seinem dunklen Auge überaus deutlich mitteilt.

Ich weiß echt nicht, auf welches seiner Augen ich mich konzentrieren soll. Es irritiert mich jedes Mal aufs Neue, weil eines auf mich gerichtet ist, während das andere direkt an mir vorbei glubscht.

Er schnaubt, lässt aber meine kindische Aktion unkommentiert und sagt stattdessen: »Das solltest du kühlen. Sieht nicht hübsch aus.« *Ja, was für ein Staatsverbrechen, in unseren Kreisen nicht hübsch auszusehen, wo das doch unser einziger Job als braves Weibchen ist, nicht wahr?*

Dann geht auch er und lässt mich mit meinem inneren Chaos und der gigantischen Wut in meinem Bauch allein zurück.

Sofort schießt meine Hand zu meiner lädierten Wange. Vorsichtig taste ich sie ab und lehne mich mit einem tiefen Seufzen gegen die Kommode neben der Tür.

Erleichterung durchflutet mich, weil sie nicht aufgerissen ist. Das würde Papa verärgern und das wäre schlecht für sein ohnehin schon schwaches Herz.

Jetzt kann ich die Schwellung mit einem Kühlpack beruhigen und das Veilchen überschminken, damit mich gleich beim Gottesdienst niemand blöd angafft.

Alles, um den Schein zu wahren, dass bei uns nichts los ist. Alles für die Familie. *Para la familia ...*

Keno

Kapitel 3

Die Huren habe ich wie vereinbart im *Peligro*, einem unserer Sexclubs, abgeladen, wo sie die nächsten Tage erstmal ordentlich eingeritten werden.

Kein zahlender Kunde will miese Ware, echt nicht. Und unsere Laufkundschaft packt einen ganzen Batzen Kohle auf den Tisch, weil wir ausschließlich Spitzenware anbieten.

Trotzdem langweilt mich die dürre Blonde, die seit einer halben Stunde vor mir kniet und an meinem Schwanz nuckelt, echt zu Tode.

Ich weiß, ich wollte schlafen. Aber bis ich im *Peligro* ankam, hat es eine halbe Ewigkeit gedauert und wegen einer Stunde brauche ich mich jetzt nicht mehr aufs Ohr hauen.

Meine Fresse, dann wäre ich ja noch gerädeter, als wie wenn ich überhaupt nicht gepennt hätte.

Also habe ich mich in einen der rabenschwarzen Samtsessel gefläzt, bin mit dem Arsch bis an die Kante gerutscht und habe mir erstmal auf einem blitzblanken Spiegel eine Line bringen lassen. *So gar nicht ich, aber Schlafmangel stellt echt verrückte Dinge mit einem an.*

Erst wollte diese gehirnamputierte Schlampe, dass ich den Schnee von ihren künstlichen Titten ziehe. Ein Blick aus meinen Mörderaugen hat allerdings gereicht, damit sie sich noch schneller verpisste, als sie angewackelt kam. *Billiges Pack!*

Das Zeug kribbelt noch immer in meiner Nase, weshalb ich mir flüchtig über die Spitze streiche und anschließend meinen Rum exe.

Top Qualität. Die bernsteinfarbene Flüssigkeit gleitet wie Honig meine Speiseröhre hinab und lässt meinen Magen ganz warm fühlen. *Gefrühstückt hab ich also auch schon. Dann kann ja jetzt ein neuer Scheißtag beginnen. Super ...*

Ich kann mich gar nicht daran erinnern, wann ich zuletzt einen Tag *beendet* habe. Wann war das? Vor drei Tagen? Oder sind es schon vier?

Ein Tag ist erst zu Ende, wenn ich die Augen schließe. Doch irgendwie ist der Alte noch wuschiger als sonst und scheucht mich pausenlos durch die Gegend.

Läuft auch echt verdammt viel schief in letzter Zeit. Aber gut, nicht mein Business. Ich bin ja nur das blutrünstige Hündchen, das zu parieren hat.

»Streng dich an, du hohle Nuss«, blaffe ich die blonde Fotze zu meinen Füßen an, weil mein Schwanz schon wieder am Erschlaffen ist, und gebe ihr mit den Fingerknöcheln eine Kopfnuss.

Sie bläst beschissen, obwohl ich sie persönlich angelernt habe und weiß, dass sie es eigentlich besser kann.

Heute langweilt sie mich so hart, dass ich zur Warnung meine Knarre ziehe und sie mit einem trägen Blick auf meinem Schoß ablege. Direkt mit ihren blauen Glotzern auf Augenhöhe, sodass ihr der Schweiß über die fett mit Make-up zugeklatsche Schnauze tropft.

Ich glaube, wir müssen sie aussortieren. Wobei ich eigentlich echt nicht der Maßstab der Dinge bin, denn ich habe für sowas grundsätzlich keinen Elan. Für den Sex nicht, für einen Blowjob nicht und für Weiber im Allgemeinen sowieso nicht.

Dazu müsste man etwas fühlen und was soll ich sagen? Da regt sich einfach nichts in mir. Aber das ist schon in Ordnung, ich kenne es ja nicht anders. Wo andere ein Flattern oder Knistern verspüren, herrscht bei mir gähnende Leere.

»Genug«, knurre ich unbeherrscht und packe die Schnepfe an ihrem wasserstoffblonden Schopf, um sie von meinem Schwanz zu zerren.

»Nicht gut?«, fiepst sie allen Ernstes und weicht auf dem Boden rückwärts krabbelnd vor meinem lodernden Blick zurück.

Mit einem Ruck beuge ich mich nach vorn, die Knarre in der Hand haltend, und lasse sie über ihre immer blasser werdenden Wangen bis zu ihrem Hals hinab wandern.

Sie ist hübsch mit ihrer langen Mähne und den blauen Glubschaugen. Ihre Haut ist makellos. Sie hat nicht mal irgendwo einen Leberfleck und auch kein Gramm Fett an ihrem perfekten Körper. Eine Elf auf einer Skala von eins bis zehn, ohne Witz. Wir haben keine hässlichen Weiber in unseren Clubs.

Trotzdem muss sie jetzt zusehen, dass sie Land gewinnt, weil sie mich anpisst mit ihrem künstlichen Schmollmund, der zwischen künstlichen Wangen hängt, während sie mit ihren künstlichen Wimpern panisch zu mir aufblinzelt.

Fehlt nur noch, dass sie auf einem ihrer Plastikfingernägel kaut. *Gott, wie mich das alles langweilt. Ohne Scheiß, ich penn gleich sowas von ein.*

»Nein, nicht gut«, presse ich aus zusammengebissenen Zähnen hervor und nicke unwirsch Richtung Bar, damit sie sich endlich schleicht und mir nicht länger auf den Sack geht.

»Ich kann das besser«, haucht sie hektisch klimpernd, weil mir mein Ruf meilenweit vorauseilt. *Mach mal lieber langsam du Schnepfe, nicht, dass sich diese Fransen, die du als Wimpern bezeichnest, in deinen Augen verfangen und dich für die Ewigkeit erblinden lassen.*

Sie hat Schiss, dass ich sie rausschmeiße. Oder abknalle. Ah, vermutlich rührt ihre Panik eher daher, weil sie denkt, ich kille sie jetzt für ihren miserabel verrichteten Job. Tu ich nicht. Kein weiterer Bedarf für heute. Echt nicht.

»Verpiss dich einfach«, knurre ich, ohne meinen eisigen Blick von ihr zu nehmen. Ich sehe sie überfordert schlucken und schließlich auf ihren Mörderheels davonhuschen.

»FUCK BABY!«, grunzt Dario neben mir, was sich eher wie ein gekeuchtes Stöhnen anhört.

Ich verdrehe genervt die Augen und hieve mich aus dem schweren Sessel, der mich fast vollständig verschluckt hat. Fuck, das Teil ist wie ein Sitzsack und kurz befürchte ich, dass ich da ohne Hilfe nie wieder rauskomme.

Das Koks knallt noch immer volles Rohr und ich muss meinen Kopf schütteln, weil meine Sicht für den Moment fast vollständig verschwimmt. *Heftiger Scheiß!*

Drei Tage. Jetzt fällt es mir wieder ein, weil mich der Stoff nicht nur pusht und hibbelig werden, sondern auch noch schneller denken lässt.

Seit drei verfickten Tagen bin ich wach. Ich kippe echt gleich um. Aber dann eskaliert der Alte und erschießt jemanden. Meine Schwestern zum Beispiel, an denen liegt mir nämlich was. Dann muss ich ihn erschießen und dann sind wir alle tot.

Und da ist er auch schon. Der Alte. In meinem Handy. Sein Name erscheint unheilvoll in weißen Buchstaben auf dem schwarzen Display und die aufdringliche Helligkeit, als ich direkt darauf starre, verätzt mir fast die Netzhaut.

»Ja?«, maule ich in den Hörer und entferne mich ein paar Schritte, weil Dario den Schnabel der Schnalle heftiger fickt und Geräusche von sich gibt, die mich um ein Haar kotzen lassen. Kann der sich mal zusammenreißen, verdammt?

»In dreißig Minuten befindet sich dein Arsch im Jet, kapiert?«, verkündet der Vater aller Dämonen mit seiner grundgenervten Stimme, die ich noch nie anders gehört habe.

Mein Erzeuger ist ein Abfuck. Ich hasse ihn. Wir alle tun das. Er gibt sich auch nicht wirklich Mühe, dass ihn jemand leiden kann. *Niemand schreibt Geschichte, weil er gemocht wurde. Sie müssen dich fürchten, merk dir das!* – das sind seine Worte. Sie klingen selten dämlich.

Trotzdem stehe ich beim Klang seiner Autorität augenblicklich stramm, weil ich sein kleines, dressiertes Hündchen bin. Sein Lieblingshündchen. Ein blutrünstiges Hündchen, das seinem Herrchen hörig ist.

Auch das hasse ich, aber ein Vargas hat keine Wahl. Ein Recht auf irgendetwas, zum Beispiel seine eigene Meinung, sowieso nicht. Man ordnet sich dem Ober-Vargas alias Don Juan unter oder man stirbt. Ende der fucking Geschichte.

»Um was zu tun?« Oh fuck, das wird Ärger geben. Er mag keine Gegenfragen, dieser Oberdon. Nur sind die Worte jetzt schon raus. *Ups. Nächstes Mal kein Koks, ich merk mir das.*

Eigentlich nehme ich so gut wie nie Drogen, weil ich es nicht leiden kann, wenn mein Schädel verballert ist oder ich mich selbst nicht unter Kontrolle habe.

Aber ich war verdammt müde und musste echt viel Scheiße erledigen die letzten Tage. Jetzt bin ich wieder wach. Fit. Fast ADHS-gefährdet, weshalb ich keine Sekunde stillstehen kann, sondern mich unentwegt bewegen muss.

»Du fliegst nach Guatemala. Sonst noch Fragen?« Das ist eine Fangfrage, ich höre es genau, aber das Kokain ... so dumm.

»Was mach ich dort?« *Halt doch einfach deine dämliche Schnauze, zum Teufel!*

»Keno«, knurrt mein Erzeuger warnend und ich kann seine wütende Fresse direkt vor mir sehen, obwohl er gar nicht hier ist.

Bestimmt thront er wieder hinter seinem Schreibtisch wie ein Gott, während ich in seinem abgefuckten Abfuck-Club stehe wie ein notgeiler Penner mit einer Latte, die auf halb acht hängt, weil die Nutten scheiße blasen.

Don Juan ist immer so kontrolliert. Ich hingegen bin das personifizierte Chaos. *Deshalb vermutlich die kurze Leine, an die er mich gelegt hat, als ich noch nicht mal ein Haar am Sack hatte. Macht irgendwie Sinn, ja.*

Mein Handy signalisiert mit einem *Ping* einen Nachrichteneingang, bevor der Alte weiter knurrt wie ein kampflustiger Tiger. »Bring mir das Mädchen. Und wehe sie atmet nicht mehr, bevor sie bei mir eintrifft!« Dann ist die Leitung tot.

Ich schiebe das Handy schnaubend in meine Arschtasche, ohne mir das Frettchen, das es zu kidnappen gilt, anzusehen, und pfeife Dario zu mir. Ich bin der Hund des Alten, Dario ist meiner. So läuft das in der Welt, in der ich lebe.

Am Arsch bist du erst, wenn du in der Nahrungskette an letzter Stelle stehst. Die verrecken wie die Fliegen und leben mit ganz viel Glück eine Woche.

»Noch eine Minute, Bro«, keucht Dario und legt seine Hände fester um den Kopf der Rothaarigen mit den aufgeblasenen Titten, um ihren Rachen noch tiefer ficken zu können. »Gooott!« *Ja Kumpel, der wird dir ganz bestimmt nicht helfen ...*

»Ich *bro* dir gleich was, du Pisser. Beweg dich!« Mit einem Stiefel schubse ich die am Boden kniende Schnalle zur Seite.

Fast rutscht ihr ein empörtes Keuchen über die Schlauchbottlippen. Gut, dass sie sich beherrschen konnte. Statt sie umzulegen, schmeiße ich ihr einen Hunderter vor die dürren Beinchen, die von einer pinken Netzstrumpfhose umspielt werden.

Mit einem wütenden Murren hievt Dario sich aus dem Sessel und schließt mit einem Ruck seine Jeans. Ich lache wirklich nie, aber wenn er sich jetzt mit seiner Trotzreaktion am Reißverschluss den Pimmel eingeklemmt hätte, dann wäre ich gestorben vor lachen.

Ich hätte ihn eiskalt abgeknallt, hätte er jetzt abgespritzt. Er ist mein bester Mann, meine rechte Hand und hat verfickt nochmal zu springen, wenn ich pfeife. Und zwar widerstandslos. Dazu hat er sich bereits bei seiner Geburt verpflichtet. Auf Lebzeiten.

Die Spielregeln sind ganz einfach. Sein Vater, Matteo, ist die rechte Hand meines Vaters. Matteos Nachkömmlinge werden von klein auf für die Vargas-Sprösslinge gedrillt.

Dario wurde mir zugeteilt, als er noch ein Windelscheißer war. Wir kennen uns schon mein Leben lang.

»Wichser«, faucht er im Vorbeigehen wie eine eingeschnappte Pussy und rempelt mich hart an der Schulter an.

Nein, ich hänge ihn deswegen jetzt nicht an den geschwollenen Eiern auf. Es war echt mies von mir, ihn so kurz vor seinem Höhenflug zu unterbrechen, aber ich mag es, wenn er meine unterwürfige Bitch ist. *Cockblock? Kann ich!*

Also auf nach Guatemala, um irgend so ein Fötzchen einzusacken. Keine Ahnung, was der Alte mit ihr vorhat. Entweder sind ihm die Nutten ausgegangen oder die Kleine hat einen vergoldeten Arsch. Mehr interessiert diesen Motherfucker nämlich nicht.

Amara

Kapitel 4

Innerlich brodelnd und mit brummigem Schädel samt pulsierender Wange nehme ich einen tiefen Atemzug, um meinen verkrampften Körper zu lockern.

Ich bin eigentlich nur noch angespannt. Pausenlos und es nimmt einfach kein Ende, seit Papa erneut einen Herzinfarkt hatte, der ihn schlussendlich an sein Bett gefesselt hat.

»Amara!«, zischt Mama leise, jedoch mit dieser gewissen Schärfe in der Stimme, sodass ich zusammenzucke.

Der Pfarrer starrt mit einer unzufriedenen Stirnfalte auf mich herab, die Hostie in der Hand haltend, und wartet ungeduldig auf meine ineinander gefalteten Hände.

Wir sind in der Kirche, wie jeden Sonntag. Nur ist heute nicht Sonntag, sondern Mittwoch. Doch seit Papa im Sterben liegt, spielt all das überhaupt keine Rolle mehr. Seitdem gehen Mama, meine Tanten und ich jeden Tag in die Kirche.

Wir beten dafür, dass ein Wunder geschieht und er wieder gesund wird. Die ersten beiden Wochen habe ich auch noch gebetet, nur bin ich mir inzwischen nicht mehr so sicher, ob dort oben wirklich eine höhere Macht schützend die Hände über uns ausbreitet.

»*Excusa*«, entschuldige ich mich murmelnd bei dem Geistlichen und nehme die Hostie entgegen, um sie mir mit einer wütenden Bewegung in den Mund zu stopfen, bevor ich ziemlich undamenhaft einen Knicks andeute und mich zurück in die braune Holzbank der vorletzten Reihe schiebe.

Dramatische Orgelklänge begleiten die gedämpften Schritte der Anwesenden und werden von leisem Gemurmel unterstrichen.

Draußen scheint die Sonne und wirft durch die umliegenden Buntglasfenster ein schillerndes Farbspiel auf das Innere des Gotteshauses.

Über mir erstreckt sich ein gigantisch großes Deckengemälde mit Engeln und unzähligen Heiligen. Mit zusammengezogenen Brauen betrachte ich die aufwendigen Pinselstriche, die ein Vermögen gekostet haben müssen.

Ich frage mich nicht zum ersten Mal, ob das alles nicht nur erfunden wurde, um in uns Menschen eine falsche Hoffnung zu pflanzen. Es liegt in unserer Natur, sich an etwas Höheres zu klammern, um hier unten irgendwie klarzukommen.

»*Todo bien?*«, fragt Mama flüsternd, ob alles okay ist, während sie ihren schlanken Körper neben mir in die Bank schiebt.

Sie steckt in einem dunkelblauen Kleid, das sich eng um ihre perfekten Kurven legt und ihren gebräunten Teint hervorhebt. Ihr dunkles Haar fällt wellig über ihren Rücken und duftet nach dem süßen Shampoo, das sie benutzt, seit ich denken kann.

Mit zwei Fingern streicht sie liebevoll eine Strähne hinter mein Ohr, die sich aus meinem streng im Nacken gerollten Knoten gelöst hat.

Das Ding zwickt wie Hölle und ich habe das dringende Bedürfnis, mir die Klammer rauszureißen und meine Mähne ordentlich durchzuschütteln. Was soll ich sagen? Ich bin bei Weitem nicht so perfekt wie sie. Oder alle anderen Frauen hier.

Mamas blumiger Duft legt sich wie eine kuschelige Decke um mich und ich spüre augenblicklich ihre mütterliche Wärme, die von so viel Liebe begleitet wird. Wenn ich in ihr Gesicht schaue, kommt es mir vor, als würde ich in einen Spiegel blicken.

Die dunklen Augen mit den langen, schwarzen Wimpern betrachten mich sorgenvoll, weil sie auf eine Antwort von mir wartet. Ist alles okay mit mir?

Wie könnte ich ›ja‹ sagen, wo doch alles absolut nicht okay ist? Ein ›nein‹ will sie nicht hören, das weiß ich, also belasse ich es bei einem mechanischen Nicken und reiße meinen Blick von ihr los, um wieder nach vorn zu schauen, wie es sich in einer Kirche gehört.

Ihre kleine, warme Hand legt sich sanft auf meine eiskalten Finger, die wohl nie wieder ihre volle Wärme zurückerlangen werden, wenn Papa tatsächlich von uns geht.

»Sie reden alle«, motze ich unbeherrscht und lasse meinen Blick flüchtig über die Menschenansammlung gleiten, die uns unverhohlen anstarrt.

Da ich weiß, wie man sich in der Öffentlichkeit zu verhalten hat, kann ich leider keinen Aufstand anzetteln oder diesen Menschen die Meinung direkt ins Gesicht schreien, was mir im Moment aber so unglaublich guttun würde. Zuschlagen wäre auch eine Option, aber ich darf ja nicht.

Eine Mafiaprinzessin tut so etwas nicht. Weder das eine, noch das andere. Also senke ich den lodernden Blick zurück auf meine verkrampften Finger in meinem Schoß, die noch immer warm von denen meiner Mama umschlossen werden.

Sie wirkt nicht ansatzweise so angeschlagen, wie ich mich fühle. Mama ist stark. Unser Fels in der Brandung. Ich glaube, es gibt nichts auf dieser Welt, was sie je erschüttern könnte. Obwohl es niemals jemand laut aussprechen würde, ist sie insgeheim unser Familienoberhaupt. Wenn Mama nicht funktioniert, fällt alles auseinander.

Sie ist perfekt, was mir nur umso mehr verdeutlicht, wie imperfekt ich eigentlich bin. Doch damit befasse ich mich jetzt nicht, weil ich so verdammt müde bin.

Dieses Leben, die Regeln, das Drama, die Verpflichtungen. All das ermüdet mich und im Augenblick kann ich meine Maske einfach nicht aufrechterhalten. Sie verrutscht bei der kleinsten Kleinigkeit und ich würde am liebsten wild kreischend an die Decke gehen.

Der Drang, ohne ein Wort aufzustehen und zu gehen ist beinahe übermächtig. Ich will rennen, so weit mich meine Füße tragen. Bis meine Lungen brennen und mir die Beine vor Anstrengung abfallen. Gott, ich würde nicht stehenbleiben, bis sich das Gewitter in meinem Kopf verzogen hätte.

Für gewöhnlich ist der Gottesdienst eher dünn besiedelt, vor allem unter der Woche. Nicht aber, seit des Gonçalves-Familiendramas und die Spekulationen um Papas Nachfolge.

Jetzt ist gefühlt ganz Guatemala-Stadt hier versammelt und pocht auf Neuigkeiten, wie es in unserem Haus weitergeht.

»Sie wollen wissen, ob dein *padre* noch atmet. Lass sie reden Baby«, erwidert Mama weich und lehnt sich entspannt in der Bank zurück.

Dass sie einen Scherz über Papas Gesundheitszustandes macht, versetzt mir einen heiß glühenden Stich mitten ins Herz.

Dabei ist Humor tatsächlich angebracht, denn die andere Option wäre weinen und auch das ist uns in der Öffentlichkeit untersagt. Es würde von Schwäche zeugen, die wir in unserer Stellung nicht zugeben. Niemals und schon gar nicht meine stolze Mama.

Sie gibt nichts auf das Geschwätz der anderen. Manchmal beneide ich sie um ihre Gelassenheit. Um ihre Maske, die in meiner Welt ausnahmslos jeder trägt. Man überlebt hier nicht, wenn man seinen Gefühlen freien Lauf lässt. Das wird vermutlich irgendwann mein Todesurteil sein.

Sofort driften meine Gedanken wieder zu Vittorio ab. Er will mich wirklich mit seinem Bruder zwangsvermählen. Lieber! Sterbe! Ich!

Mama würde sich ihrem Schicksal fügen und dennoch nicht daran zerbrechen. Nicht mal vor der Zwangsheirat mit unserem Papa ist sie zurückgeschreckt, hat ihre durchgeplante Zukunft stattdessen einfach so hingenommen, wie man das als braves Weibchen eben so macht. Sie liebt ihn sogar. Und er sie. Abgöttisch.

Die Hochzeit war damals auf Papier arrangiert, um ein Bündnis mit Spanien zu festigen, und die beiden hatten natürlich kein Mitspracherecht.

Niemand hat ein Mitspracherecht. Man tut, was getan werden muss. Stellt keine Fragen. Fügt sich dem Familienoberhaupt. Wenn man mit dem *Boss* Glück hat, lebt es sich ganz okay. Wenn nicht, dann hat man auf Lebzeiten die Arschkarte gezogen.

Mama hatte mit ihrem Vater wirklich Pech. Sie war bereits bei ihrer Geburt an Papa versprochen, was so eklig ist, weil sie noch ein völlig ahnungsloser Säugling war. Pünktlich am Tag ihrer Volljährigkeit kam Papa dann, um sie zu sich nach Guatemala zu holen.

Sie wurde einfach über Nacht aus ihrem gewohnten Umfeld gerissen. Auch, wenn sie immer wieder beteuert, dass es ihr nichts ausmachte, weil sie sich ihr Leben lang auf diesen Tag vorbereiten konnte, glaube ich ihr kein Wort.

Für mich ist es unvorstellbar, einfach umsiedeln zu müssen, nur wegen eines Vertrages, den man nicht einmal selbst unterzeichnet hat.

Noch im selben Jahr, als Mama offiziell eine Gonçalves wurde, kam ich zur Welt. Das hört sich alles so schrecklich an und ich kann noch immer nicht begreifen, wie daraus diese tiefe Liebe zwischen den beiden entstehen konnte. Zumal Mama ganze achtzehn Jahre jünger ist als Papa. Das ist doch abartig!

Raphael ist nur drei Jahre älter als ich und er sieht verdammt gut aus. Mit seinem vorgetäuschten Lächeln bringt er die Höschen reihenweise zum Überlaufen. Die Weiber kippen eine nach der anderen weg, wenn er ihnen ein verruchtes Zwinkern schenkt.

Aber dieser arrogante Hund kann noch so schön sein, ich würde ihn trotzdem abstoßend finden. Er ist mit mir verwandt und egal wie hübsch seine Fassade glänzt, sein Inneres ist so abgrundtief hässlich, dass es mich beim bloßen Gedanken, ihm näherzukommen, schüttelt.

Mein Papa hat mich niemals zu etwas gezwungen. Auch zu keiner Hochzeit, obwohl man mit achtzehn für gewöhnlich vermählt wird, um weitere Bündnisse zu schließen. Um die Familie zu stärken. Alles für die Familie ... blablabla.

Aber das wird sich jetzt bald ändern, weil es um Papa immer schlechter steht. Seit bekannt wurde, dass er nicht mehr lange hat, ist alles so anders.

Seitdem bin ich in unserer Villa praktisch eingesperrt. Die Gefahr, dass auch mir etwas zustößt, ist einfach zu groß. Guatemala wäre verloren, sollte mir etwas passieren und Papa frühzeitig die Segel streichen.

Doch damit ich überhaupt eine Chance habe, in Papas Fußstapfen zu treten, brauche ich erst mal einen Mann und das besser gestern als morgen.

Wo bekommt man bitte einen heiratstauglichen Kerl her, in den man auch noch unsterblich verliebt ist? So jemanden findet man nicht an der nächsten Hausecke. Sowas gibt es nirgendwo. Außer bei Mama und Papa. Die hatten halt einfach Glück.

Die Sache mit dem Erbe ist ganz schön verzwickt, also hoffe ich stur weiter. Darauf, dass Papa wieder gesund wird und ich nicht seinen Platz einnehmen muss.

Und darauf, dass ein weißer Ritter vom Himmel direkt vor meine Knie fällt und um meine Hand anhält, falls Papa doch an seiner Krankheit stirbt.

»*Se paciente*«, mahnt Mama sanft, dass ich Geduld haben soll, weil ich schon wieder mit dem Fuß wippe.

Sie denkt vermutlich, ich kann mal wieder nicht länger still sitzen und der Predigt zuhören, die für mich ohnehin keinen Sinn ergibt. Aber es ist etwas anderes.

Mich überfällt mit einem Mal eine unerklärliche Unruhe. Mein Bein wippt immer schneller. Ich spüre, wie mein Herzschlag sich mit jedem aufgeregten Pochen verdoppelt und sich die Härchen in meinem Nacken kitzelnd aufrichten, als wäre ich statisch aufgeladen.

Erneut lasse ich den Blick kaum merklich durch die Reihen zu unserer Rechten gleiten, kann aber nichts Auffälliges ausmachen. Schon von klein auf wurde ich auf Gefahrensituationen gedrillt. Genau das ist gerade so eine Situation. Alles in mir schreit danach.

Ich weiß, dass ein paar Bodyguards wache stehen. Nur sind die besten Männer bei Papa geblieben und denen, die uns hierher begleitet haben, vertraue ich nicht.

Da ist etwas, das im Hintergrund lauert. Ich kann diese unsichtbare Gefahr so deutlich spüren, als würde sie bereits mit gebleckten Zähnen hinter mir stehen und ihren eiskalten Atem über meine Schulter hauchen. Ein Schauer erfasst mich und kribbelt bis in meine Zehen.

Das mulmige Gefühl wird mit jedem donnernden Herzschlag stärker, ich fühle es in jede einzelne Zelle meines Körpers kriechen. Die Luft flirrt regelrecht und ich bekomme schwitzige Hände, würde am liebsten aufspringen und rennen.

Gerade als ich mich verstohlen umdrehen will, um herauszufinden, was mich derart in Panik versetzt, spüre ich einen unnachgiebigen Druck in meinem Nacken. Kühles Metall legt sich direkt auf meine prickelnde Haut. Alles krampft sich schlagartig in mir zusammen.

Das Herz springt mir beinahe aus der Brust, weil es so schnell losgaloppiert. Mit zusammengebissenen Zähnen kralle ich meine Nägel in das dunkle Holz der Bank und nehme einen keuchenden Atemzug.

Der Bruchteil einer Sekunde entscheidet über Leben und Tod, wenn jemand eine Waffe auf dich richtet. Ein Wimpernschlag kann dich weiteratmen oder für die Ewigkeit erstarren lassen.

Meine Augen wandern wie in Zeitlupe nach rechts zu meiner Mama, die den Blick nach vorn gerichtet hat und mit einem seligen Gesichtsausdruck den einlullenden Worten des Pfarrers lauscht. Seine Stimme hallt so präsent von den Wänden wider, dass niemand meinen flatternden Atem bemerkt.

Zittrig schiebe ich eine Hand in ihre Richtung, woraufhin sich der Lauf der Waffe noch tiefer in meinen Nacken bohrt. Mein Atem stockt. Meine Hand stockt. Mein Herz hat längst aufgehört zu schlagen. Alles in mir versteift sich, bis mir der Rücken schmerzt.

Schweiß bricht sich auf meiner Haut Bahn und rinnt kitzelnd zwischen den angespannten Schulterblättern hinab.

»*No llores.*« *Nicht schreien.* Die männliche Stimme, die direkt in mein Ohr raunt, klingt kalt, rau und so unglaublich gefährlich, dass es mich erneut schüttelt.

Kaum merklich nicke ich. Was bleibt mir auch anderes übrig, wenn ich nicht jeden Augenblick tot nach vorn umkippen will? Sehen die Bodyguards denn nicht, was hier los ist? Ich kann mich nicht zu ihnen umdrehen.

Unvermittelt vernehme ich ein metallisches Klicken und fahre innerlich panisch zusammen. Äußerlich rege ich mich keinen Millimeter, weil ich noch immer steif bin wie ein Holzbrett.

Ein eiskalter Schweißfilm legt sich auf meine flirrende Haut und ich kann kaum atmen, weil ich mich so sehr verkrampfe.

Mamas Blick wird mit einem Mal ganz starr, ihre sonnengebräunte Haut kalkweiß. Wird sie auch bedroht? Sie sitzt direkt neben mir, aber ich sehe im Augenwinkel nicht genug.

Herumfahren zu ihr traue ich mich nicht, denn wenn die Waffe tatsächlich entsichert ist, dann bin ich schneller tot, als ich meine Mama richtig anschauen könnte. Scheiße!

Wieso tut denn niemand was? Warum greift keiner ein? Sehen sie es nicht? Warum mussten wir uns auch so weit nach hinten setzen, zum Teufel?!

»*Momia*«, wispere ich heiser und ergreife nun doch ihre Hand, die sich mit einer erschreckenden Kraft um meine schließt, bis mir die Finger schmerzen.

Das war es jetzt also. Mein erbärmlich kurzes Leben findet hier und jetzt sein Ende und ich muss mich damit abfinden, ohne je zu erfahren, was der Grund für mein frühes Ableben ist.

Papa wird tot umfallen, wenn man Mamas und meine Leiche aus dieser Kirche schleifen muss. Dann sind alle tot und Guatemala auf ewig verdammt.

»Bitte nicht schießen«, hauche ich zugeschnürt und kaum hörbar, weil ich weder für meinen Onkel, noch für meine widerwärtigen Cousins einfach so das Feld räumen werde. *Niemals!*

Dabei umfasse ich die Hand meiner Mama fester, weil ich nicht weiß, ob es der letzte Augenblick ist, in dem ich sie berühren kann.

Ich sauge ihre Wärme wie eine Süchtige in mich auf und schließe flatternd die Augen. Will mich für immer an den Moment erinnern, in dem ich ihre Liebe gespürt habe.

»Keine Faxen, kein Fluchtversuch«, weist mich der Fremde emotionslos an, was mich erneut einfach nur nicken lässt, weil die Angst mich restlos lahmlegt.

»Einen Ton und ich veranstalte hier ein Massakar, dass die Welt noch nicht gesehen hat. Kapiert?« Die Worte werden von hinten in meinen Nacken geraunt, was eine Gänsehaut über meine

Arme kriechen lässt, die wie tausend Nadelstiche schmerzt.

Warmer Atem beschlägt die empfindliche Haut an meinem Hals und schickt mir einen Schauer der Angst über die Wirbelsäule.

»Ja«, wispere ich zum Zerbrechen angespannt. Panisch visiere ich Tante Gabys Kopf zwei Reihen vor uns an und jage meine Nägel tiefer in das Holz der Sitzbank, aus Angst, dass sie gleich leblos in sich zusammensackt. *Wieso sieht denn niemand, dass wir bedroht werden?!*

Ich kann bereits das Blut meiner Familie und so vieler Bekannter in alle Himmelsrichtungen spritzen sehen und würge gegen einen immer dicker werdenden Kloß in meiner Kehle an.

Die Absurdität der Situation wird noch dramatisiert, als erneut tief dröhnende Orgelklänge einsetzen und grauenvolles Unheil ankündigen.

Die Menschen erheben sich von ihren Ärschen und niemand bemerkt, was hier hinten gerade passiert. Jetzt, da alle stehen, sind wir zusätzlich vor Blicken abgeschirmt und fallen noch weniger auf.

Mein Herz rast so unkontrolliert, dass ich schwarze Flocken vor meinen Augen tanzen sehe. Als würden meine Lungenflügel gleich restlos kollabieren, kommen meine Atemzüge immer hektischer und trotzdem reicht der Sauerstoff nicht aus, was mich ganz schwindelig macht.

»Wenn ich mich jetzt erhebe, dann tust du das auch. Widerstandslos, sonst bring ich dich dazu, mir zu folgen und glaub mir, dann wird es unschön«, knurrt mir der Mann gefährlich leise über die Schulter, was mich um ein Haar in Tränen ausbrechen lässt.

»Was wollen Sie?«, zischt Mama und ich kann an ihrer brüchigen Stimme hören, dass sie nervlich am Ende ist.

Dass sie nicht weiß, was wir tun sollen. Ob wir jemanden auf das Geschehen aufmerksam machen sollen oder nicht. *Mama weiß nicht, was zu tun ist! Wir sind geliefert!*

Drückt der Fremde schneller ab, als jemand eingreifen könnte? Ich weiß es nicht und kann es nicht herausfordern, weil ich das Endresultat nicht rückgängig machen kann. Wenn meine Mama stirbt, dann sterbe ich mit ihr im selben Atemzug, das weiß ich ganz sicher.

»Was ich will, ist, dass Ihre Tochter mich nach draußen begleitet, Señora«, antwortet der Fremde ungerührt und erhebt sich mit einem auffordernden Räuspern hinter uns.

Ohne mich umzudrehen weiß ich instinktiv, dass er riesig ist. Seine gewaltige Aura erdrückt mich schier und ich kann die Gefahr, die von ihm ausgeht, in jedem Molekül um mich herum fühlen, als wäre die Luft mit elektrischen Blitzen aufgeladen. *Ich habe um einen weißen Ritter gebeten, der vor mir kniet, und was schickst du mir? Den verdammten Teufel, der mich von hinten überfällt!*

Meine innere Stimme verhöhnt die heilige Macht, die garantiert nicht existiert. Jetzt weiß ich es ganz sicher.

Wie auf Autopilot will ich mich erheben, was Mama mit einem festen Griff um meinen Arm verhindert. Ihre schimmernden Augen verkeilen sich mit meinen und ich kann das stumme Flehen so deutlich hören, als würde sie es mir direkt ins Gesicht schreien: *Tu das nicht!*

»*Para la familia*«, wispere ich und drücke ihr einen Kuss auf die Stirn, was eine Träne über ihre Wange rollen lässt. *Für die Familie.*

Dagegen kann sie nichts einwenden, denn das wurde uns, seit wir denken können, beigebracht. Die Familie steht an oberster Stelle. Sie kommt immer vor allem anderen. Auch vor dem eigenen Wohl. Vor der eigenen Sicherheit. Einfach vor allem.

Noch heute höre ich meinen Papa zu mir sprechen, als ich gerade mal fünf Jahre alt war: *Wenn du etwas tun kannst, was deine Familie glücklich macht, dann tust du es, ohne zu fragen. Und wenn du Unheil für die Familie verhindern kannst, dann tust du es, ohne darüber nachzudenken.*

»*Te amo momia.*« Ich liebe dich Mama.

Mit diesen Worten schiebe ich mich mit gesenktem Blick aus der Bank und folge einer schwarzen Jeans, die in schweren, dunklen Boots endet.

Alles in mir schreit danach, dass ich nicht über die Schwelle dieser Kirche treten darf. Es fühlt sich an, als würde es mich mit aller Macht zurückziehen, doch ich will nicht, dass hier gleich Blut fließt. Das Blut meiner Familie und so vieler Unschuldiger.

Also gehe ich, wie es jede von uns Gonçalves-Frauen tun würde. Das erste Mal seit einer halben Ewigkeit fühle ich mich stark genug, um das Richtige zu tun. *Para la familia.*

Ich setze steif einen Fuß vor den anderen, bis mich gleißendes Sonnenlicht empfängt. Es herrschen feuchtwarme siebenundzwanzig Grad, doch die Wärme erreicht mich nicht. Ich kann sie nicht spüren, weil ich mich wie betäubt fühle. Da ist nur noch Kälte, die träge durch meinen Blutkreislauf zieht.

Was passiert jetzt? Wird er mich töten? Wird er mich mitnehmen? Entführen? Wer ist *er* und was will er von mir?

So viele Fragen und noch immer habe ich mich nicht getraut, meinen Blick zu heben. Diesem Monster ins Gesicht zu schauen, das mich während eines heiligen Gottesdienstes aus einer Kirche dirigiert, als hätte er überhaupt kein Gewissen.

Doch ich will mutig sein und den Kopf heben, als eine große, warme Hand sich unvermittelt auf mein nacktes Schulterblatt legt und sanften Druck ausübt.

Ein Stromschlag durchzuckt mich von der Schulter bis runter zu den Zehen, als wir direkten Hautkontakt haben und Schwindel steigt in mir auf.

Mit einem Mal wird um mich herum alles Schwarz und ich falle in ein Loch ohne Boden ...

Keno

Kapitel 5

Es war nur ein Griff. Ein geübter Griff auf einen Vitalpunkt und schon sackt das zierliche Ding in sich zusammen. Ich fange sie auf, um sie mir wie einen Sack Reis über die Schulter zu werfen, bevor sie mit der Schnauze auf den heißen Asphalt klatschen kann.

Ganz ehrlich? Ich hätte ihr auch meine Knarre an die Schläfe knallen können, wie ich es sonst bei solchen Leuten tue, aber sie ist so ein gebrechlicher Zwerg, dass ich ihr damit vermutlich das Genick gebrochen hätte. Und der Oberdon will sie ja lebend ...

Dass mich mehrere Menschen beobachten, interessiert mich einen Scheiß. Ich starre zurück mit einem Blick, der todbringender nicht sein könnte.

Schnell werden Köpfe gesenkt und Beine in die Hand genommen, um Abstand zu gewinnen. Am liebsten würde ich ihnen ein ›BUH‹ entgegenhauchen und dabei zusehen, wie sie sich reihenweise einschiffen, aber ich kann mich beherrschen.

Dario zieht ein letztes Mal tief an seiner Kippe, bevor er sie achtlos zur Seite schnippt. Er lehnt mit einem dauerangepissten Gesichtsausdruck und verschränkten Armen am Geländewagen.

Nein, er hat mir seinen vermiesten Abspritzer noch immer nicht verziehen, dieser kleine Pisser. Sobald ich schlafe, kann er ficken, wen er will. Und so lange er will, weil ich garantiert zwei Tage durchpennen werde.

Als ich näher zu ihm komme, ändern sich seine Züge schlagartig. Klar, ich habe eine Frau dabei. *Fickware*, wie er jetzt sagen würde. Aber er ist ja eine beleidigte Pussy, weshalb er eigentlich nicht mit mir sprechen will.

Neugierig reckt er den Kopf um mich herum und lässt einen anerkennenden Pfiff verlauten, als er das Gesicht des Mädchens ausreichend inspiziert hat. *Triebgesteuerter Vollidiot.*

»Schick«, säuselt er mit einem versöhnlichen Klang in der Stimme und verpasst der Kleinen einen straffen Klaps auf den Arsch, der in die Luft ragt, weil sie noch immer schlaff über meiner Schulter hängt.

Ich muss mich korrigieren, der Winzling wiegt weniger als ein Sack Reis. Und Darios Hand wird vermutlich morgen noch ihre Kehrseite zieren, weil er so hart draufgehauen hat, dass sie mir beinahe rückwärts runtergerutscht wäre. Vielleicht hat er dem mickrigen Ding jetzt auch die Hüfte gebrochen, ich hab keine Ahnung.

»Lass das«, knurre ich und bedeute ihm mit einem ungeduldigen Kopfnicken, dass er die verdammte Tür öffnen soll, damit ich die Ware ablegen und wir endlich aus diesem Dreckskaff verschwinden können.

Guatemala. Ich muss kotzen! Wer kommt hier schon freiwillig her? Die Sonne bereitet mir Kopfschmerzen, es stinkt nach Abgasen und die Luft flirrt derart heiß, dass ich kaum atmen kann.

»Sag bloß, sie gefällt dir nicht«, stichelt Dario dreckig grinsend und reizt mein ohnehin schon übermüdetes Gehirn bis zur absoluten Schmerzgrenze.

Ich knurre, weil ich ihm auf diesen Bullshit keine Antwort gebe, diesem kleinen Motherfucker.

»Ehrlich nicht? Alter, manchmal glaub ich, du bist schwul. Es wäre nicht schlimm, wenn es so wäre, nur dass du es weißt.«

Mit mahlenden Kieferknochen fahre ich zu ihm herum und werfe dabei die Tür so straff in die Angeln, dass die Karre seitlich schaukelt.

Sofort aktiviert Dario die Zentralverriegelung, damit das Mädchen nicht flüchten kann, sollte sie in diesem Moment wieder wach werden, wovon ich eigentlich nicht ausgehe, aber sicher ist sicher.

Ich bin müde und habe echt keinen Bock auf Faxen. Wenn sie mich reizt, knall ich sie ab. Dann hat Don Juan eben Pech gehabt. Mich würde ja schon interessieren, ob er überhaupt checken würde, wenn ich ihm eine falsche Chica vor die Nase setze. Mit Sicherheit fällt es ihm gar nicht auf.

»Es interessiert mich einen Scheiß, wie sie aussieht. Und dich sollte es ebenso wenig interessieren, weil Don Juan sie will, was bedeutet, dass sie eh bald elendig verrecken wird«, lasse ich meinen besten Mann mit hauchdünnen Nerven wissen, umrunde den Wagen und sinke tief in den Beifahrersitz.

Für gewöhnlich fahre ich selbst, doch ich bin jetzt seit vier Tagen ununterbrochen auf den Beinen und werde entweder ohnmächtig oder aggressiv, wenn ich nicht sofort eine Stunde die Augen schließen kann.

Und niemand will mich aggressiv. Mein entspanntes Ich reicht schon, um für Chaos zu sorgen und die Welt in Brand zu stecken.

Außerdem muss ich erstmal von meinem Trip runterkommen, weil ich noch immer das Blutbad vor Augen habe, das ich vor ein paar Stunden kurzfristig in einer Lagerhalle hinterließ. Ich mag keine

Spontan-Aufträge. Das kotzt mich echt an und das weiß mein Erzeuger eigentlich.

Irgendein namenloser Wichser hat Don Juan Geld geschuldet. Haufenweise Kohle und dem Alten ist ganz salopp eingefallen, dass diese Ratte direkt auf meinem Weg liegt. *Wie praktisch, dass das Hündchen immer brav nickt, oder?*

Jetzt schuldet der Parasit uns nichts mehr, weil er mit seinem Leben bezahlt hat, das ich ihm genommen habe. Und ja, er musste leiden, weil ein schmerzfreier Tod nicht für verschuldete Ratten wie ihn bestimmt ist.

Don Juan verfolgt sowas immer äußerst konzentriert über Video und ich habe mich nicht erst einmal gefragt, ob er sich auf diese erbärmlichen Schreie einen runterholt. Irgendwas daran muss ihn ja anmachen, denn freiwillig schaut man sich so eine kranke Scheiße doch nicht an, oder?

Bei der verängstigen Frau der Ratte war ich schnell, ganz einfach, weil ich keine Lust hatte, mich länger als nötig in ihrer ranzigen Bruchbude aufzuhalten.

Die Tochter hingegen – unschuldige vierzehn Jahre alt, unberührt und aufgrund dessen ein Vermögen wert – haben wir eingesackt und bereits verscherbelt.

Es liegt also durchaus im Bereich des Möglichen, dass ich die Karre einfach gegen die nächste Wand fahre, damit ich endlich schlafen kann. Für sehr lange Zeit, um mich mit meinem Gewissen, dass irgendwo tief in mir verborgen schlummert, nicht mehr auseinandersetzen zu müssen.

»Weißt du gar nicht, was er von ihr will?«, fragt Dario und ich spüre seinen neugierigen Blick seitlich auf mir.

Ich kann alles fühlen, was ich nicht sehe. Meine Sinne wurden schon von klein auf derart geschärft, dass mich nicht mal im Tiefschlaf jemand anstarren könnte, ohne, dass es mir entgeht.

Dass Dario den Motor startet, geht allerdings total an mir vorbei, weil meine Augen bleischwer werden und in immer kürzeren Abständen zu gleiten. Verdammte Fuckscheiße! Ich bin echt im Arsch wie lange nicht.

»Ey! Hörst du mich? Was will er von ihr?«, ranzt Dario mich an, weil er anscheinend in Smalltalk-Laune ist, während ich bereits am Wegdämmern bin.

Er heizt die G-Klasse mit maximaler Geschwindigkeitsüberschreitung durch die überfüllten Straßen Guatemalas. Und ja, der Penner nimmt jedes verdammte Schlagloch mit. Gleich parke ich meine Faust in seiner Fresse und fahre doch selber.

Zum Glück habe ich die Augen geschlossen. Ich will gar nicht sehen, welch waghalsige Manöver er hinlegt, um in diesem kleinen Scheißkaff derart schnell voranzukommen. *Atmen. Ich muss einfach nur atmen, sonst zieh ich meine Knarre und erschieße ihn, was mir hinterher verdammt leidtun würde.*

»Auch das interessiert mich nicht«, brumme ich warnend, weil ich nicht länger reden will.

Ich reibe mir mit beiden Händen über das Gesicht. Tonnenschwere Müdigkeit greift nach mir, was mir nur verdeutlicht, *wie* ausgelaugt ich bin. Ich bin gefickt und hatte noch nicht mal Sex. Die Ironie meines Lebens …

Für gewöhnlich schlafe ich nicht viel und wenn ich es tue, dann nur kurz und auch nicht gern. Die Bilder, die dann jedes Mal an meinen Augen vorbeiziehen, würden dem blutigsten Horrorfilm Konkurrenz machen. Texas Chainsaw Massacre? Lächerlich. Nightmare on Elm Street? Wirklich süß.

Mein ganzes Leben ist ein fucking Albtraum. Aber das sage ich keinem. Ich akzeptiere es, seit ich vor dreißig Jahren ungefragt in diese beschissene Welt gesetzt wurde.

Seit mein Erzeuger beschlossen hat, mich als seinen herzlosesten Höllenhund abzurichten. Ich war zu klein, um zu kapieren, was er da mit mir macht, bis es schlussendlich zu spät war.

Jetzt zerstöre, verletze oder töte ich auf ein einfaches Schnalzen. Cool oder? Nein, eigentlich ist das ein bisschen krank. Und ein Leckerli bekomme ich auch nicht dafür. *So undankbar, dieser Oberdon ...*

Noch immer ist die Kleine bewusstlos. Ob das gut oder schlecht ist, kann ich nicht sagen. Andererseits geht es mir am Arsch vorbei. Mit viel Glück krepiert sie noch bevor Don Juan sie in seine dreckigen Finger bekommt.

Weiß der Geier, was er sich wieder in seinen kranken Kopf gesetzt hat und warum er sie so dringend haben will. Ich kenne nicht mal ihren Namen, wobei der eh nicht von Bedeutung ist.

Wir haben sie wie vereinbart in den Jet verladen und sind vier Stunden später ohne Probleme in Havanna gelandet.

Jetzt sitzen wir erneut in einem Geländewagen und ich habe die Augen geschlossen, während mein Kopf auf meine Faust gestützt ruht. Das Geschaukel über die unebene Straße, die uns direkt in den Sierra del Rosario Nationalpark bringt, lullt mich zusätzlich ein.

Ein bisschen bewundern muss ich es ja schon, dass die Kleine so gefasst und anstandslos mit mir gegangen ist. Jede andere wäre lautstark in Tränen ausgebrochen oder mitten im Gang dieser gottlosen Kirche hysterisch zusammengebrochen.

Vermutlich stand sie einfach nur unter Schock und das so hart, dass nicht mal ihr Fluchtreflex Alarm schlagen konnte.

Sehr dumm von ihr. Sie hätte nur einmal zucken müssen, um eine der Wachen auf sich aufmerksam zu machen. Entweder ist sie also selten dämlich, oder ihre Furcht, dass ich dort drin ein Massaker veranstalte, das die Welt noch nicht gesehen hat, war tatsächlich größer als die Angst um ihr eigenes Leben.

»Meinst du, sie ist tot?«, fragt Dario unvermittelt in die Ruhe, die von leiser, im Hintergrund laufender, Musik aus den Lautsprecherboxen begleitet wird.

Ich rege mich knurrend und lasse das Fenster nach unten gleiten. Der schwüle Fahrtwind klärt meinen Verstand nur minimal, den ich jeden Augenblick wieder brauche, wenn wir auf dem Vargas-Anwesen eintreffen. Meinem zu Hause. Es ist auch nur ein anderes Wort für *Hölle*, aber gut.

»Keine Ahnung«, murmle ich unbeeindruckt und scanne mit verengten Augen konzentriert die Umgebung, um mich zu beschäftigen, weil ich ohnehin nicht schlafen kann, wenn Dario nicht sein blödes Maul hält.

Außerdem weiß man nie, ob man inmitten all dieser dichten Grünpflanzen spontan überfallen wird. Die meisten wissen natürlich, wem dieses

Gebiet gehört, und haben genug Lebenswille, sich entsprechend zu verhalten, doch man kann nie sicher sein.

»Überprüfst du das vielleicht mal?«, faucht Dario wie eine eingeschnappte Fotze, was mich genervt die Augen verdrehen lässt.

Er pisst sich nur so ein, weil Don Juan seine kostbare Ware *lebend* will. Wenn die kleine Bitch nicht mehr atmet, dann werden Köpfe rollen. Vielleicht fängt er ja ausnahmsweise mal mit meinem an, dann hätte ich es wenigstens geschafft.

Genervt strecke ich meinen Arm nach hinten, um an ihrem Hals nach dem Puls zu tasten. Kann ja nicht sein, dass sie bei nur einem Griff durch meine Hand gestorben ist, oder?

Vielleicht war ich aber wirklich zu grob, bei mir weiß man das nie so genau. Ich habe nie gelernt, wie man Menschen anfasst, um ihnen *nicht* wehzutun. Ich kann ficken und töten. Zu mehr werde ich nicht gebraucht, warum sich also die Mühe machen?

Das Mädchen auf der Rückbank ist ein echt filigranes Ding. Es würde durchaus Sinn ergeben, dass ein Griff durch meine Pranken gereicht hat, um sämtliches Leben aus ihr zu vertreiben.

Weil ich echt verdammt im Arsch bin und keinen Bock auf Stress mit dem Obermacker habe, wenn ich eine leblose Ware bei ihm ablade, hieve ich mich angepisst von meinem Arsch und beuge mich zwischen den Vordersitzen hindurch.

Jetzt bin ich dem Winzling, der total verdreht auf der Rückbank liegt, ganz nah. Ihre dunkle Mähne hängt über ihr Gesicht, die Schultern, die Arme. Verdammt, diese ultralangen Zotteln sind überall!

Ihre gebräunte Haut sieht unglaublich weich aus und es kotzt mich ein bisschen an, dass mein Blick auf ihre vollen Lippen fällt, die leicht geteilt sind.

Sie ist gigantisch hübsch, keine Frage. In keinster Weise mit den dressierten Nutten in unseren Clubs zu vergleichen. Die sind perfekt, makellos vom Scheitel bis zum kleinen Zeh. Aber dieses winzige Ding da ... ich weiß auch nicht. Sie wirkt irgendwie echt. Rein.

Nur ist es sowas von unwichtig, wie sie aussieht. Woher sie kommt. Wie sie heißt. Alles verliert an Bedeutung, wenn Don Juan dich von mir holen lässt. Aus welchem Grund auch immer.

Ich taste weiter, weil ich ihren Puls nicht sofort finde. Als meine Hand vollständig um ihre zarte Kehle liegt, durchfährt mich ein sonderbares Gefühl, das mich stocken lässt. *Woah, was ist das denn?!*

Ein einziger Griff würde reichen und sie wäre Geschichte. Würde nie wieder die Augen öffnen, an deren Lidern sich dichte, schwarze Wimpern aneinanderreihen. Ich weiß nicht mal, welche Farbe sie haben.

Keine Ahnung, wer du bist und warum Juan dich so dringend haben will, aber er wird dich foltern lassen. Vermutlich durch meine Hand und es wird dir den Höllentrip deines Lebens bescheren. Soll ich es gleich hier und jetzt beenden? Das wäre so viel angenehmer für dich, du gebrechlicher Zwerg.

»Und?«, hakt Dario unvermittelt nach.

Er schafft es tatsächlich, dass ich mich erschrecke, weil ich wie ein verblödeter Wichser in Gedanken ein Selbstgespräch mit einer Todgeweihten führe. Sofort wallt heiß glühende Wut in mir auf, weil ich es hasse, wenn ich unkontrolliert bin.

»Sie atmet. Zufrieden?«, belle ich ungehalten und reiße meine Hand zurück, als hätte ich mich an dem Winzling verbrannt.

Mit einem genervten Schnauben lasse ich mich zurück in den Sitz fallen und schließe erneut die Augen. Ihr zarter Duft nach irgendeiner Blume hängt noch in meiner Nase, also nehme ich einen tiefen Atemzug und übertünche ihn mit der feucht schwülen Dschungelluft.

Eine Stunde noch, dann hab ich endlich meine Ruhe und die ganze Welt kann mich am Arsch lecken!

Amara

Kapitel 6

Es kostet mich alles an Selbstbeherrschung, mich nicht zu bewegen. Einfach nur still dazuliegen und mich bewusstlos zu stellen, obwohl alles in mir nach Flucht schreit.

So gigantisch laut, dass sich zu dem dumpfen Pochen meines Herzens in den Ohren ein schriller Pfeifton gesellt, der mich wahnsinnig macht.

Hinter meinen geschlossenen Lidern befehle ich mir, einen Punkt in der Dunkelheit zu fixieren, damit sich meine Augäpfel nicht bewegen. Einfach tot stellen, bevor ich etwas Dummes tue. Kreischen zum Beispiel.

Kontrolliert atme ich ganz flach ein und aus. Dabei würde ich viel lieber keuchen. Hektisch um Atem ringen, weil ich so verdammt aufgewühlt bin.

Meine Kehle ist staubtrocken, sodass mein Hals bei jedem Atemzug schmerzt, als wäre er wund. Ich schwitze und fühle mich unendlich ausgelaugt. Meine Muskeln brennen und ich würde so gerne meinen steifen Nacken dehnen, weil sich bereits jetzt ein übles Stechen in meinem Kopf einnistet, das stark an eine herranrauschende Migräne erinnert.

Nur darf ich mich nicht rühren. Keinen Millimeter, weil ich nicht weiß, was passiert, wenn die checken, dass ich wach bin.

Aus den Lautsprechern dringt Hardrock, der so aggressiv klingt, dass er mich nur noch weiter aufstachelt und in Panik versetzt.

Feucht-schwüle Luft hängt im Wageninneren, die sich mit einem teuren Männerparfüm vermischt, das in meiner Nase ein sanftes Prickeln verursacht.

Also keine abartigen Penner, die mich der Kohle wegen verschleppt haben. Ein Möchtegerngangster aus der Unterschicht könnte sich im Leben nicht solch einen edlen Duft leisten. Hier riecht es nach Macht, Geld, Gewalt und Einfluss.

Nur beruhigt mich diese Schlussfolgerung nicht im Geringsten. Wenn es arme Schlucker wären, wäre ich nach einer fetten Lösegeldzahlung wieder frei und könnte nach Hause zurück.

Doch so tappe ich im Dunkeln und habe keine Ahnung, was auf mich zukommt, oder wohin mich diese Männer bringen. Es sind zwei, weil sie sich zwischendurch einsilbig unterhalten und die Stimmen so grundverschieden klingen.

Die eine ist samtig, beinahe weich, wohingegen die andere mir einen Schauer nach dem anderen über den Rücken treibt.

Wenn das Wort ›Härte‹ ein Klang wäre, dann würde er sich exakt so anhören. Es ist die Stimme des Mannes, der mich aus der Kirche geholt hat. Niemals wieder werde ich sie vergessen können.

Noch immer habe ich nicht gesehen, mit wem ich es eigentlich zu tun habe. Ich habe keinen blassen Schimmer, wie dieser Idiot mich so rasant mit nur einem Griff in diese tiefschwarze Ohnmacht driften lassen konnte.

Alles ging so wahnsinnig schnell, dass ich keine Chance hatte, auch nur ansatzweise zu reagieren. *Tja Papa, da siehst du es mal. Das ganze Verteidigungstraining war total fürn Arsch. Und wie gut, dass ich zielgenau schießen kann – wo ist also meine Waffe, hm?!*

Jetzt werde ich auf der Rückbank eines Wagens in alle Richtungen geschaukelt, weil wir irgendeine unebene Straße überqueren.

Ich weiß nicht, ob wir noch immer in Guatemala sind oder die Landesgrenze inzwischen längst passiert haben. Ich kann nicht zuordnen, wie lange ich weggetreten war, ob draußen ein neuer Tag anbricht oder die Abenddämmerung des heutigen Tages bald einsetzt. Auch weiß ich noch immer nicht, *warum* ich hier bin. Was diese Männer von mir wollen.

Ich kapiere überhaupt nichts mehr und weiß dennoch mit absoluter Sicherheit, dass es mein Untergang war, als ich einwilligte, diese Kirche zu verlassen. Das war mein Ticket in die Hölle und es gibt keinen Rückfahrschein. Ich kann es so deutlich spüren, als würde es mir der Teufel persönlich unheilvoll ins Ohr hauchen.

Mit einem Mal liegt eine warme Hand seitlich an meinem Hals. Eine gigantisch große Hand. *Oh fuck! Fuck! FUCK!*

Ich erschrecke mich zu Tode und es bringt mich schier um, nicht darauf zu reagieren. *Okay, nicht bewegen. Einfach nur atmen. Nicht! Bewegen! Amara!*

Meine Panik lähmt mich bis in den letzten Winkel, weshalb ich es tatsächlich schaffe, vollkommen reglos zu bleiben.

Ein Körper, der eine gewaltige Hitze versprüht, ist mir plötzlich ganz nah. Ich will die Augen öffnen. So verdammt dringend, weil die Neugier ein Teil des menschlichen Verlangens ist. Sie will um jeden Preis befriedigt werden, doch ich kann diesem niederen Drang jetzt nicht nachgeben, weil ich zu viel Angst davor habe, was dann passiert.

Auch dieser frische, männliche Duft ist jetzt noch intensiver. Er zwängt sich so hart in meine Nase, dass mein Bauch schlagartig kribbelt.

Mein Herz klopft dermaßen laut, dass ich die Befürchtung habe, mein Gegenüber könnte es hören.

Ich habe Körperkontakt niemals zuvor derart bewusst wahrgenommen, weshalb sich alles in mir versteift, bis ich mich hart wie ein Ziegelstein fühle.

Die große Hand legt sich unvermittelt um meinen Hals. Nicht fest, aber so, dass ich sie überdeutlich spüre. Sie passt vollständig um mich herum und ich muss krampfhaft gegen ein Wimmern ankämpfen. *Bitte tu mir nicht weh!*

Für den Bruchteil einer Sekunde überfällt mich ein sonderbares Gefühl, das ich nicht schnell genug einsortieren kann, bevor es wieder von dieser lähmenden Panik überschwemmt wird.

Der Atem des Mannes stockt hörbar, ebenso mein Herz. Seine Finger zucken kaum merklich und ich würde am liebsten mit ihnen mitzucken, doch ich darf nicht.

Was wird er jetzt tun? Mich erwürgen, während er glaubt, dass ich weggetreten bin?

Mein Gesicht prickelt unerträglich, weil er mich so intensiv mustert und sein ruhiger Atem warm meine Haut beschlägt. *Gott, ich muss hinsehen, aber Scheiße verdammt, ich darf nicht!*

Innerlich kämpfe ich gewaltsam dieses absurde Bedürfnis nieder, einen Blick auf den gut riechenden Heizlüfter zu werfen. Ich will wissen, zu wem diese Hand gehört, die sanft und trotzdem tödlich um meine Kehle liegt.

Ich muss die Augen sehen, die sich direkt in mein Gesicht fressen, bis sich alles in mir glühend heiß zusammenzieht. Und obwohl es mich alles an Selbstbeherrschung kostet, schaffe ich es, reglos zu bleiben.

»Und?«, fragt der Mann mit der freundlichen Stimme und ich fahre innerlich zusammen, weil ich in der angespannten Stille dieses sonderbaren Moments vollkommen untergegangen bin.

»Sie atmet. Zufrieden?«, donnert der Heizlüfter aggressiv und lässt mit einem Mal von mir ab. Er klingt so angepisst, als hätte man ihn bei etwas Verbotenem ertappt.

Schlagartig wird es kühl um mich herum. Der Schatten über mir verschwindet, ebenso die Wärme und der intensive Geruch.

Stattdessen weht eine schwüle Brise ins Wageninnere, weil jemand ein Fenster geöffnet hat. Die brummenden Motorengeräusche und das hin- und herschaukeln verstärken meine Kopfschmerzen ungemein.

Ich brauche Wasser.

Und eine Fluchtmöglichkeit.

Einen Plan.

Als es eine Zeit lang beinahe totenstill ist zwischen den Männern, öffne ich zaghaft ein Auge. Nur einen Spalt weit. Gerade so, dass ich verschwommen ein paar Umrisse erkennen kann.

Mein Kopf liegt hinter dem Beifahrersitz, auf dem ein breitschultriger Mann mit dunklem Haar und furchteinflößenden Muskeln sitzt. An seinem sanft gebräunten Nacken blitzt eine silberfarbene Kette auf, die das Sonnenlicht einfängt.

Sein Kopf ruht auf seiner großen Faust gestützt und ich überlege fieberhaft, welcher von beiden der mit der harten Stimme ist.

Vermutlich der auf dem Beifahrersitz direkt vor mir, weil er sich so lange über mich gebeugt hat. Das hätte er nicht tun können und zeitgleich den Wagen steuern.

Neben dem Kerl, der ganz offensichtlich schläft, lenkt der andere das Auto entspannt über eine Straße, die immer holpriger wird. Sein dunkles Haar ist kurz geschoren und erinnert an eine schlichte Militärfrisur.

Ich sehe die Ausläufer verschiedener Tattoos an seinem Nacken und dem Rücken bis über seinen rechten Oberarm, weil er nur ein schwarzes Muskelshirt trägt. Und diese Muskeln ...

Ich schlucke trocken und verkrampfe mich innerlich noch ein Stück mehr. Wie soll ich gegen diese beiden Gorillas ankommen? *Ich hab im Leben keine Chance!*

Ein knapper Blick aus dem Fenster verrät absolut gar nichts über unseren derzeitigen Aufenthaltsort. Alles ist grün, grün und noch mehr grün.

Vielleicht sind wir in einem der Wälder in Guatemala? Ich kann es nicht genau sagen, weil ich nicht genug erkennen kann. Was ich aber sicher weiß, ist, dass ich aus diesem Auto raus muss. Egal wie.

Fieberhaft sortiere ich meine spärlichen Optionen in meinem aufgescheuchten Verstand und komme nur zu einem einzigen Entschluss: Ich muss einen Überraschungsangriff starten, weil ich diesen beiden Stiernacken ansonsten vollkommen ausgeliefert bin.

Geräuschlos und unendlich langsam schiebe ich mich immer weiter zur Seite, bis ich vollständig hinter dem Fahrer geduckt auf der Rückbank kauere.

Der ist so damit beschäftigt den Schlaglöchern auszuweichen, dass er gar nicht mitbekommt, was hinter ihm passiert. *Bitte schau jetzt nicht in den Rückspiegel!*

Mein Herz schlägt mir bis zum Hals, als ich mit zitternden Fingern langsam in meinen Nacken greife, um den Verschluss meiner Goldkette zu lösen. Geräuschlos gleitet sie in meine Hände, wo ich sie einmal fest umschließe.

Ich muss zurück zu meiner Familie. Ich will wissen, wie es meinem Papa geht. Und Mama! Gott, sie muss umkommen vor Sorge.

Was wohl passiert ist, als ich die Kirche verlassen habe? Mama wird kaum bis zum Schluss in diesem Gottesdienst gesessen haben.

Papa muss ausgeflippt sein, als sie ihm davon erzählt hat. Hoffentlich beschert ihm das keinen weiteren Herzinfarkt, der ihn schlimmstenfalls noch ins Grab bringt.

Ob sie bereits auf der Suche nach mir sind? Vielleicht kann ich ihnen entgegenlaufen, wenn ich die Straße zurückrenne.

Die goldenen Kanten der *Monja Blanca* – Nationalblume Guatemalas und Teil unseres Familienwappens – bohrt sich tief in meine schwitzigen Handflächen.

Ich nehme einen flachen Atemzug, bevor ich mich mit einem Satz nach vorn werfe und die Kette von hinten um den Hals des Fahrers schlinge.

Ich ziehe sie straff, so fest ich kann, und stemme meine Beine gegen den Sitz, um noch mehr Druck auszuüben. Innerlich rassele ich einhundert Gebete runter, dass die feingliedrige Kette nicht reißt, bevor der Wagen zum Stillstand gekommen ist.

Keine Ahnung, was ich dann tun werde. Aussteigen und rennen ist das Einzige, was Sinn ergibt.

Und wenn sie Waffen haben? *Heilige Scheiße, dann muss ich im Zickzack laufen! Hauptsache weg!*

Adrenalin peitscht durch meinen Blutkreislauf wie eine Tsunamiwelle und reißt restlos jeden klaren Verstand nieder. Das Rauschen in meinen Ohren macht mich taub für alles um mich herum.

Der Wagen gerät ins Schlingern. Wie durch Wassermassen höre ich den Mann vor mir röcheln, den anderen hochschrecken und aufgebracht fluchen.

Er will sich zu mir umdrehen, nach mir greifen. Seine Hand nähert sich mir rasend schnell und trotzdem nicht fix genug.

Mit dem nächsten Wimpernschlag tingelt der Wagen von der Fahrbahn und stürzt eine Böschung zu unserer Rechten hinab.

Mir entwicht ein spitzer Schrei der grenzenlosen Panik, als wir uns überschlagen. Ich bin nicht angeschnallt und werde bis auf die Knochen durchgeschüttelt. Mein Kopf knallt gegen die Seitenscheibe auf der Rückbank, was einen gigantischen Schmerz unter meiner Schädeldecke explodieren lässt.

Ich will mich irgendwo festhalten, doch alles geht so schnell, dass ich oben von unten nicht mehr unterscheiden kann.

Mit einem gedämpften Knall kommt der Wagen seitlich am Boden auf. Metall ächzt kreischend auf, was mir direkt unter die Haut fährt und mich noch benommener macht.

Das Gefährt schaukelt mit einem straffen Ruck zurück in die richtige Position. Dabei werde ich auf die andere Seite der Sitzbank geschleudert und stoße mir ein weiteres Mal den Kopf.

Dann verschluckt mich erneut die Dunkelheit und ich weiß, dass ich meine letzte Chance verspielt habe. *Carajo! Verdammt!*

Keno

Kapitel 7

Ich blinzle mehrmals hintereinander durch die zerschellte Windschutzscheibe und versuche, meinen außer Kontrolle geratenen Herzschlag wieder in den Griff zu bekommen.

Mein innerer Dämon schnappt um ein Haar über, weil ich so angepisst bin, wie seit hundert Jahren nicht. *Was zum verfickten Teufel?!*

Tief atme ich ein und wieder aus, um nicht auszuflippen, bevor ich meinen Blick zu Dario gleiten lasse, der schlaff in seinem Sitz hängt – mit einem weißen Kissen in die demolierte Schnauze gedrückt.

Blut sickert aus einer Platzwunde an seiner Stirn und verteilt sich auf dem hellen Stoff. Rasender Zorn packt mich – gleich aus mehreren Gründen.

Der erste Grund ist mein Erzeuger, ganz einfach, weil er nächstes Mal irgendeinen anderen Volldeppen losschicken soll, um ein hinterhältiges Biest wie dieses durchtriebene Gör einzusacken.

Der zweite Grund – der mich, zugegeben, echt mehr als rasend macht – liegt verdreht im Fußraum hinter meinem Sitz und rührt sich ebenfalls nicht mehr.

Ein wütendes Knurren hängt in meiner Kehle, als ich das Handy aus meiner Hosentasche zerre und einen Wachmann an die Strippe hole.

»Schick einen Krankentransporter. Dario ist verletzt. Und einen Abschlepper. Der Wagen ist hin«, belle ich mit geballter Faust und lege wieder auf, ohne auf eine Antwort zu warten.

Ich weiß, dass sie mich orten können. Das kann hier jeder, weil mein Erzeuger ganze Arbeit geleistet hat, um mich an einem Fluchtversuch zu hindern.

Früher wollte ich echt oft abhauen. Mein junges Ich hat sich nämlich an diesen humorlosen Witz geklammert, den andere Menschen als ›Hoffnung‹ bezeichnen.

Als ich mit neun das erste Mal über Nacht türmen wollte, haben mich Don Juans Männer wieder eingesackt. Ich wurde in Isolationshaft gesperrt, bis der Alte nach zwei qualvoll langen Tagen kam.

Die Ohrfeige, die ich mir für mein schandhaftes Verhalten einfing, knipste mir augenblicklich die

Lichter aus. Während meiner Bewusstlosigkeit wurde mir ein Tracker implantiert. Und nein, das ist leider kein Scherz.

Ich hätte mir dieses Scheißteil längst eigenhändig aus dem Fleisch geschnitten, wenn ich wüsste, wo genau er sich befindet. Ich kann mich aber nicht von oben bis unten aufschlitzen, um das Ding zu suchen.

Angefressen wische ich mir das Blut von der Lippe, auf die ich beim Aufprall gebissen habe, und trete zornig die verbeulte Tür auf, sodass sie ein gefährliches Knarzen von sich gibt und beinahe aus den Angeln reißt.

Die Verspannung in meinem Nacken versuche ich zu ignorieren, lasse ihn stattdessen einmal in jede Richtung knacken.

Der Wagen ist seitlich gegen einen Baum gedonnert und hat die hintere Karosse total eingedellt, weshalb ich die Tür dort nicht aufbekomme.

Also fahre ich mit einer stinkwütenden Bewegung den Beifahrersitz bis zum Anschlag nach vorn. Ich reiße ihn um ein Haar aus den Schienen, bevor ich durch die Lücke zwischen Sitz und Blech greife, um die Kleine wie ein totes Kätzchen am Genick aus dem Wagen zu zerren.

Wäre sie bei Bewusstsein, würde ich sie in der Mitte auseinanderreißen für diese Scheißaktion.

Doch was soll ich mit einer praktisch Toten diskutieren?

Wieder werfe ich sie mir über die Schulter.

Wieder. Kotzt. Es. Mich. An!

Weil ich keinen Bock habe, auf den beschissenen Abschlepper zu warten, und sie inzwischen wissen müssten, wo der Unfall passiert ist, stampfe ich einen Trampelpfad entlang, der mich in kürzester Zeit zu unserem Anwesen bringen wird. Er ist mit einem Fahrzeug nicht passierbar, aber zu Fuß ist es kein Problem.

Nur wenige kennen diesen schmalen Durchgang überhaupt. Die meisten wären hier draußen im Dschungel restlos aufgeschmissen und dem Tode geweiht. Ich hingegen kenne mich hier genauso gut aus, wie in meinen eigenen vier Wänden.

Mein erstes Survivaltraining werde ich mein Leben lang nicht vergessen. Ich war sieben und Don Juan hat mich gnadenlos eine Nacht hier draußen ausgesetzt mit nichts, außer meiner Kleidung, die ich am Leib trug.

Ich hatte echt die Hosen voll. Der Dschungel schindet grundsätzlich Eindruck mit seiner geheimnisvoll drückenden Atmosphäre, aber die Geräusche die einem nachts unter die Haut kriechen sind für einen Siebenjährigen die schlimmste Folter, die man sich nur vorstellen kann.

Auch unterschätzt man das Klima hier draußen gewaltig. Wenn es tagsüber brütend heiß, schwül und feucht ist, können die Temperaturen nachts dennoch brutal weit in den Keller fallen. Mir war eiskalt, ich hatte Hunger, Durst und unglaubliche Angst.

Ich war ganz allein und konnte mich nirgends verstecken. Die Gefahr lauerte überall, hinter jedem dunklen Blatt, das sich regte. Hinter jedem noch so kleinen Geräusch, das meine überreizten Kinderohren wahrnahmen.

Meine Belohnung war kein Lob oder Anerkennung, sondern das Leben an sich, denn Don Juan kam nicht, um mich zurückzuholen. Nein, ich musste den Weg zum Anwesen alleine finden. Das hat mich fast zwei Tage gekostet.

Mit neun, als er mir – vielleicht oder vielleicht auch nicht – den Tracker unter die Haut gerammt hat, habe ich angefangen, diesen Mann zu hassen, aber bereits mit sieben ging mein Respekt diesem Arschloch gegenüber restlos flöten.

Ich habe die Zufahrtsstraße durch den dicht verwucherten Dschungel fast erreicht, die direkt zu unserem Anwesen führt, als mir ein wütendes Grollen entweicht.

Messerscharfe Nägel krallen sich unnachgiebig in meine Rückseite und verursachen ein gigantisches Brennen unter meiner Haut.

Das kleine Miststück ist wach und sie zappelt so lange, bis sie einen ihrer beschissenen Heels zu fassen bekommt und mir den Absatz volles Rohr in die Nieren pfeffert. *Fuck!*

Mit einem zornigen Ruck reiße ich das aufsetzige Weib von meinem Rücken und donnere sie unbeherrscht auf den Waldboden. Ihr entweicht ein ersticktes Keuchen, als sie rücklings auf dem braunen Lehmboden aufschlägt. Sofort bin ich über ihr.

»Hast du mich gerade angegriffen?«, belle ich aufgebracht und stiere sie noch tiefer in den staubigen Lehm.

Ihr Haar hat sich beim Aufschlagen vollständig aus der Spange gelöst und verteilt sich als schwarzes Chaos um ihr makelloses Puppengesicht, das aussieht, als wäre es mit einem Weichzeichner bearbeitet worden.

»Geh von mir runter, du Fettsack!«, zischt sie wutentbrannt, wehrt sich eisern gegen mich und furcht mir mit den Nägeln über die Arme. Scheiße, diese Irre erwischt mich sogar zweimal im Gesicht!

»Ich schlag keine Frauen, aber du kratzt echt gewaltig an meiner Toleranzgrenze, Bitch!«

»Dann lass mich los!«, faucht sie fuchsteufelswild und windet sich wie ein zuckender Fisch unter mir. *Kämpf soviel du willst, ich wiege bestimmt das Dreifache von dir.*

Mühelos verstärke ich meinen Griff um ihren Schwanenhals und funkle sie übergeschnappt vor Zorn an. Ihr Gesicht verfärbt sich binnen Sekunden rötlich und ihre tiefbraunen Augen werden noch größer, als sie es ohnehin schon sind. Die dunklen Brauen ziehen sich hilflos über ihrem kleinen Nasenrücken zusammen. Trotzdem hält sie meinem lodernden Blick tapfer stand.

»Bitte«, krächzt sie mit einer gigantischen Panik in der Stimme. Gut! Sie darf ruhig wissen, dass sie mir am Arsch vorbeigeht. Dass ich sie binnen Sekunden ins Jenseits befördern kann.

Ihre kleinen Hände werden erneut aktiv, weil ihr sichtlich der Sauerstoff ausgeht. Sie legen sich verbissen um meinen Arm und versuchen mit letzter Kraft, mich von ihr zu schieben. Lächerlich. Drei Sekunden noch, maximal vier, dann erstickt sie.

Als Tränen in ihre Augen treten, ziehe ich sie am Hals ein Stück zu mir, was ihren blumig-frischen Duft erneut in meine Nase wabern lässt. *Flenn jetzt bloß nicht! Du bist selbst schuld!*

Mit einem Ruck ramme ich ihr kleines Köpfchen zurück in den Boden. Ein schwaches Keuchen dringt aus ihrer zugeschnürten Kehle, rollt hilflos über die perfekt geschwungenen Lippen, auf denen schon wieder mein beschissener Blick hängt. *Alles easy, ich bin unterfickt, weil unsere Nutten scheiße blasen, mehr nicht.*

Der Ausdruck in ihren feurigen Bambiaugen könnte nicht verzweifelter sein, bevor sich ihre Lider flatternd schließen. Die langen schwarzen

Wimpern werfen kleinen Schatten auf ihre hysterisch geröteten Wangen, als sie endlich verstummt.

»FUCK!«, brülle ich gereizt, stehe auf und klopfe mir mit wütenden Bewegungen den verfickten Staub von der Hose. »Schlaf einfach, bis ich dich abgeladen hab, zum Teufel!«

Anschließend greife ich unter ihr schwarzes Kleid und zerre die Seidenstrumpfhose samt dem übriggebliebenen Stöckelschuh mit einem Ruck von ihren schlanken Beinen.

Dass ihre Haut sich unter meinen Fingerspitzen gigantisch weich anfühlt, verdränge ich eisern in diesen einen Teil von mir, den mir mein Erzeuger, seit ich denken kann, am liebsten mit der bloßen Hand aus der Brust reißen will.

Ein weiteres Mal lasse ich mich nicht von diesem dummen Ding angreifen. Ganz sicher nicht, weil sie dann stirbt. Meine Nerven sind ohnehin schon bis zum Zerreißen gespannt, da kann ich sowas Vorwitziges nicht auch noch gebrauchen, verdammt!

Mit einem *Ratsch* zerfetze ich den Stoff der Strumpfhose mit den Händen und zurre damit ihre Gelenke aneinander. Dann sind ihre Knöchel dran, um sie vollkommen bewegungsunfähig zu machen.

Den restlichen Stoff stopfe ich ihr in diese vorlaute Klappe und verknote ihn fest an ihrem Hinterkopf, damit sie auch ganz sicher die Schnauze hält, bis ich sie zu ihrem neuen Besitzer gebracht habe.

Die Schuhe lasse ich achtlos im Dreck liegen, weil es ab jetzt ihr kleinstes Problem sein wird, barfuß zu sein. *Und mal ehrlich, wer Schuhe als Waffe benutzt, der braucht keine mehr. Punkt!*

Ich habe keine Ahnung, was der Oberficker mit ihr vorhat, aber ein Spaziergang durch die Hölle wäre vermutlich angenehmer für den Gartenzwerg.

An einem Arm reiße ich sie in die Höhe, um sie mir erneut über die Schulter zu werfen, wie ein erlegtes Wildtier. *Fuck! Fickt euch einfach alle und lasst mich in Ruhe!*

Ich passiere mit zornigen Schritten das Tor, das unser zwanzig Hektar großes Territorium umfasst, an dem wie immer ein paar Wachen patrouillieren. Auf direktem Weg steuere ich die Hängebrücke an, die sich über den vorderen Teil des Hofes erstreckt und in den Trainingsplatz der Wachen mündet.

Mitten auf der Brücke stoppe ich kurz und werfe einen Blick nach unten, wo meine *Haustiere* in der Sonne lümmeln.

Wenn ich raten müsste, hat sich Beast wieder eine Schelle von Lady eingefangen, weil er mit zwei Metern Sicherheitsabstand zu ihr auf einem Baumstamm gammelt.

Dabei wirft er ihr schmachtende Blicke zu, als könne er ihre Abweisung nur schwer ertragen. Keine Ahnung, warum er sich so von ihr rumschubsen lässt. Er ist ein bisschen verliebt und dumm.

Kopfschüttelnd wende ich mich ab und hebe meine Hand zum Gruß, als mir ein paar Männer mit grimmigen Gesichtern zunicken.

Mit der anderen ziehe ich die Beretta aus dem hinteren Hosenbund und lasse zwei Schüsse in die Luft knallen, damit jeder dieser Flachwichser weiß, dass ich zu Hause bin. Wie immer.

Die Kleine gleitet schlapp von meiner Schulter und bleibt reglos auf dem staubigen Lehmboden liegen, der sich durch unser gesamtes Anwesen erstreckt.

Ein knapper Blick auf sie zeigt mir, dass Blut an ihrem Hinterkopf klebt. Nicht viel, also wird es schon passen, wenn ich sie hier liegen lasse.

Mal sehen, wie wichtig sie meinem Erzeuger wirklich ist. Wenn er sie in der erdrückenden Hitze länger als nötig liegen lässt, dann dehydriert sie sowieso. Aber das soll nicht mein Problem sein.

»DON JUAN!«, brülle ich gereizt, während ich mich bereits auf meine Casita abseits des Haupthauses zubewege. »Deine Ware ist abholbereit!«

Mit einem Stiefel trete ich meine Haustür hinter mir ins Schloss, ohne eine Antwort abzuwarten. Mein Job ist erledigt. Jetzt will ich meine Ruhe und bis zum nächsten Morgen keinen verfickten Ton mehr hören.

Ich schließe die Augen, lehne mich mit dem Rücken gegen das hölzerne Türblatt und atme einmal tief ein und wieder aus.

Angenehme Ruhe umgibt mich, was zwar meine zerrütteten Gedanken umso lauter kreischen lässt, doch damit komme ich inzwischen ganz gut klar. Ich lebe seit Jahren mit diesem Horror in meinem Verstand und irgendwann gewöhnt man sich an alles.

Erschöpft trete ich mir die Stiefel von den Füßen und reiße die Knöpfe meiner Jeans im Gehen auf. Bevor ich sie mir über die Beine schiebe, zerre ich mir mein mit Blutflecken beschmutztes Shirt von hinten über den Kopf.

Ohne auch nur einmal einen Stopp einzulegen, laufe ich direkt unter meine schwarze Walk-in-Regendusche und genieße die eiskalten Wassertropfen, bevor sie langsam wärmer werden.

Die Handflächen gegen die schweren Schieferplatten gepresst, lasse ich all den Schweiß, das Blut und meine jüngsten Schandtaten im Abfluss verschwinden und frage mich, wann der wegen all diesem Scheiß überläuft.

Metaphorisch gemeint. *Ich* bin der Abfluss und es ist wohl nur noch eine Frage der Zeit, bis ich überlaufe ...

Mit einem Handtuch um die Hüfte geschlungen, sammle ich auf dem Weg zurück die schmutzige Kleidung vom Boden auf und befördere sie in einen Wäschekorb neben dem Kleiderschrank. Ordnung muss sein.

Dann kippe ich ungebremst in die schwarzen Laken und drifte auf die Sekunde in einen tonnenschweren, traumlosen Schlaf ab.

Ich verrate dir ein Geheimnis, princesa: Träume sind etwas für Idioten, die noch immer hoffen. Doch dieser Ort hat die Hoffnung in mir auf Lebzeiten ausgerottet.

Amara

Kapitel 8

Meine Lider öffnen sich flatternd und jeder Knochen in meinem Körper schmerzt, als wäre ich ein einziger blauer Fleck.

Entweder wurde ich auf brutalste Weise durch einen Fleischwolf gedreht oder man hat mich ohne Sicherheitsgurt in eine Achterbahn mit zwanzig Loopings gesetzt, anders kann ich mir dieses gigantische Pochen in meinem Inneren nicht erklären.

Immer wieder versuche ich gegen die Trockenheit meiner Kehle anzuschlucken, die wie Feuer brennt, als hätte ich geschrien. Habe ich das? Geschrien?

Zittrig rappele ich mich an eine Wand gestützt auf und lasse meinen verwaschenen Blick umherwandern, um zu erfassen, wo ich bin.

Drei kalte Steinwände aus braun-roten, abgeschlagenen Backsteinen, eine Wand mit Gitterstäben vor mir und hinter mir ein kleines verstrebtes Fenster, das in einer der Wände eingelassen ist, umringen mich.

Der Boden besteht aus rötlichem Lehm und ist so trocken, dass sich an manchen Stellen kleine Risse gebildet haben.

Benommen greife ich an meinen hämmernden Schädel, der mich schier umbringt, und versuche mich zu erinnern, was passiert ist. Angestrengt kratze ich den letzten Rest meiner noch funktionierenden Gehirnwindungen zusammen und schlucke schwer, als die Erinnerungen langsam meinen trägen Verstand fluten. *Oh so eine verdammte Fuckscheiße!*

Aber da war noch etwas, oder? Ich war dazwischen einmal wach, doch ich erinnere mich nur vage daran. Da war ein Gesicht direkt über meinem, das ich nicht greifen kann, egal, wie sehr ich mich auch anstrenge. Und diese gefährlichen Augen, die mir einen eiskalten Schauer über die Wirbelsäule schicken, wenn ich nur an sie denke.

An meiner Kopfhaut spüre ich eine Kruste, weil ich mir anscheinend eine Platzwunde geholt habe. Deshalb diese unerträglichen Kopfschmerzen. Mein lächerlicher Fluchtversuch ist mehr als in die Hose gegangen und hätte richtig schlimm ausgehen können.

Doch ich war so voller Entschlossenheit, dass ich nicht klar denken konnte. Ich habe rein instinktiv gehandelt. Jetzt bin ich eingesperrt. Klasse. *Excusa, in welcher Stufe der Hölle befinde ich mich hier?*

Ich stelle mich auf die Zehenspitzen, um aus dem vergilbten Fenster, das von dichten Spinnweben verdeckt wird, schauen zu können.

Es ist nicht viel zu erkennen, außer einem Boden ähnlich meinem hier drin, der mit mir auf Augenhöhe ist. Dahinter liegt grenzenloses Grün. Also haben sie mich in einen Keller gebracht, mitten in einem Tropenwald. Die Frage ist nur: Wo zum Teufel ist *hier*?

Plötzlich durchfährt mich ein grauenvolles, metallisches Kreischen und ich zucke panisch in einer schmutzigen Ecke zusammen.

Vorsichtig drehe ich meinen dröhnenden Kopf in die Richtung, aus der der Lärm gekommen ist und sehe, dass jemand die Zelle geöffnet hat.

»Ausziehen«, blafft mich die bekannte Reibeisenstimme an, die mit einem Mal ein ziemlich klares Gesicht bekommt.

Und scheiße verdammt, dieses Gesicht… Ich will wegschauen. Oder mir die Augen ausstechen. *Ihm* die Augen ausstechen. Gott, das ist ja absurd!

Ein großgewachsener, breitschultriger Mann ragt in der vergitterten Tür wie ein gefallener

Engel auf. Ein nachtschwarzer Todesengel, kein Ritter in strahlend weißer Rüstung. *Gracias für nichts!*

Er trägt ein schwarzes Shirt mit V-Ausschnitt, das den Ansatz seiner beachtlichen Brustmuskeln zeigt. Die hügeligen Arme sind sanft gebräunt und unfassbar einschüchternd. *Heilige Scheiße, wozu braucht man solch einen Bizeps? Zum Köpfeknacken, als wären es Nüsse oder was?!*

Ich bin kein ängstlicher Mensch und in mir herrscht grundsätzlich ein konstantes Maß an Trotz und Rebellion, aber ich weiß sehr wohl, wann ich kuschen muss, um nicht sofort draufzugehen.

Wieder sticht mir die silberne Kette um seinen breiten Nacken ins Auge, die im Halbdunkeln regelrecht leuchtet. Starke Beine stecken in schwarzen Jeans, die in dieselben Boots münden, die ich sehen konnte, als ich mit gesenktem Blick die Kirche verlassen habe. Wann war das?

Heute?

Gestern?

Vorgestern?

Ich habe jegliches Gefühl für Zeit und Raum verloren. Könnte noch immer nicht sagen, wo auf dieser scheiß verdammten Erdkugel ich mich überhaupt befinde.

»Bist du taub oder muss ich nachhelfen?«, röhrt der Kerl und macht einen warnenden Schritt auf mich zu, was mich dazu verleitet, mich noch dichter in die Ecke zu drücken, als würde sie mir Schutz bieten.

Es ist ein Schutzmechanismus meines Körpers, weil er so verdammt riesig ist und ich ihm hier drin restlos ausgeliefert bin.

Dieses Wissen lässt mein Herz so schnell rasen, wie das eines Kaninchens auf der Flucht. Nur sitze ich in der Falle ohne Aussicht auf eine Fluchtmöglichkeit. Ich hatte meine Chance. Zweimal. Doch ich war nicht schnell genug. Nicht stark genug.

Hektisch durchzucken meine Augen diese abgeranzte Zelle unterhalb der Erde, weil ich dennoch nach irgendeinem Loch suche, durch das ich auf magische Weise verschwinden könnte. *Kein Loch ... Kein Entkommen.*

»Ich bin mit wirklich wenig Geduld gesegnet, das solltest du vielleicht wissen, du Zwerg!«

Bei diesen Worten, die vor Kälte regelrecht klirren, als befänden wir uns mitten in der Antarktis, rappele ich mich, mit einer Hand gegen die raue Wand gestützt, auf.

Zwerg! Na und?! Nur weil er sein halbes Leben vermutlich auf einer Streckbank in einem Mastbetrieb verbracht hat, muss er mir nicht auch noch unter die Nase reiben, dass ich bloß eine halbe Portion bin. Ich weiß das selber und hasse es schon mein Leben lang!

Mit trotzigen Fingergriffen grabsche ich nach dem seitlichen Reißverschluss meines schwarzen Kleides, das am Saum einen Riss hat, der mir erst jetzt auffällt. Es ist schmutzig, genauso wie meine Haut an Armen und Beinen.

Auch habe ich bis eben nicht bemerkt, dass ich meine Strumpfhose verloren habe und keine Schuhe mehr trage. Hä, hat er mir die ausgezogen, oder was? Warum? Hat mich dieser absurd hübsche Freak etwa angefasst, als ich bewusstlos war?!

Meine Gedanken wirbeln panisch durch meinen benebelten Verstand und ich horche tief in mich hinein. Ich fühle mich nicht komisch, als hätte er mich ... nein, da ist nichts, außer die Tatsache, dass ich entführt wurde und die hälfte meiner Kleidung verloren habe.

Trocken würge ich den nicht vorhandenen Speichel meine Kehle runter, als dieser furchteinflößende Gorilla um die Ecke verschwindet und ich nur noch in meiner Unterwäsche inmitten der kargen Zelle stehe.

Automatisch schlinge ich meine Arme um den Oberkörper, versuche, mich zu bedecken und zu schützen, weil ich nicht weiß, was jetzt passiert.

Es ziept in meinen Augen, was ich mit aller Macht verdränge, weil ich mich nicht noch schwächer machen werde, als ich es ohnehin schon bin.

Weil ich nicht vor diesem Eisklotz heulen werde. Niemals!

Plötzlich geht alles viel zu schnell. Der Typ kommt mit einem verbeulten Blecheimer in der Hand zurück, den er frontal auf mich schüttet und ihn anschließend hinterherwirft, sodass er neben mir laut scheppernd auf dem rissigen Boden landet.

Ich schnappe entsetzt nach Luft, weil das Wasser eiskalt ist, und muss einen spitzen Schrei niederkämpfen, bevor er sich aus meiner rauen Kehle lösen kann.

Dem Eimer folgen ein kleines Handtuch und ein dunkler Stoff, den ich noch nicht näher inspizieren kann, weil ich zu geschockt bin über die Eisdusche.

»Behalt den Eimer. Ich weiß nicht, wie lange du hier sein wirst«, knurrt der Todesengel und wendet sich zum Gehen um.

Ist das sein Ernst? Ich soll das Blechding als Toilette benutzen? Wieso weiß er nicht, wie lange ich hier sein werde? Schließlich hat er mich doch geholt!

Hinter mir murmelt er etwas, das sich wie ›unterbelichtetes Ding‹ anhört, während ich mich der Ziegelwand zuwende und mit fahrigen Griffen in den dunklen Stoff schlüpfe, der sich als Männershirt entpuppt.

»Hey!«, kommt es leicht passiv aggressiv über meine vor Kälte bebenden Lippen und ich fahre mit geballten Fäusten zu ihm herum. »Mein Rücken ist keine verdammte Voicemail! Oder hast du keine Eier, um mir ins Gesicht zu sagen, wie *unterbelichtet* ich in deinen Augen bin?!«

Scheiße und diese Augen ... Nein, ich werde jetzt nicht in diese irrsinnig grünen Tiefen starren und so den letzten Rest meines noch funktionierenden Verstandes verlieren.

Meine Zähne klappern unaufhörlich gegeneinander, was in meinem dröhnenden Schädel dumpfe Schläge verursacht, als würde ein zorniges Kind mit Drumsticks darauf eindreschen.

»In einer Stunde gibt es Essen«, umgeht er meinen mentalen Ausraster kaltschnäuzig, als hätte ich ihn gerade nicht beleidigt.

»Ich will nichts essen. Ich will wissen, warum ich hier bin.«, schnaufe ich aufgebracht und ramme meine Hände anklagend in die Hüften. »Ich will verdammt nochmal nach Hause!«

Das kommt ein bisschen zu gepfeffert, da mich die Wut packt, weil seine ganze Erscheinung mein Blut in ungesunde Wallung geraten lässt.

Noch immer bebe ich, als würde ich unter Strom stehen und kann nicht sagen, ob die Kälte, die in meine Zellen kriecht, von außen, oder meinem Inneren kommt.

»Irgendwelche Allergien?«, fragt er betont gelangweilt und ich starre fassungslos auf seinen breiten Brustkorb, der durch seine kräftigen Atemzüge heftig arbeitet und dicke Muskelstränge unter dem schwarzen Shirt tanzen lässt.

»Nein?«, antworte ich dezent verunsichert, weil ich nicht weiß, was das Klügste wäre.

Sollte ich ihm von meiner Allergie erzählen, dann könnte er dieses Wissen gegen mich verwenden und mich vergiften. Wenn ich ›nein‹ sage und er mir etwas vorsetzt, was ich wirklich nicht essen darf, dann bin ich ebenfalls angeschissen.

Hin und her gerissen, ob ich ihm doch die Wahrheit sagen soll, nage in an meiner spröden Unterlippe und kralle meine Fingernägel tiefer in die Handballen.

»Schade.«

»Bitte?!«, entrüste ich mich schrill, weil ich mit einem Mal immer mehr Mut schöpfe. Er hätte mir längst etwas getan, wenn das seine Absicht wäre. Oder? »Hör zu, sag mir einfach, was ihr wollt und lasst mich gehen. Ist es Geld? Mein Papa hat genügend davon!«

»Du hättest nicht einfach mit mir kommen dürfen«, brummt der Kerl sichtlich genervt über meine Dummheit. »Dich nicht wie ein dämliches Reh verhalten sollen, das sich freiwillig vor den Jäger schmeißt. Wenn du nur ein bisschen

Gegenwehr geleistet hättest, dann wäre vielleicht alles anders verlaufen, denn hier kommst du niemals wieder weg. Willkommen in der kubanischen Hölle, *mi amor*. Du sitzt hier für immer fest, wenn er das so will.«

»Kuba?!«, kreische ich fast und blinzele gegen diesen ekelhaften Schwindel an, der mich bei seinen Worten gnadenlos packt. »Ich bin auf fucking Kuba?«

Wann zum Teufel haben wir den verdammten Atlantik überquert? Wie lange war ich bitte weggetreten? Ist überhaupt noch heute oder längst morgen? Oder sonst ein Tag? So viele Fragen und doch kommt nur eine einzige aus meinem Mund, weil alles andere vorerst bedeutungslos ist: »Wer ist *er*?«

»Das wirst du noch früh genug erfahren.«

Mit diesen Worten, die irgendwie bedauernd klingen, verlässt er die Zelle, zieht die Tür hinter sich ins Schloss und verschwindet mit schweren Schritten, die in den kargen Steinwänden einen immer leiser werdenden Widerhall erzeugen. Er lässt mich einfach allein in der Dämmerung zurück.

Mit fahrigen Fingern greife ich mir das Handtuch und reibe die Restfeuchte samt dem Schmutz notdürftig von meinen Armen und Beinen.

Lange, nachdem der Kerl gegangen ist, sehe ich sein Gesicht weiterhin glasklar vor mir, als würde er noch immer im Zellendurchgang stehen und mich mit diesem intensiven Blick anvisieren.

Dieses abnormal perfekte Gesicht, das schöner ist, als alles, was ich bisher gesehen habe. Die dunklen Haare, die ihm verwegen in die Stirn fallen.

Diese unfassbar grünen Augen, die einen restlos gefangen nehmen, bis man sich kaum mehr traut zu atmen.

Der dunkle Bartschatten, der seinen kantigen Kiefer einrahmt und noch eindrucksvoller aussehen lässt.

Die Lippen, die er zu einem unbarmherzigen Strich zusammengepresst hat und die trotzdem so weich ausgesehen haben.

Sein Duft hängt noch immer in den klammen Wänden und auch in meiner Nase. Wie kann ein Mensch äußerlich nur so dermaßen perfekt und wunderschön sein, während das Innere derart dunkel und kalt ist?

Mein Verstand kann diese beiden Seiten nicht miteinander in Einklang bringen. Es geht einfach nicht, egal wie sehr ich mich anstrenge. Der ganze Kerl passt vorne und hinten nicht zusammen.

Er ist Engel und Teufel in einer Person und das macht die ganze Sache verdammt kompliziert, weil ich ihn aufgrund dessen überhaupt nicht einschätzen kann. Ich kann mir nicht erklären warum, aber immer wieder zieht derselbe Satz durch meinen Verstand: *Selbst der Teufel war einst ein Engel ...*

Ich denke so lange darüber nach, bis mich die Erschöpfung gnadenlos übermannt. Zusammengekauert sinke ich auf den Boden und falle in einen unruhigen Schlaf.

Dabei verfolgen mich gefährliche, dschungelgrüne Augen, die mich unbarmherzig durch die Finsternis hetzen wie ein tödliches Raubtier, dass mich jeden Augenblick in blutige Fetzen reißt.

Keno

Kapitel 9

Eine Stunde. Der Don-Ficker hat mir eine verschissene Stunde schlaf gegönnt. Hätte eine der Wachen nicht so heftig gegen meine Haustür gehämmert, dass um ein Haar das Holz darunter zersplittert wäre, dann würde ich noch immer mit dem Kopf in die Kissen gepresst schlafen wie ein Toter.

Vielleicht war ich auch bewusstlos, weil ich einfach zu lange unterwegs war. Weil ich zu ausgelaugt war. Keine Ahnung. Trotzdem pisst es mich an, weil ich noch lange nicht wieder fit bin.

Dementsprechend launisch war ich, als der Alte mich zu seiner Gefangenen in den Keller zitiert hat. Ausgestattet mit diesem beschissenen Eimer samt Handtuch und einem Shirt. Als wäre es von Belangen, was sie trägt, während sie auf ihre

Hinrichtung, oder was auch immer er mit ihr vor hat, wartet.

Nachdem ich der Kleinen alles gebracht habe, als wäre ich ihr verfickter Butler, steuere ich erneut das Büro des großen Don Juans an. Wieder knallt mir durch den Kopf, wie frech sie ist. Es muss Todessehnsucht sein, sonst würde sie so unter Garantie nicht mit mir reden.

Jetzt habe ich den vorlauten Zwerg auch noch halbnackt gesehen. Diese zierliche Gestalt mit den verlockenden Rundungen, und bin noch dreimal angepisster als vorher. *Klasse ...*

Verkrampft nicke ich dem Wachpersonal, das die Tür rechts und links flankiert, knapp zu. Dann klopfe ich mit angespannter Nackenmuskulatur, die ich knacken lasse, bevor ich auf sein Zeichen hin eintrete.

»Komm rein, Keno.« Don Juan klingt immer genervt und herrisch in einem, wenn er seinen perfekten Arsch hinter dem perfekt polierten Mahagonischreibtisch platt sitzt.

Aber mir kann es ja egal sein. So, wie alles egal ist. Wenn man hier auf diesem Anwesen lebt, dann lebt man leichter, wenn man es ohne Sinn und Verstand tut.

Meine große Schwester Aleja eckt permanent an, weil sie mir sehr ähnlich ist. Oder der früheren Keno-Version ähnelt. Sie trägt ihr Herz auf der Zunge, rebelliert gegen alles, was gegen ihre

Prinzipien verstößt und fängt sich eine verbale Schelle nach der anderen ein.

Schlagen würde Don Juan meine Schwestern nicht, weil ich ihn dann langsam und qualvoll ... ah, lassen wir das, es würde mich noch zehnmal grausamer erscheinen lassen, als ich es ohnehin schon bin.

»Du wolltest mich sprechen?«, frage ich monoton, nachdem der Oberficker seinen Schreibtisch umrundet hat und ich seinen beschissenen Ring küssen musste.

Wie. Ich. Es. Hasse! Dieses bescheuerte Gehabe, als wäre er etwas Besseres. Ein König. Ein Gott. Sind wir bei den verfickten Itakern, oder warum besteht er auf dieses abartige Ring-Geknutsche? *Egal! Alles egal!*

In seinem Büro, das mich an die grausamsten Momente meines Lebens erinnert, hängt derselbe Geruch, seit *Abuelo* all das an seinen dämonischen Nachkömmling abgetreten und ihn zum Don gemacht hat.

Zigarre.

Kaffee.

Parfüm.

Er.

Abartig.

»Hat euch jemand gesehen, als ihr sie geholt habt?«, fragt er ohne Umschweife und scannt mich mit seinem Röntgenblick, weil er immer Angst hat, dass ich ihn belüge. *So süß!*

Ich könnte, wenn ich wollte, und er würde es an keinem Quadratmillimeter meines Gesichts erkennen. Dafür hat er gesorgt. Dass ich kalt und gefühlstaub werde. Mein Leben lang.

Damit hat er sich quasi ein fettes Eigentor geschossen, denn die Maske, die er mir antrainiert hat, ist inzwischen mein ständiger Begleiter. Sie sitzt so fest, dass ich schon gar nicht mehr weiß, wer ich darunter eigentlich bin.

Trotzdem entscheide ich mich für die Wahrheit, weil ich diesen Scheißbesuch einfach nur hinter mich bringen will, ohne unnötig lange zu diskutieren.

»Nein.« Ich antworte immer nur so kurz und knapp wie möglich, weil ich weiß, wie rasend es ihn macht, wenn man Mister Perfect mit langwierigen Details langweilt.

Natürlich haben uns mehrere Leute gesehen, als wir das kratzbürstige Luder eingesackt haben, aber niemand von Belangen und das war es, was er im Grunde wissen wollte.

Mein Erzeuger ist noch verdammt jung, weil wir alle ziemlich früh das Licht der Welt erblickt haben. Sein schwarzes Haar liegt wie immer perfekt nach hinten an. Keine einzige Falte ziert sein makelloses, stets glattrasiertes Gesicht, im Gegensatz zu meiner Visage.

Ich bin zwanzig Jahre jünger als er und sehe hundertmal fertiger aus. Weil er nicht die Drecksarbeit erledigt wie ich, sondern nur hinter seinem Schreibtisch sitzt und anschafft wie eine stinkfaule Puffmutter.

Seine dunkelblauen Augen – die er mir Gott sei Dank nicht vererbt hat – scannen mich eindringlich, bevor er endlich halbwegs zufrieden nickt.

Der skeptische Zug um seine Lippen bleibt allerdings, weil er vermutlich längst gecheckt hat, dass ich in letzter Zeit nicht rund laufe.

Ich kann mir ja selbst nicht erklären, was mit mir los ist. Für gewöhnlich nehme ich alles stumm hin, was von ihm kommt. Er hat dafür gesorgt, dass ich *funktioniere*.

Die Methoden waren mehr als fragwürdig und verstoßen garantiert gegen jedes Menschenrecht dieser beschissenen Welt, doch es hat gewirkt, denn ich habe Dinge für ihn getan, die den brutalsten Serienkiller vor Neid erblassen lassen würden.

Ohne Gewissen.

Ohne Reue.

Völlig emotionslos.

Es ist, als hätte er meinen Schädel aufgebohrt und alle Synapsen neu zusammengesteckt, bis er mit dem Ergebnis irgendwann zufrieden war.

Zurückgeblieben ist eine Hülle, in der ich mal zu Hause war, die jetzt aber nur noch zu Don Juans

Bedingungen durch die Gegend wandelt und Befehle ausführt, weil sie zu etwas anderem nicht mehr taugt.

Noch immer liegt sein abschätziger Blick auf mir, dem ich leer begegne. Manchmal finde ich es gruselig, wie ähnlich er und mein großer Bruder Cirilo sich sehen.

Auch Ernesto, mein ältester Bruder, den wir vor zwei Jahren beerdigt haben, sah ihm wie aus dem Gesicht gerissen gleich.

Einzig Dayron und ich fallen aus der schwarzhaarigen, blauäugigen Reihe und ich bin nicht böse deswegen. Dann muss ich mein Spiegelbild nicht noch mehr verabscheuen, als ich es ohnehin schon tue.

»Wieso ist sie hier?«, frage ich schließlich doch, weil sich eine unangenehme Stille in den beengenden vier Wänden ausbreitet und er mich immer noch einfach nur anstarrt.

Immer wenn ich mich hier drin aufhalte, rückt völlig in den Hintergrund, dass ich ein erwachsener Mann bin. Ich mutiere dann jedes Mal zu einem kleinen Jungen, der sich vom strengen Vater Hiebe abholen kommt. Das ist so lächerlich.

In einem Faustkampf hätte dieser Bastard keine Chance gegen mich. Er weiß genauso gut wie ich, dass ich ihm haushoch überlegen bin – in sämtlichen Belangen.

Nur habe ich nicht das Sagen und das ist die größte Schwäche, die ich mir eingestehen muss. Denn solange er die Regeln macht, fallen sie grundsätzlich zu seinen Gunsten aus, weil er auf alle anderen scheißt.

Ich frage mich nicht zum ersten Mal, wieso ihn noch niemand umgelegt hat. Jeder hier ist schwer bewaffnet und die Mehrheit so verdammt angepisst von ihm. Es wäre so fucking einfach. Ein richtig platzierter Schuss und dieses Don-Juan-Scheißgehabe wäre Schnee von gestern.

Seit Jahren juckt es mich in den Fingern, immer wenn wir uns über den Weg laufen. Warum ich es noch nicht getan habe? Nun, egal wie sehr ich diesen Mann verachte, er ist rein biologisch gesehen mein Vater. Und ich bin diesem gottlosen Wichser hörig, weil er mich darauf gedrillt hat.

Außerdem ist es wohl ein tief in uns verankertes Gesetz, dass man sein eigen Fleisch und Blut nicht töten kann. Nicht in den Kreisen, in denen wir aufgewachsen sind. Die Familie steht an erster Stelle und zu der gehört er, ob ich will oder nicht.

Abgesehen davon würde mich ein Mord an meinem eigenen Vater zu genau dem Monster machen, das er in mir sehen will und diese Genugtuung gebe ich ihm nicht.

Vorher knalle ich mir selber das Hirn raus, denn egal, wie sehr er sich angestrengt hat, diese

Dunkelheit in mir heraufzubeschwören: ein letzter Rest Licht ist mir geblieben. Es ist zu schwach, um die Finsternis zu vertreiben, aber es ist da.

»Du wirst noch früh genug erfahren, warum das Mädchen vorübergehend bei uns residiert«, wiegelt er meine Frage mit einer lapidaren Handbewegung ab.

Klar, über Wichtiges spricht er nicht mit mir. Das tut er ausschließlich mit Cirilo, bloß interessiert meinen großen Bruder das alles einen Scheiß. Mich ebenso wenig, aber ich würde mich opfern für das übergeordnete Wohl.

Nur bin ich in den Augen unseres Erzeugers ein Taugenichts. Seines Platzes nicht würdig. Bloß der zum Töten dressierte Handlanger. Und genau das werde ich wohl bis an mein Lebensende bleiben – außer ich finde den verfluchten Tracker oder jemand legt Don Juan um. Dann, und nur dann, bin ich endlich frei.

»Das wäre alles. Du kannst gehen. Heute Nacht um drei erwarte ich dich bei einer weiteren Übergabe am Hafen, verstanden?«

Ich. Hasse. Es. Wie. Er. Mit. Mir. Spricht! Noch mehr hasse ich sein perfektes Gesicht, in dem immer dieses überhebliche Lächeln hängt, das so bösartig und kalt ist, dass er es sich gänzlich sparen könnte.

»Sicher, Don Juan«, presse ich aus zusammengebissenen Zähnen hervor, küsse erneut den Ring an seiner perfekten Hand, die ich ihm am liebsten vom Körper reißen möchte, und schiebe mich rückwärts gehend aus seinem perfekten Büro.

Man weiß nie, ob ihm in dieser Sekunde eine Sicherung durchbrennt, er eine Waffe zieht und dich eiskalt abknallt. Und ja, er würde mir in den Rücken schießen. So ehrenlos, dieser Bastard.

Auf dem Weg nach draußen Richtung Innenhof begegne ich Matteo. Bei größeren Aufträgen, meist bei Lebend-Lieferungen am Hafen, begleitet er mich, weil er die rechte Hand meines Erzeugers ist.

Offiziell tritt er dann als mein Vater auf und ich muss ihn *Dad* nennen, was sich genauso falsch anhört, wie wenn ich es zu meinem leiblichen Vater sagen würde.

Aber ich halte mich an die Regeln und rebelliere nicht gegen solche Lächerlichkeiten, weil ich sie eh nicht ändern kann. Don Juan will vor der Öffentlichkeit sein Gesicht wahren, weshalb er sich hinter Matteos Pennervisage verkriecht.

»Du siehst wie ausgekotzt aus«, meint der Fettwanst dreckig lachend.

Ich betrachte ihn für ein paar Sekunden mit ausdrucksloser Miene und würde ihm am liebsten die wackelnden Schweinsbacken von seiner dämlichen Schnauze schneiden.

Meine Finger zucken bereits Richtung Messer, das in meinem Stiefelschacht steckt, doch ich widerstehe dem Drang, vor der Bürotür des Dons Blut zu vergießen. Die Konsequenzen wären utopisch.

»Fick dich Matteo, und zwar so lange, bis dir dein verkommenes, kleines Schwänzchen abfällt«, rotze ich ihm deshalb bloß vor die Füße und marschiere äußerst kontrolliert an ihm vorbei.

Er weiß genau, warum ich *wie ausgekotzt* aussehe und dass er mich deswegen aufziehen muss, pisst mich doppelt an. Dieser Bastard könnte ja auch mal einen dicken Finger krümmen, statt mich alles allein machen zu lassen.

Abgesehen davon kann ich diesen Wichser neben Don Juan von allen Menschen am wenigsten leiden, die hier täglich ein und aus gehen.

»Lydia reicht er wohl!«, blafft er gehässig auf seinen Schwanz anspielend und lässt mich ihm über meinen Kopf hinweg den Mittelfinger zeigen, ohne, dass ich mich noch einmal zu ihm umdrehe.

»Klar, deshalb lag das kleine Flittchen letzte Woche nackt in meinem Bett und hat sich von mir in jedem einzelnen Loch durchficken lassen«, provoziere ich ihn mit seiner Frau, die sich mir bei jeder Gelegenheit anbietet.

Ich würde diese billige Schnalle nicht mal mit einem Stock anpieksen. Allein schon deswegen nicht, weil ich weiß, dass der widerliche Matteo davor in ihr drin war. Trotzdem kann ich es mir nicht verkneifen.

»Du triffst eh nicht, also lass es!«, grolle ich noch, als keine Sekunde darauf eine Kugel haarscharf an meinem Schädel vorbei zischt und neben mir in der Wand einschlägt, sodass der Putz bröckelt.

Kopfschüttelnd verschwinde ich in den Innenhof und lasse den aufgebracht fluchenden Fettsack hinter mir. Soll er doch ersticken an seinem hysterischen Anfall.

Am meterlangen Pool vor dem Hauptgebäude sehe ich Samira direkt am Rand tänzeln. Sie steckt in einem lilafarbenen Badeanzug und taucht abwechselnd einen ihrer kleinen Füße in das kühle Wasser. Obwohl es bereits dämmert, herrschen noch immer tropische dreiunddreißig Grad.

»Keno!«, quiekt sie begeistert, als sie mich sieht und winkt mir hektisch mit ihrer winzigen Hand entgegen.

Ihr blondes Haar trägt sie seitlich zu einem langen Zopf geflochten. Als ich näher komme, kann ich die Sommersprossen sehen, die um ihre Stupsnase tanzen und ihre tiefblauen Augen noch heller strahlen lassen.

Ganz ehrlich? Ich bin kein Mensch, der vor Lebensfreude sprüht. Ich lache quasi nie. Deshalb kann ich mir umso weniger erklären, welchen Narren meine Nichte an mir gefressen hat. Ich bin ein beschissener Onkel und kann einfach nicht begreifen, wieso sie nicht müde wird, mich anzuhimmeln.

»Erste Regel?«, fordere ich sie mit erhobener Augenbraue heraus und verschränke die Arme vor der Brust, was sie hart schlucken lässt. Ihre Elfenaugen werden riesengroß und legen sich lauernd auf mich.

»Verlass niemals allein den Innenhof?«, antwortet sie artig und trotzdem leicht verunsichert.

Ich nicke zufrieden, was sie kichern lässt. Sie kichert bei meinem Anblick, stellt euch das mal vor!

Gefangene scheißen sich ein, wenn sie nur meine Schritte hören. Da haben sie mich noch gar nicht gesehen und den erwachsenen, knallharten Männern, die mit Drogen und Waffen handeln, entgleitet jegliche Kontrolle über ihre Schließmuskeln. Und Samira kichert.

»Zweite Regel?« Jetzt hebe ich meine Braue noch ein Stück höher und die kleine Prinzessin schrumpft sichtlich vor mir.

Betreten blickt sie zu Boden und nestelt an ihren pink lackierten Fingernägeln. Wäre sie meine Tochter, würde sie mit zwölf Jahren keinen Nagellack tragen, um auch noch den letzten Perversling auf sich aufmerksam zu machen. Ganz bestimmt nicht.

»Nicht allein an den Pool gehen«, murmelt sie und blickt dann mit einem herzzerreißenden Hundeblick zu mir auf, der mir fast sowas wie ein

Schmunzeln entlockt. Nur fast. »Das ist so unfair! Hier sind keine Kinder. Ich bin ganz allein! Ich darf ja noch nicht mal ein Handy haben. Und schwimmen darf ich auch nicht, weil *Abuelo* es nicht erlaubt. Ich bin hier eingesperrt wie ein Schmetterling im Glas und ich hasse das Keno!«

Ihre zusammengezogenen Brauen zeigen eine tiefe Zornesfalte, die ihrem inneren Frust kaum gerecht wird. Ich kann sie so gut verstehen. Auch ich habe es hier als Kind gehasst, wobei ich zumindest meine Geschwister um mich hatte.

Samira ist das erste Enkelkind meines Erzeugers und ich glaube ihr aufs Wort, dass sie sich zu Tode langweilt.

Ein Handy ist zu gefährlich, weil es gehackt und geortet werden könnte. Jeder ist eine potenzielle Gefahr. In meinen Augen übertreibt ihr *Opa* aber gewaltig, weil das Herzchen nicht mal in die Schule gehen darf, die diesem Arschloch sogar gehört.

Sie wäre dort bombensicher, weil alles mit Kameras und Wachpersonal ausgestattet ist, als wäre es ein Kriegsgebiet und keine Schule für Minderjährige. Samira bekommt dennoch Privatunterricht und hat dieses Anwesen somit seit ihrer Geburt noch nie verlassen.

Wetten, dass auch sie jeden Grashalm hier in- und auswendig kennt? Dass sie binnen Minuten zurück zum Haupthaus finden würde, sollte sie jemand mit verbundenen Augen innerhalb dieser zwanzig Hektar aussetzen?

Stolz explodiert mit einem Mal in mir, als ich sie mit schief gelegtem Kopf betrachte und meine Brust sonderbar warm wird.

»Soll ich mit dir schwimmen gehen, *mariposa*?«, schlage ich schneller vor, als ich es stoppen kann, weil etwas wie Mitgefühl an meinem toten, kalten Herzen kratzt. *Scheiße, das wollte ich gar nicht sagen!*

Doch jetzt ist es zu spät. Ich kann die Worte nicht mehr zurücknehmen. Ihre Augen strahlen wie eine verdammte Supernova und sie klatscht euphorisch in die Hände. Dabei sieht sie so dämlich aus, dass ich den Anblick keine Sekunde länger ertragen kann.

An der Schulter gebe ich ihr einen straffen Schubser und befördere sie rückwärts mit einem lauten Quietschen, das mir in den Ohren sticht, in das türkisfarbene Becken.

Und nein, der Kosename ist kein kitschiges Gesülze, weil ich *so süß* bin. Sie hat sich eben selbst als flatterndes Insekt bezeichnet.

Gerade will ich mich abwenden, schnell in meiner Casita verschwinden und mir eine Badehose holen, als ein straffer Tritt meinen Arsch trifft. So hart, dass ich vornüber kippe und um ein Haar Samira im Wasser unter mir begrabe.

»Geht's noch du Wichser?!«, knurre ich meinen kleinen Bruder Dayron an, der mir im Vorbeigehen mit einem frechen Funkeln in den Augen den Stinkefinger zeigt, nachdem ich aufgetaucht bin.

»Chill mal du verklemmte Pussy! Wir sprechen uns später! Bin am Start, wenn wir zum Hafen aufbrechen müssen«, trällert er zurück und zündet sich rückwärtsgehend eine Kippe an.

Ich schnaube und streiche mir das nasse Haar nach hinten, während ich meinen wütenden Blick in seine Rückseite bohre. Dann trifft mich ein Ball am Kopf.

Blitzschnell fahre ich herum und starre Samira mit meiner tödlichsten Mimik nieder, die sie gar nicht tödlich, sondern superlustig findet. *Was stimmt nur mit diesem Kind nicht?!*

»Wehe du pinkelst hier rein«, mahne ich finster, weil sie sich gar nicht mehr einkriegt, und werfe den Ball zu ihr zurück.

Immer wieder fliegt die bunte Kugel zwischen uns hin und her, bis das Hausmädchen nach ihr ruft, weil es Zeit fürs Abendessen ist. Ich hieve mich aus dem Wasser und sitze am Poolrand, während Samira wie ein absaufender Hundewelpe auf mich zugeschwommen kommt.

»Gleich!«, schreit sie so laut zurück, dass ich mit den Zähnen knirsche, und kurz darüber nachdenke, sie zu ertränken, damit dieses Geplärr aufhört.

Keuchend zieht sie sich aus dem Becken, setzt sich neben mich und strampelt mit ihren kleinen Füßen das Wasser blubbernd auf.

Inzwischen habe ich mich aus meiner überflüssigen Kleidung geschält, die als triefnasser Haufen neben mir liegt. Das Handy ist hin, aber ich kann mir binnen einer Stunde ein neues organisieren, also scheiß drauf.

Gedankenverloren greift Samira nach meiner Hand, was ein sonderbares Gefühl in mir auslöst. Ihre Finger sind so winzig im Vergleich zu meinen Pranken. Und dieser liebevolle Körperkontakt ... Ich mag das nicht.

Ich gehe mit Menschen nicht auf Tuchfühlung. Niemals. Nicht, weil ich es nicht kann. Ich will es einfach nicht. Egal, wen oder was ich an mich heranlasse, Don Juan wird es mir früher oder später nehmen. Also fahre ich besser, wenn ich nichts habe, das mir wichtig ist. Nach außen hin zumindest.

Dass ich Samira liebe, steht völlig außer Frage. Ich würde für meine Nichte auf die Sekunde sterben. Optional auch die ganze Welt in Brand stecken. Ebenso für ihre Mom und all meine Geschwister.

Aber das darf Juan nicht wissen, weshalb ich ihr meine Hand wieder entziehen will. Doch der kleine

Sturschädel lässt mich nicht und packt nur umso fester zu. *Überaus dominante Vargas-Gene, schon klar ...*

»Ich will auch so einen«, haucht sie verträumt und fährt mit ihren zarten Fingerspitzen ehrfürchtig über den schwarzen Siegelring an meinem rechten Mittelfinger.

Normalerweise trägt man ihn links, auf der Herzseite, nur bedeutet mir dieses Siegel nichts. Und man legt ihn für gewöhnlich um den Ringfinger, aber jeder hier soll sehen, dass ich einen Fick auf all das gebe. Deshalb der Mittelfinger an der rechten Hand, weit weg von einem Herzen, das ich schon lange nicht mehr besitze.

In der Mitte prangt ein silberfarbenes **V**.

V für Vargas.

Wie witzig ist die Ironie bitte, dass ausgerechnet dieser Buchstabe in anderen Kulturen für *Peace* - Frieden – steht? Das lässt mich tatsächlich schmunzeln. Trostlos, aber immerhin.

»Nein, das willst du nicht, glaub mir, *princesa*«, sage ich rau und streiche ihr ein paar nasse Haarsträhnen hinter das Ohr, weil sie sich aus ihrem nassen Zopf gelöst haben.

Für gewöhnlich halte ich mich in netten Gesten zurück, doch ich bin mir sicher, dass niemand starrt. Ich hätte es längst bemerkt, stünden wir unter Beobachtung.

»Du bist nicht für immer traurig, Keno«, wispert sie mit einem Mal und schenkt mir ein so süßes Zahnlückenlächeln, dass es einem Kugelschuss mitten in meinen Eingeweiden gleich kommt.

Keine Ahnung warum sie das sagt. Wie sie auf diesen Schwachsinn überhaupt kommt. Ist das so? Sehe ich traurig aus? Ich fühle mich nicht traurig, eher ... leer.

Meine Brust zieht sich brennend zusammen bei ihrem unschuldigen Anblick und ich hoffe, nein, ich *bete*, dass ihr niemals Leid widerfährt, weil ihre Seele viel zu rein ist. Viel zu gut für einen Ort wie diesen.

Es gibt so vieles, wovon sie keine Ahnung hat und wenn Cirilo *cojones* besitzt, dann packt er sie und seine Frau ein und macht sich unsichtbar. Hauptsache sie verschwinden von hier, denn ich spüre mit jeder Faser meines Körpers, dass ein gewaltiger Sturm aufziehen und alles gnadenlos mit sich reißen wird.

»Ich weiß *tesoro*«, flüstere ich rau zurück und umfasse ihren kleinen Hinterkopf, um ihr einen Kuss auf die Stirn zu drücken. »*Te quiero.* Und jetzt geh.«

Eine Weile sitze ich noch am Poolrand, bis mich wieder diese Unruhe überkommt. An Schlaf ist ohnehin nicht mehr zu denken, also beschließe ich, trainieren zu gehen.

Auf dem Weg in meine Casita laufe ich Donna über den Weg – Samiras Mom, Cirilos Frau, meine Schwägerin. Klar soweit? Bei so vielen Menschen auf diesem Anwesen kann es schon mal zu Verwirrung kommen. Ich kenne das.

»Hey«, begrüßt mich der blonde Engel hauchzart und streicht sich verlegen eine Haarsträhne aus dem Gesicht.

Donna ist in meiner Gegenwart immer ein bisschen nervös und ich kann mir absolut nicht erklären warum.

Ich war nie grob zu ihr. Oder unfreundlich. Eher distanziert, weil ich es nicht so habe mit überflüssigen Worten oder übertriebenen Nettigkeiten.

»Brauchst du was?«, falle ich gleich mit der Tür ins Haus, weil ich Druck abbauen muss und mit dem Training nicht länger warten will.

Außerdem ist inzwischen eine Stunde vergangen, weshalb ich eigentlich noch einmal in das Scheißverlies muss, um der kleinen Furie im Keller Essen zu bringen, weil ich es gesagt habe. Und ich stehe immer zu meinem Wort.

»Ich wollte dich nur fragen, wie es dir geht. Und mich bedanken, weil du mit Samira gespielt hast. Du musst das nicht tun. Ich weiß, dass deine freie Zeit immer sehr begrenzt ist.«

Das kommt überaus weich über ihre rot gerahmten Lippen, die synchron mit ihrem flammenden Kleid in der Abendsonne um die Wette strahlen.

»Samira ist cool. Sonst noch was?«

»Ja, wegen der«, beginnt sie und beugt sich näher zu mir, um mit vorgehaltener Hand zu flüstern: »Gefangenen.«

Wäre ich ein humorvoller Mensch, würde ich jetzt in schallendes Gelächter ausbrechen. Ist Donna taub oder blind? Es ist kein Geheimnis, dass hier Gefangene untergebracht sind. Meist nicht nur einer.

Hört sie denn die anderen nicht? Nachts, wenn alles andere ganz still ist und sie sich die Seele aus dem Leib brüllen, weil Don Juan mich zu ihnen in den Keller schickt. Vielleicht träume ich all das aber auch einfach nur, weil ich inzwischen verrückt geworden bin. Keine Ahnung.

»Was ist mit ihr?«, hake ich interessiert nach und verschränke meine Arme vor der nackten Brust.

Donnas eisblaue Augen fliegen auf meinen gespannten Bizeps, gleiten über meine nackte Brust und wandern immer tiefer, bis ich mich scharf räuspere.

Erschrocken zuckt ihr Blick zurück in mein Gesicht und es schleicht sich eine zarte Röte auf ihre Wangen. Spinnt die? Was soll das Abgechecke?

»Braucht sie was? Also die Gefangene?«, fragt sie schließlich mit belegter Stimme und räuspert sich hörbar.

»Ja, Essen«, brumme ich mit zusammengezogenen Brauen, um an ihrem Gesicht ablesen zu können, weshalb sie sich so schräg verhält. »Ich will auch gleich los, weil ich noch was zu erledigen hab.«

Trainieren. Und schlafen zum Beispiel. Gott, einfach nur schlafen, weil ich ja um drei bei dieser dämlichen Lieferübergabe sein muss.

Ich habe nicht mal nachgefragt, was es diesmal ist. Tabak? Alkohol? Waffen? Geld? Mädchen? Ich will es gar nicht wissen.

»Ich mach das!«, bietet Donna überschwänglich an und ich sehe ihre hellblauen Augen leuchten, weil sie helfen kann. »Ich bring ihr gleich was. Kümmer du dich um ... was auch immer du tun wolltest.«

»*Gracias*«, erwidere ich knapp, wie ein emotionaler Krüppel eben spricht, und wende mich zu meiner Haustür um, um dahinter zu verschwinden.

Als ich frisch angezogen aus meiner Casita komme und den Vorplatz des Anwesens überquere, spüre ich mit jeder Faser meines Körpers, dass mich jemand beobachtet. Ich hatte schon immer diesen untrügbaren Instinkt und gerade jetzt schlägt er lautstark an.

Abrupt bleibe ich stehen und blicke mich wachsam um. Mein Herzschlag beschleunigt sich, weil ich weiß, dass hier jemand ist, dessen Augen sich in mich bohren, nur kann ich nicht ausmachen, wer mich anstarrt und aus welcher Richtung es kommt.

Das gefällt mir nicht.

Amara

Kapitel 10

Ich weiß nicht, ob es jetzt exakt eine Stunde später ist, aber ich werde wach, als sich erneut die Zellentür öffnet, weil mir das metallische Kreischen direkt in den Magen fährt. Sofort ist mein Körper in Alarmbereitschaft.

Eine blonde Frau schiebt sich unvermittelt in mein verschwommenes Sichtfeld, weil ich unaufhörlich gegen diesen grässlichen Tränenschwall ankämpfen muss.

Meine Nerven liegen restlos blank. Ich will hier raus. Ich muss zu meiner Familie. Zu Papa, dem es inzwischen weiß Gott wie gehen könnte. Ich will hier nicht sein!

Das alles zehrt so gewaltig an mir, dass ich am liebsten wie eine Wahnsinnige um mich ballern möchte, aber das geht natürlich nicht. Und eine

Knarre haben sie mir auch nicht in mein unkomfortables *Zimmer* gelegt.

Die Frau sieht noch recht jung aus. Ich würde sie auf mein Alter schätzen, mit ihrer blonden Mähne und dem weichen Gesicht, aus dem die hellblauen Augen wie zwei Diamanten funkeln. Sie trägt ein knallrotes Sommerkleid, das ihrer schlanken Figur schmeichelt und ihre Füße stecken in flachen Sandalen.

Ein verunsichertes Lächeln ziert ihre roten Lippen, als sie sich mir mit einem Tablett nähert. So vorsichtig, als wäre *ich* die Gefahr. Das ist absurd. Sieht sie nicht, dass ich kaum Kraft habe, um mich aufzurappeln? Wo soll ich die Energie hernehmen, um sie anzugreifen?

»Du hast bestimmt Hunger«, mutmaßt sie mit einer glockenhellen Stimme und entriegelt das Schloss meiner Zelle. »Ich hab hier Eintopf für dich. Und Brot.«

Sie stellt das Tablett vor mir auf dem Boden ab und blickt verunsichert zwischen mir und dem Essen hin und her. Dann flitzt sie wieder nach draußen und kommt gleich darauf mit zwei Wasserflaschen zurück.

Jetzt hat sie mich an der Angel. Das Essen habe ich bis eben noch skeptisch beäugt, das Wasser kann ich allerdings nicht verschmähen, weil ich am Verdursten bin.

Meine Lippen sind schon total ausgetrocknet und ich fühle mich, als müsste ich einen ganzen Ozean leertrinken, um wieder ausreichend hydriert zu sein.

Das tropische Klima und vor allem die stickige, abgestanden Luft hier unten tragen nicht dazu bei, dass ich mich besser fühle.

Mit flinken Fingern schnappe ich mir eine der Flaschen, setze sie an die Lippen an und leere sie in einem Zug, bis sich das Plastik laut knackend zusammenzieht.

Mild lächelnd betrachtet mich die Frau und hält mir schließlich auch die zweite hin, die ich ebenfalls antrinke.

»Ich kann dir gleich noch mehr bringen«, bietet sie mir an und ich mag sie auf Anhieb, weil sie freundlich zu mir ist.

Erschöpft nicke ich und nehme einen weiteren Schluck, der langsam meine Lebensgeister weckt. Ich kann förmlich fühlen, wie die kühle Flüssigkeit in meine verdörrten Zellen kriecht.

»Wie lang bin ich schon hier?«, krächze ich gegen die Rauheit meiner Stimmbänder an, weil sie vom Zurückhalten der Tränen total gereizt sind.

»Seit heute. Seit ein paar Stunden, um genau zu sein.« Oh man, was?! Es kommt mir schon jetzt wie zwei Tage vor!

»Wie spät ist es?«, frage ich weiter, weil ich so vieles nicht weiß, seit der Todesengel mich hier unten eingesperrt hat. So nenne ich ihn einfach weiterhin, weil ich seinen Namen nicht kenne.

»Kurz nach zwanzig Uhr. Wir essen immer erst sehr spät, weil es davor einfach zu heiß draußen ist«, erklärt mir die Frau entschuldigend und will sich rückwärts aus meinem Verlies entfernen.

Blitzschnell strecke ich eine Hand nach ihr aus und werde von einem erneuten Tränenschwall überfallen, weil ihre Sanftheit die gnadenlose Schwäche in mir hervorkitzelt.

»Bitte geh nicht. Ich ... ich ...« Weiß gar nicht, was ich sagen will und trotzdem möchte ich, dass sie bleibt, damit ich nicht allein hier unten sein muss.

Vielleicht bekomme ich ja aus ihr etwas heraus, das mir helfen könnte zu verstehen, warum ich überhaupt an diesem Ort gelandet bin. Oder eine Information, wie ich von hier verschwinden könnte, das wäre noch hilfreicher.

»Weißt du, warum sie mich einsperren? Wann ich freigelassen werde? Was sie von mir wollen? Wie sie heißen und warum ich hier bin?«

Die Fragen überschlagen sich mit einem Mal in meinem Gehirn und kommen alle ungefiltert über meine Lippen. Ich kann sehen, wie das Gesicht der Blonden sich mit jeder weiteren Frage immer mehr verschließt.

»Ich darf eigentlich gar nicht mit dir reden«, gesteht sie verunsichert und blickt betreten zu Boden. »Ich sollte gehen.«

»Nein!«, rufe ich panisch und mache einen Satz auf sie zu, damit ich sie erneut am Arm zu fassen bekomme.

Ihre Augen werden riesengroß und kugelrund, doch im Moment ist mir egal, dass ich wie eine Geisteskranke rüberkomme. Das Unwissen und die Isolation an diesem fremden Ort machen mich nun mal verrückt. »Du musst mir helfen. Bitte! Ich bin nicht freiwillig hier.«

Das sage ich mit Nachdruck, wobei es bei meinem Anblick überflüssig sein müsste, das extra zu erwähnen.

Ich sehe, wie die Frau mit sich hadert. Bestimmt ist ihr klar, dass es falsch ist, was hier mit mir geschieht und trotzdem kann sie nicht aus ihrer Haut. Warum ist *sie* überhaupt hier? Etwa freiwillig?

Oder gehört sie zu dem wunderschönen Todesengel? Sie könnte seine Frau sein. Hat sie deshalb solche Angst, mit mir zu sprechen? Weil sie Angst vor *ihm* hat? Das könnte ich sogar nachvollziehen, denn dieser gutaussehende Gorilla ist wirklich furchteinflößend.

»Bitte«, flehe ich krächzend und blicke ihr eindringlich in die Augen, die mich an einen wolkenlosen Himmel an einem Frühlingstag erinnern.

»Ich will keinen Ärger bekommen. *Excusa*«, wispert sie und reißt sich mit einem verbissenen Blick aus meinem verzweifelten Griff.

Mit gesenktem Gesicht und schnellen Schritten eilt sie davon, zieht ruckartig das Gitter zu und verschwindet aus meinem Sichtfeld, ohne mich noch einmal anzuschauen.

Wie von Sinnen springe ich auf die Eisenstreben zu und rüttle daran, was ein lautes Scheppern verursacht, das in den Tiefen der Dunkelheit ein grauenvolles Echo erzeugt. Es verdeutlicht mir nur umso mehr, wie einsam und verlassen ich hier unten bin.

»Bitte geh nicht weg! BITTE!!«

Obwohl ich schreie, bis meine Lunge brennt, fühlt es sich an, als würde ich flüstern, weil meine Worte nicht gehört werden. Verzweiflung macht sich in mir breit.

Erneut beäuge ich das Essen. Ich kann hier niemandem trauen, solange ich nicht weiß, was es mit dieser Entführung auf sich hat. Also rühre ich den Eintopf nicht an, weil ich Angst habe, dass er vergiftet ist.

Ein Teil in mir sagt, dass sie mich nicht einsperren und mit Nahrung vergiften müssten, um mich tot zu wissen. Da hätte auch ein Kehlenschnitt oder eine Kugel gereicht. Falls mein Tod denn überhaupt das Ziel dieser Zwangsentwendung meinerseits ist.

Mir schwirrt der Kopf und ich fühle mich unendlich ausgelaugt. Hungrig. Und trotzdem kann ich nicht über meinen Schatten springen und einen Bissen von dem Essen nehmen. Nicht mal das Brot rühre ich an, weil ich einfach zu große Angst habe.

Es war eine Lüge, als ich sagte, dass ich keine Allergien hätte. Wenn in dem köstlich duftenden Essen Nüsse oder auch nur Spuren von Nüssen sind, dann würde ich hier unten elendig ersticken.

Mein Hals würde schneller zuschwellen, als ich um Hilfe rufen könnte – falls überhaupt jemand kommen würde, um mir zu helfen. Im Augenblick glaube ich eher nicht daran. Deshalb kann ich es einfach nicht riskieren.

Stattdessen kauere ich mich zurück in die schmutzige Ecke und bette meinen Kopf auf die angezogenen Knie.

Obwohl ich es nicht will, löst sich immer wieder eine Träne aus meinen brennenden Augen, die über meinen Nasenrücken auf die Knie tropfen, während ich die Arme fest um meine Beine geschlungen habe, um mich ganz klein zu machen.

Ich sitze hier, Stunde um Stunde, und möchte so gerne schlafen, weil meine Nerven absolut blank liegen. Nur birgt dieser Ort Geräusche, die erst nachts so richtig in mein Inneres vordringen.

Ich höre unbekannte Vogelarten unheilvoll kreischen und andere Tiere, die so jämmerliche Töne von sich geben, dass ich sie nicht mal identifizieren kann.

Als dann auch noch Raubkatzengefauche an meine überreizten Ohren dringt, ist an Schlaf ohnehin nicht mehr zu denken.

Gibt es auf Kuba Raubtiere? Ich habe mich mit diesem Fleck Erde nie befasst. Zum Teufel, warum auch?!

Ich schlinge meine Arme noch fester um mich und bete, dass der Sonnenaufgang nicht lange auf sich warten lässt.

Irgendetwas fällt mir ein, denn auch wenn die Stimme in meinem Kopf mir unentwegt eintrichtert, dass das mein Ende ist, will ich es nicht glauben.

Noch bevor der Morgen heranbricht und die Sonne mit den ersten Strahlen die Erde erhellen kann, werde ich mit dem öffnen der Zelltür erneut zu Tode erschreckt.

An dieses Geräusch werde ich mich niemals gewöhnen und es lässt mich jedes Mal regelrecht aus der Haut fahren. Zumal ich nie weiß, wer mir einen Besuch abstattet. Diesmal sind es jedoch schwere Schritte, die keine Eile in sich tragen.

Als der Todesengel in meinem Sichtfeld erscheint, zieht sich mein Magen ruckartig zusammen, bis mir richtig schlecht wird.

Vorsicht wallt in mir auf und klärt meinen Verstand binnen Sekunden. Vergessen ist die Müdigkeit, weil die Gefahr aus jeder seiner Poren direkt auf mich zuströmt und mein Herz rasen lässt.

»*Buenos dias*«, grollt er ohne jeglicher Emotion in der Stimme, als wäre er ein Roboter.

Guten Morgen? Ha! Ich weiß nicht, was daran gut sein soll. Hat dieser Holzkopf auch nur die geringste Ahnung, was ich die letzten Stunden durchgestanden habe? Ich hätte mich vor Angst beinahe eingepinkelt!

Bei seinem schneidenden Blick verkneife ich mir allerdings eine bissige Bemerkung und würge sie zusammen mit dem Kloß in meiner Kehle wieder runter.

»*Buenos dias*«, murre ich patzig zurück und verschränke schützend die Arme vor der Brust.

Meinen Blick halte ich gesenkt, weil ich es nicht miteinander vereinbaren kann, wie schön und furchteinflößend dieser Mann ist.

»Angenehme Nacht gehabt?«

»Ist das dein Ernst?!«, entfährt es mir spitz und ich funkele ihn bissig an, als er das schwere Gitter aufzieht.

»Der Schlafmangel bekommt dir nicht, *princesa*. Du siehst beschissen aus«, murmelt er unbekümmert vor sich hin, als würde er mich gerade nicht beleidigen.

»*Gracias*«, fauche ich aufs Übelste gereizt und balle meine Hände zu kampflustigen Fäusten, die ich ihm am liebsten in sein perfektes Gesicht dreschen möchte. Aber wem mache ich etwas vor? Ich würde mir beim Versuch die Finger brechen und er sich einpinkeln vor Lachen.

»Und gegessen hast du auch nichts«, säuselt er gehässig, als sein Blick auf den vollen Teller samt den danebenliegenden Brotscheiben fällt. »Du solltest mehr auf deine Gesundheit achten. Wer weiß, wie fit du die nächsten Tage noch sein musst.« Jedes einzelne Wort trieft vor Sarkasmus und ich werde immer wütender.

»Entschuldigung!«, blaffe ich theatralisch und werfe meine Hände in die Luft. Oh mein Gott, ich spüre schon, wie ich in Fahrt komme, weil allein bei seinem Anblick sofort wieder alles in mir zu köcheln beginnt.

»Ich hatte ja keine fucking Ahnung, dass du der Experte bist, der mir vorschreibt, wie ich mein Leben als Gefangene zu leben habe. Hast du eben mal was zum Schreiben für mich parat? Nein?!

SCHADE, DANN BRING MICH DOCH EINFACH ZURÜCK UND WIR SPAREN UNS DIESEN ZIRKUS, IN DEM DU MIR SAGST, WAS ICH ZU TUN UND ZU LASSEN HABE UND ICH EINFACH WIEDER MEIN LEBEN LEBEN KANN, WIE ES MIR PASST!«

Er braucht nur einen Schritt, um so dicht bei mir zu stehen, dass mir der Atem stockt und sich die eiskalte Wand unbarmherzig in meinen Rücken gräbt. Oder versuche ich hier gerade, mich durch die Wand zu graben? Keine Ahnung, aber die Luft wird mit einem Mal gefährlich eng hier unten.

»Schrei mich nie wieder an«, raunt er betont leise und legt ganz langsam seine Pranken neben meinen Kopf an die rot-braunen Ziegelsteine. Sein glühender Blick donnert in meinen und ich kralle meine Nägel in den Stein hinter mir.

»Sonst was?«, fauche ich tonlos mit einem übergeschnappten Funkeln in den Augen, was dieser Mann haarscharf verfolgt.

Erneut verschlägt es mir den Atem, als ich mit meinem Blick über sein verheerend schönes Gesicht gleite. Das ist doch echt ein Witz! Wieso darf ein Mensch so hübsch aussehen? Wieso kriegt ein einziger all diese Perfektion ab, während der Rest immer etwas an sich selbst zu mäkeln hat? Er ist makellos, ich kann es nicht anders sagen.

»Keine Faxen. Kein Fluchtversuch. Es ist zwecklos, kapiert?«, knurrt er mich unbeherrscht an und ist meinem Gesicht so verdammt nah, dass ich mich weder auf sein Gesagtes konzentrieren, noch anständig atmen kann.

Und was haben seine Worte überhaupt zu bedeuten? Will er mich etwa rauslassen? Ich kann kaum einen klaren Gedanken fassen, weil seine gefährlich blitzenden Augen mich derart aufwühlen.

Das Grün seiner Iriden brennt sich direkt unter meine Haut und lässt mich automatisch ein Stück zur Seite zucken, um seiner aufdringlichen Nähe zu entkommen.

Schneller als ich ausweichen kann, hat er mich am Arm geschnappt. Wie Eisenschellen liegen seine maskulinen Finger um mein zierliches Gelenk. So fest, dass es schmerzt.

Dann werde ich aus der Zelle und eine steinige Treppe nach oben gezerrt. Hektisch blicke ich mich auf dem weitläufigen Gelände um und suche natürlich trotz seiner Warnung nach einer Fluchtmöglichkeit. Nur kann ich leider auf die Schnelle keine finden, weil ich mich hier nicht auskenne.

Bin ich wirklich auf Kuba oder ist das nur ein krankes Psychospielchen, um mir jeden Funken Hoffnung restlos auszutreiben? Vielleicht haben wir Guatemala nie verlassen und er lügt mich einfach nur an?

Ich bin so neben der Spur, dass ich diese Möglichkeit sogar in Erwägung ziehe, obwohl mich diese sonderbaren Geräusche nachts kein Stück an meine Heimat erinnert haben.

Völlig ermattet stolpere ich hinter seinen energischen Schritten her und wehre mich fast schon gewaltsam gegen seinen berauschenden Duft, der wieder in meine Nase zieht.

Ich kann ihn nicht mal benennen, weiß nur, dass es an Körperverletzung der übelsten Sorte grenzt, was er da verbreitet, weil es viel zu gut ist und gar nicht zu seiner unterkühlten Aura passt.

»Wie heißt du?«, frage ich hirnlos, um ihn in ein Gespräch zu verwickeln. Vielleicht lässt er mich gehen, wenn ich sein Vertrauen erlange. Diese Denkweise ist ziemlich dumm und naiv von mir, trotzdem will ich nichts unversucht lassen. »Schön, dann redest du eben nicht mit mir. Ich bin Amara.«

»Das interessiert mich einen Scheiß!«, blafft er mich an, ohne mich eines Blickes zu würdigen. »Keinen Ton mehr jetzt, sonst reiß ich dir die Zunge raus.« *Gott, der ist ja charmant ...*

Ich werde in ein gigantisch großes Haus gezerrt und kann die Eindrücke gar nicht schnell genug verarbeiten, so energisch wie er mich an all den prunkvollen Räumen vorbei schleift.

Schließlich werde ich in einem nobel eingerichteten Badezimmer unter eine große Dusche geschoben, in der er das Wasser aufdreht, während er noch immer eine Hand um mein Gelenk geschlungen hat.

Mit zusammengezogenen Augenbrauen verfolge ich sein Tun und ignoriere eisern, wie nah er mir gerade schon wieder ist. Wie perfekt selbst sein Profil aussieht. Wie samtig weich seine gebräunte Haut sich anfühlen muss. Und wie unglaublich gut er riecht. Das ist verrückt! *Geh weg von mir! Du bringst mich total durcheinander!*

Ich glaube, als meine Mama mich vor gefährlichen Männern gewarnt hat, hatte sie genau sein Bild im Kopf. Jeder Quadratmillimeter an ihm schreit nach Gefahr. Nach dem sicheren Tod und der teuflischsten Sünde. *Scheiße, der Kerl verkörpert alle sieben Todsünden auf einmal ...*

Fuck! Er muss echt von mir abrücken, weil mich seine Aura erdrückt, als würde man nasse Sandsäcke auf mich legen, die mich jeden Moment in die Knie zwingen.

Ich kann kaum atmen, als er sein Gesicht dem Meinen zudreht und sich unsere Nasenspitzen beinahe berühren, weil er so dicht bei mir steht. Dabei muss ich den Kopf in den Nacken legen, weil ich beim gerade aus schauen lediglich seine gestählte Brust sehen kann.

Diese dichten, dunklen Wimpernkränze gehören echt verboten! Jede Frau würde für solch eine Perfektion einen skrupellosen Mord begehen.

Und was ist das eigentlich mit seinen Augen? Der trägt doch Kontaktlinsen, anders kann es ja gar nicht sein, dass sich ein derartiger Strudel aus zig verschiedenen Grüntönen darin vermischt. *Geh weg von mir!*

»Ausziehen.«

»Umdrehen«, pampe ich in derselben Tonlage zurück und verschränke trotzig die Arme vor der Brust. *Klar, als würde ich vor dir blank ziehen! Pah!*

Etwas, das an ein düsteres Lächeln erinnert, zupft an seinem harten Mundwinkel, bevor seine Augen schlagartig Feuer fangen. Instinktiv weiche ich vor ihm zurück und stoße keuchend gegen die gefliese Wand. Dann geht alles viel zu schnell.

Seine Hände haben mich rasanter eingefangen, als ich nach Luft japsen kann. Ich werde in einer absurden Schnelligkeit einmal herumgewirbelt und krache mit dem Rücken gegen seine harte Brust, bevor seine Pranken um mich herumgreifen und sich in den Shirtkragen krallen.

Ein Ratschen hallt durch das Bad, weil er mir den Stoff einfach vom Körper fetzt. Im Bruchteil einer Sekunde folgt mein BH samt Höschen, ohne, dass ich mich gegen seine riesigen Hände wehren könnte.

Ungläubig und völlig erstarrt glotze ich die cremefarben gefliese Duschwand an. Das Herz hämmert mir bis unter die Schädeldecke, die gefährlich prickelt, während ich diesen Teufel noch immer an meiner Rückseite spüren kann. Seine raue Jeans, das weiche Shirt und diese harten Muskeln. *Meine Fresse, was soll denn das?!*

»Geht doch«, raunt er mit einem gehässigen Lächeln in mein Ohr, was mich bis auf das Knochenmark erschaudern lässt. Dabei vergesse ich sogar, dass ich mich bedecken sollte, weil ich jetzt ... komplett nackt vor ihm stehe. *Geht's noch?!*

Ich schnappe empört nach Luft, wirbele herum und will gerade zu einem zornigen Anfall ansetzen, als seine gewaltige Hand sich über meinen Mund legt, während ein Arm sich zeitgleich um meinen unteren Rücken schlingt, um mich näher zu ziehen. Nackt. *Hallo?! Bist du bescheuert? Erde an verflucht heißen Kerl! Nimm deine Finger von mir!!*

»Ein Ton und ich leg dich um, *princesa*.« Seine Dschungelaugen blitzen derart gefährlich, dass sich vor lauter Panik ein Pfeifen in meinen Ohren einnistet.

Ich nicke stumm unter seiner Hand, die noch immer über meinem Mund liegt, und verfluche ihn in Gedanken auf sämtlichen Sprachen dieser Welt. *Ob er blufft? Ich sollte ihn beißen, um es herauszufinden ...*

»Wasch dich«, flüstert er rau, was eine völlig unangebrachte Gänsehaut über meine Arme flattern lässt. Dann lässt er so unvermittelt von mir ab, dass mir ein überforderter Laut entweicht und ich mich mit einer Hand gegen die Fliesen stütze.

Ich muss wie ein grenzdebiles Opfer mehrmals blinzeln, um wieder klar denken zu können, weil seine dunkelsamtige Stimme irgendwie meine Gehirnzellen schockgefrostet hat.

Nun steht er vor dem Duschkabineneingang und hat mir den absurd breiten Rücken zugewandt, ohne das Badezimmer zu verlassen.

Ich genieße jeden einzelnen Wassertropfen, der über meine Haut rinnt und mir Stück für Stück wieder Leben einhaucht.

»Beeil dich«, drängt er und wirft einen Blick auf seine teuer aussehende Uhr, was mich auf schräge und total unangebrachte Weise schmunzeln lässt.

Dennoch entgeht mir die stumm mitschwingende Drohung in seiner Stimme nicht. Also beeile ich mich, denn wenn ich eins und eins zusammenzähle, dann komme ich auf das Ergebnis, dass wir hier gerade etwas Verbotenes tun. Warum macht er das?

»Fertig«, sage ich nach wenigen Minuten, in denen ich mein Haar und den Körper mit einem Duschgel, das nach Mandelblüten duftet, eingeseift und abgewaschen habe.

Fast fühle ich mich wie ein neuer Mensch, wäre da nicht die penetrante Müdigkeit, die in jedem einzelnen meiner Knochen sitzt. Oh, und die Tatsache, dass ich hier gefangen gehalten werde.

Mit roboterartigen Bewegungen wird mir ein blütenweißes Handtuch gereicht, in das ich mich schnell wickle, obwohl seine Augen nicht einen einzigen Millimeter verrutschen und verbotene Zonen anstarren. *Also doch ein Gentleman? Pff, wer's glaubt! Schwul vielleicht? Das würde sein umwerfendes Aussehen zumindest ansatzweise erklären, denn sind wir ehrlich: Die Hübschen sind alle schwul oder vergeben.*

Meine Augen linsen zu seinen maskulinen Händen, an denen zwar rechts ein schwarzer Ring aufblitzt, aber kein Ehering. Gott und diese Hände ...

Ob ich es zugeben will oder nicht, aber seine Hände machen mich an. Sie verflüssigen meine Kniescheiben in Rekordgeschwindigkeit und ich muss die Zähne aufeinanderpressen, um nicht verwegen aufzustöhnen.

»Zahnbürste«, reißt er mich aus meinem feuchten Tagtraum, in dem diese Hände über meine Schenkel immer höher gleiten. *Bueno Amara! Wünsch dir seine groben Hände auf dir – und such dir am besten gleich Hilfe, denn das ist krank!*

Er ist ein sehr einsilbiger Mensch und trotzdem rechne ich ihm hoch an, was er hier gerade tut. Natürlich habe ich deswegen jetzt nicht das Bedürfnis, ihm dankbar um den Hals zu fallen.

Fakt ist, dass er mich verschleppt hat. Fakt ist aber auch, dass er mich nicht für sich geholt hat. Jemand hat ihn beauftragt, also hat er im Grunde nur seinen Job erledigt.

Dass ihn diese Tatsache jetzt nicht zu einem Heiligen macht, ist mir selbstverständlich klar. Aber seit dieser grauenvollen Nacht läuft mein Gehirn im Notprogramm und versucht krampfhaft, in allem etwas Gutes zu sehen, um nicht komplett verrückt zu werden.

Ich schnappe mir die verpackte Zahnbürste und die Zahnpasta, die daneben liegt, und schrubbe meine Zähne.

Mit den Fingern durchkämme ich mein nasses, dunkles Haar, das mir fast bis zur Taille reicht, und tippe dem Mann dann auf die Schulter, weil er starr und mit verschränkten Armen das Türblatt anvisiert.

Erschrocken zuckt er zusammen und fährt mit mahlenden Kieferknochen zu mir herum. Seine Hand schlingt sich rasend schnell um meine Kehle und schnürt mir auf die Sekunde die Luft ab.

Er ist so verdammt flott unterwegs, dass ich einen Schritt rückwärts stolpere und sich das Waschbecken hart in meinen unteren Rücken bohrt, als er meinen Oberkörper weit zurückdrängt und sich über mir aufbaut.

»Fass mich nie wieder an«, beschwört er mich mit geblähten Nasenflügeln und so gefährlich leise, dass es in mir zu Flirren beginnt. Mein Nacken kribbelt und mein Atem stockt. Verdammt nochmal, *alles* in mir stockt.

Sein Gesicht ist meinem so verboten nah, dass ich die hellen Sprenkel in seinen Iriden zählen kann. Seine Augen sprühen aufgebrachte Funken und ich nicke atemlos, weil meine Stimmbänder vor Panik und Faszination völlig ihren Dienst versagen.

Um das Gleichgewicht nicht zu verlieren, schnellt eine meiner Hände nach oben und legt sich wie selbstverständlich auf seine harte Brust. Anscheinend bin ich nicht sonderlich gut im Zuhören, denn genau das sollte ich ja eigentlich nicht tun. *Hups ...*

Das lässt seine Brauen irritiert zusammenfahren und mir fast das Herz stehen bleiben. Schnell ziehe ich sie wieder zurück, weil er kurz so aussieht, als würde er mir eine scheuern, weil ich ihn erneut anfasse.

Hektisch überfliegen seine Augen mein Gesicht und er wirkt mit einem Mal total gehetzt. Als sein stechender Blick auf meinen Lippen hängen bleibt, schlucke ich gegen einen dicken Kloß an, der augenblicklich meine Kehle verstopft.

Keine Ahnung, was das gerade war, aber so schnell, wie es passiert ist, fängt er sich wieder.

Grob stößt er mich von sich, ehe sich seine Hand erneut auf mich zubewegt. Instinktiv spanne ich mich noch mehr an, bis ich zittere.

Doch, statt mich ein weiteres Mal anzupacken, greift er um mich herum auf den Waschtisch und hält mir anschließend einen olivgrünen Stoff vor die Nase.

»Zieh das an. Oder spazier hier nackt rum, mir scheißegal«, kommt es dunkel über seine Lippen, auf die nun ich für den Bruchteil einer Sekunde starren muss, weil sie so verdammt schön sind. Sie sehen aus wie gemalt und unglaublich weich. Irritiert schüttle ich den Kopf und nehme ihm das Shirt ab.

Als ich mit einer schnellen Bewegung hineinschlüpfe, stelle ich fest, dass es ein Männershirt ist. Es reicht mir fast bis zu den Knien, hat einen tiefen V-Ausschnitt und kurze Ärmel, die mir trotzdem bis zur Hälfte meines Unterarms reichen.

Auch kann ich diesen aufregenden Duft in den Tiefen der Fasern erschnuppern, der mich total kirre macht.

»Deins?«, hake ich mit erhobener Augenbraue nach und zupfe am Saum, weil ich darunter nackt bin. Meine Unterwäsche ist aus bekannten Gründen hinüber.

Bevor ich nach den Sachen greifen kann, die er mir vom Körper gerissen hat, schließt sich seine

Hand darum. Wortlos befördert er alles in einen Mülleimer unter dem Waschtisch.

Jetzt sieht es so aus, als wären wir nie hier gewesen, weil er alle Spuren beseitigt hat.

Der Laut, den er mir auf meine Frage hin schenkt, kann ich weder als eindeutiges ›ja‹ noch als klares ›nein‹ einordnen, also belasse ich es einfach dabei, dass ich *glaube*, dass es sein Shirt ist. *Es ist gar nicht komisch, dass ich im Shirt meines Entführers stecke. Nein, überhaupt nicht!*

Mit einem sonderbaren Gefühl in der Magengegend folge ich ihm zurück in den Innenhof. Diesmal darf ich alleine gehen, ohne, dass er mich zieht oder in eine Richtung dirigiert.

Vielleicht machen wir schon Fortschritte? Man darf ja noch hoffen ... Trotzdem muss meine nächste Frage raus, weil sie mir seit Stunden unter den Nägeln brennt. Diese Laute, die mich durch die gruselige Nacht getrieben haben, kamen nicht ausschließlich von Tieren ...

»Ich hab Menschen schreien gehört. Was passiert mit ihnen?«, frage ich angespannt, weil ich es wissen will und doch auch irgendwie nicht.

Was, wenn in der nächsten Nacht ich solche Geräusche von mir geben werde? Daran darf ich gar nicht denken, weil sich mein Verstand dann für immer in den Urlaub verabschiedet.

Mein Körper würde auf der Stelle in eine Art Ohnmacht driften, weil ich mir anhand der gequälten Laute ungefähr vorstellen kann, was diesen Menschen widerfahren ist.

Einer von ihnen war so unglaublich zäh. Ich glaube, er hat doppelt so lange durchgehalten, wie seine Leidensgenossen. Zumindest hat er am längsten um sein Leben gebrüllt. Innerlich schüttelt es mich bis zu den nackten Zehen.

»Nichts, was du ändern könntest«, kommt es knapp zurück. *Gespräch beendet, okay.*

Inzwischen wird der Himmel von den ersten Sonnenstrahlen erhellt. Erst jetzt fällt mir auf, dass sein graues Shirt über und über mit dunklen Flecken bedeckt ist. Stocksteif bleibe ich stehen und starre diesem widersprüchlichen Mann Löcher in den Rücken.

»Wessen Blut ist das?«, keuche ich stockend und verknüpfe die dunkelrot getrocknete Flüssigkeit automatisch mit den Schreien, die mich über Stunden verfolgt haben.

Dass es sein Eigenes ist, schließe ich sofort aus, ganz einfach, weil er sich derart kraftvoll und anmutig bewegt, dass ihm gar nichts wehtun kann.

Ein entsetzlicher Film entsteht in meinem Kopf, den ich wohl nie wieder rausbekommen werde. Die Hauptrolle des skrupellosen Schlächters spielt ohne Zweifel der düstere Todesengel.

Als er sich zu mir umwendet, macht er seinem von mir verpassten Namen alle Ehre. Ich sehe einen Hauch Wahnsinn in seinen unglaublich schönen Augen aufflackern. Es ist ein Ausdruck, wie ich ihn nur von den Männern meines Vaters kenne, wenn sie die Drecksarbeit erledigen mussten.

Knochen brechen.

Blut vergießen.

Leben nehmen.

Er hat unabstreitbar das Gesicht eines Engels, aber hinter dieser täuschenden Fassade schlummert ein herzloser Killer, den man besser nicht zum Vorschein lockt. Jetzt gerade sehe ich es überdeutlich.

»Nicht deins, oder?«, antwortet er rau mit steinharter Miene, weil er sich nicht in die Karten schauen lassen will.

Trotzdem wallt mit einem Mal eine grauenhafte Vermutung in mir auf, weil mir seine aufgewühlten Augen eine düstere Horrorgeschichte erzählen. Ich hänge wie eine Wahnsinnige an seinem flackernden Grün und kann gar nicht mehr wegschauen.

»*Noch* nicht, richtig?«, flüstere ich atemlos. »Es ist *noch* nicht meins.«

»*Noch* nicht, *princesa*, nein.«

Keno

Kapitel 11

Mir gefällt nicht, wie mich dieser Gartenzwerg angafft. Weder der gequälte Ausdruck in diesen tiefbraunen Augen, als die Erkenntnis bei ihr durchsickert, dass ihre Zeit hier begrenzt ist und sie nicht lebend aus der Nummer rauskommen wird, noch als könnte sie direkt in mich hineinblicken.

Das kann sie nicht. Das kann niemand, weil ich es nicht zulasse, dass jemand meine befleckte Seele je zu Gesicht bekommt. Es geht niemanden etwas an, wie es in meinem Inneren aussieht.

Deshalb verhärte ich meinen Kiefer bloß noch mehr und sage nichts weiter zu ihrer Vermutung, mit der sie gar nicht so falschliegt. Es ist nicht ihr Blut, das an mir klebt. *Noch* nicht ihres.

»Los jetzt«, befehle ich harsch und greife erneut nach ihrem gebrechlichen Arm.

Ich blähe die Nasenflügel und mahle mit den Zähnen, um mich wieder unter Kontrolle zu bekommen. Die ist mir nämlich entglitten, als sie mir vor wenigen Minuten derart nah war. Nackt und leider fucking wunderschön mit einem Arsch, den die Welt noch nicht gesehen hat. *Lockere deinen Griff, sonst brichst du ihr den Knochen!*

Sie will entsetzt vor mir zurückweichen, doch ich bin schneller. Natürlich bin ich schneller. *Kleine, ich sag es dir ja echt nur ungern, aber gegen meine Reflexe kommt niemand an, also versuch es erst gar nicht.*

Tränen steigen in ihren großen Augen auf, die entweder von meinem festen Griff oder ihrer Ausweglosigkeit her rühren.

Es ist mir egal.

Es *muss* mir egal sein.

Es ist immer egal.

Warum ist es mir bei ihr nicht egal?

»Bitte tu das nicht«, wimmert sie verzweifelt und will sich aus meinem Griff reißen, was ich nicht zulasse.

Statt auf ihr Gebettel einzugehen, schleife ich sie zurück zum Treppenabgang zwischen dem Haupthaus und meiner Casita, wo sich die Kellerverliese unter der Erde befinden.

Sie hat Glück, dass sie dort untergebracht wurde und nicht in den Keller unter den Casitas der Wachmänner. Das kleine Prinzesschen will nicht wissen, wie es dort unten aussieht. Riecht. Zugeht. Niemand will das.

Es war schon riskant genug, dass ich sie überhaupt rausgeholt habe, damit sie sich waschen kann. Es hat mir einfach keine Ruhe gelassen, weil es menschenunwürdig ist, wenn man jemandem die Hygiene verweigert.

Bei Ratten, Schuldnern, oder Leuten, die uns verarscht haben, interessiert es mich einen Scheiß. Aber diese filigrane Frau passt für mich in keines dieser Raster und macht mir nicht den Eindruck, als hätte sie sich absichtlich mit Don Juan angelegt.

Und irgendwie wollte ich mit dieser Aktion den Oberwichser ärgern, weil er mir noch immer nicht gesagt hat, was der Grund ihres Aufenthalts in der Vargas-Hölle ist.

Solange er mir nicht sein Vertrauen entgegenbringt und mich in gewisse Dinge einweiht, wird er mit meinem Trotz leben müssen, den ich selbst mit beschissenen dreißig Jahren ihm gegenüber manchmal nicht ablegen kann.

Ich schiebe die Kleine – *Amara, was für ein gottverdammt schöner Name!* – über die Schwelle zu ihrem neuen zu Hause und ignoriere ihr bitteres

Schluchzen eisern. Trotzdem gräbt sich ihre sanfte Stimme direkt in mein Inneres.

Ich verschließe mich regelrecht davor, weil ich es mir nicht leisten kann, Mitgefühl zu zeigen. Es würde mich schwach machen und das ist ein Zustand, mit dem ich nicht leben kann. Mit dem ich nicht funktioniere.

Ich würde an all dem Scheiß, den ich zu erledigen habe, zerbrechen, sollte ich auch nur ein einziges Mal ein Gefühl zulassen, das in diese Richtung geht.

Mein Blick gleitet flüchtig über Amara, deren schmale Schultern unter ihren Schluchzern zucken. Wie eine Verbrecherin sieht sie für mich nicht aus. Ich kann mir auch nicht vorstellen, dass sie dem Erzeuger Geld oder etwas anderes schuldig ist und er sie deshalb hier gefangen hält. Also muss es etwas mit ihrer Herkunft zu tun haben.

Oder sie hat Informationen, an die er rankommen will. Das wäre denkbar schlecht für den Zwerg, denn dann wird er mich mit ihr in den anderen Keller schicken, damit ich ihm diese Informationen beschaffe.

Don Juan ist ein abgefuckter Bastard, aber nicht dumm. Er tut nichts Unüberlegtes. Jeder seiner Schachzüge ist bis ins kleinste Detail geplant und es wurmt mich, weil ich nicht hinter seinen Plan mit diesem zarten Persönchen komme.

Am liebsten würde ich sie fragen, wer sie ist. Wie ihr Familienname lautet. Ob sie eine Vermutung hat, was er von ihr wollen könnte. Doch damit würde ich unsere zwischenmenschliche Beziehung auf eine Ebene heben, die nicht richtig ist. Die in ihr eine falsche Hoffnung pflanzen könnte.

Das kann ich nicht, denn sollte Don Juan verlangen, dass ich sie ausweide, wie die vier Verräter letzte Nacht, dann werde ich es tun. Wie immer. Völlig reuelos.

Ich werde auch keinen Rückzieher machen, nur weil sie eine verfickt hübsche Frau ist. Sie wäre nicht die Erste, die ich an einem Strick ausbluten lasse, weil sie Dreck am Stecken oder Don Juan ans Bein gepisst hat. Die Regeln sind ganz einfach: Halt deine Schnauze und erledige deine Arbeit.

Gerade als ich mich abwende und die Zelltür ins Schloss ziehen will, sehe ich im Augenwinkel, wie Amara taumelt und schließlich auf dem Boden zusammensackt.

Mein erster Impuls ist, sie aufzufangen, bevor sie gegen den Lehmboden klatschen kann. Der wird allerdings sofort von einem Zweiten überschattet: einfach zu gehen, weil es mich nicht zu interessieren hat, was mit ihr ist. Das ist der Impuls, den Don Juan mir mühsam antrainiert hat.

Doch noch immer regt sie sich nicht, was eine Stimme in meinem Kopf laut werden lässt. Die

Stimme meines beschissenen Erzeugers: *Sie ist wertvoll für mich. Also pass gefälligst auf sie auf!*

Wenn ihr also unter meiner Aufsicht etwas passiert, dann bin ich gefickt. So richtig, ohne, dass es Spaß macht. Fuck!

Amara

Kapitel 12

Ich werde mich nicht mit meinem Schicksal abfinden. Im Leben nicht werde ich mich von diesem Psycho abschlachten lassen. *Schau ich aus wie ein Opferlamm, oder was?!*

Nur zu gut kann ich mir vorstellen, was er letzte Nacht getrieben hat. Die grauenvollen Schreie der Männer hallen noch immer quälend in meinem Kopf nach, obwohl es inzwischen Stunden her ist.

Also tue ich das, was mir als Erstes in den Sinn kommt: Ich lasse mich wie diese panischen Ziegen einfach umfallen und bleibe reglos am Boden liegen. Mit angehaltenem Atem, damit es noch ein bisschen dramatischer aussieht.

Für ein paar Sekunden tut sich nichts. Ist er jetzt echt gegangen, oder was? Ja, das würde zu seiner herzlosen Scheißart passen.

Doch dann liegen mit einem Mal große Hände auf mir, die mich fahrig abtasten. Warme Hände, die so sanft nach mir greifen, dass mein Herz sich ruckartig zusammenkrampft, weil es dieselben Hände sind, die noch vor Stunden auf bestialischste Weise Leben ausgelöscht haben.

Ich konnte es nicht sehen, aber das, was ich gehört habe, hat mir gereicht. Wie können diese blutbefleckten Hände also derart sanft sein und sich so unsagbar weich anfühlen? Weich und ... gut! *Oh mein Gott, ich bin doch total geistesgestört!*

Irritiert halte ich den Atem an. Ein paar quälend lange Herzschläge bleibe ich reglos im staubigen Lehm liegen, bis Bigfoot so abgelenkt ist, dass ich ihn eiskalt erwische, als er sich über mich schiebt.

Mit Schwung reiße ich mein Knie nach oben, ramme es ihm gezielt in die Weichteile, was ihn wutentbrannt knurren lässt. Schmerzerfüllt rollt er sich auf die Seite und flucht so dreckig, dass meine Mama ihm dafür eine Ohrfeige verpassen würde. Mit einer Bratpfanne!

Angetrieben von grenzenloser Panik und meinem unermüdlichen Überlebenswillen springe ich auf die Beine und renne los. Ich habe keine Ahnung wohin, aber Fakt ist: Ich muss hier weg!

Er wird mich töten. So oder so. Also muss ich es zumindest versucht haben, zu flüchten. Ich muss mich an jeden Strohhalm klammern, den ich zu greifen bekomme, weil ich mir nicht kampflos mein Leben nehmen lasse. Weil zu Hause Menschen auf mich warten, die mich lieben. Die ich liebe. Die mich brauchen. Jetzt mehr denn je.

Die steinigen Treppenstufen schmerzen unter meinen nackten Fußsohlen, weil ich einen unfassbar schnellen Sprint hinlege. Ich lasse den Keller hinter mir und renne auf den weitläufigen Platz, der von sattem Grün umwachsen ist.

Wohin jetzt? Weg vom Haus. Weg von diesem Keller und auf jeden Fall weg von dem Monster, das noch immer dort unten ist.

Ich muss schnell sein. Schneller als er. Also presche ich blind um eine Hausecke und halte direkt auf den dahinter liegenden Dschungel zu. Dort kann ich mich verstecken.

Meine Muskeln schmerzen, weil ich kaum Kraft habe, die Lungenflügel pfeifen vor Anstrengung eine ganze Tonleiter rauf und runter. Alles, was ich sehe, ist das dichte Grün. Meine Chance, zu entkommen.

Schneller Amara! Lauf verdammt nochmal schneller! – sporne ich mich selbst an und verdränge verbissen, dass mein Körper kurz vor einem Kreislaufkollaps steht.

Der Todesengel ist wieder auf den Beinen, ich kann sein aufgebrachtes Knurren in meinem Rücken hören, als wäre er bloß noch wenige Zentimeter von mir entfernt. *Oh fuck!*

Ein Stromschlag der grenzenlosen Panik durchzuckt mich. Wenn ich mich nicht beeile, dann bin ich geliefert.

Ich sehe bereits das Dickicht immer näher kommen, wo ich mich verschanzen kann, also beiße ich die Zähne fester aufeinander, balle meine Hände zu steinharten Fäusten und lege noch einen Zahn zu.

Mit einem rauschartigen Tunnelblick komme ich exakt drei Schritte weiter, als ich frontal mit jemandem zusammenkrache, der so unvermittelt um eine weitere Hausecke kommt, dass ich nicht mehr rechtzeitig abbremsen kann.

Alles geht so wahnsinnig schnell, dass ich keine Chance habe, ihm auszuweichen. Sofort schließen sich breite Arme um mich, die mich vollends gefangen nehmen, als würde ich gegen einen Stahlträger gepresst werden.

Hektisch atmend blinzle ich zu dem Mann auf, dessen grün-graue Augen mich abschätzend mustern.

»Kann ich dir helfen *preciosa*?«, zieht mich eine charmante Männerstimme auf, während ich kampflustig versuche, mich von Gorilla 2.0 loszureißen.

»Halt sie bloß fest Dayron!«, bellt mein Gefängniswärter gereizt und ich höre an seinem wütenden Atem, dass er immer näher kommt.

Nein! Ich werde mich diesem Arschgesicht nicht beugen und mich wieder in das modrige Kellerloch verfrachten lassen, wo ich auf meine Hinrichtung warte!

Ich muss in den Dschungel, dort wird er mich nicht finden. Also beiße ich zu. Direkt in den tätowierten Unterarm des Mannes, der meinen Sturz abgefangen hat. So fest, dass ich Blut schmecke. *Urgh! Ganz klar eine Kurzschlussreaktion meines Fluchtreflexes, aber gut.*

Ihm entfährt ein überrumpelter Schrei, dann lässt er ruckartig von mir ab. Ich mache einen Satz nach vorn, hetze blind und ohne Orientierung weiter, als mich im nächsten Moment der absolute Schlag trifft.

Eine tiefschwarze Raubkatze springt mir mit weit aufgerissenem Maul fauchend entgegen und ich starre panisch auf die rasiermesserscharfen Zähne. *Ach du Scheiße!!*

Kreischend bremse ich ab, was meine Fußsohlen auf dem trockenen Boden brennend aufschürft. Doch ich spüre den Schmerz kaum, weil ich derart unter Schock stehe, dass schwarze Punkte unkontrolliert vor meinen Augen flackern und meinen Brustkorb sich so heftig zusammenkrampft, dass ich nicht mehr atmen kann.

Das Herz schießt mir bis in meinen verengten Hals und ich sehe mich bereits zerfetzt in einer blutigen Lache am Boden liegen.

Um außerhalb der Reichweite dieses Monstrums zu kommen, stürze ich blitzschnell zurück – direkt in die Arme des Todesengels. *Das darf ja echt nicht wahr sein! SHOOT ME!*

Vor lauter Panik habe ich nicht gesehen, dass das Tier durch eine gigantische Glasscheibe von mir getrennt ist. Wäre das Vieh mir nicht entgegengesprungen, währe ich volles Rohr in der Scheibe eingeschlagen. *Wie bescheuert kann man bitte sein?!*

»Du glaubst, der Leopard ist die gefährlichere Bestie von uns beiden?«, raunt mein Gefängniswärter mit diesen verteufelt weichen Lippen direkt an mein Ohr, während seine wuchtigen Arme mich einkesseln. Er klingt so düster, dass meine Inneres sich brennend zusammenzieht und ein heißkalter Schauer über meine Wirbelsäule peitscht. »Das ist überaus dumm von dir, kleine Amara.«

Meinen Namen aus seinem Mund zu hören stellt etwas mit mir an, das sich wie Klauen anfühlt, die sich in meine Eingeweide rammen und darin herumwühlen.

Mit einem Satz werde ich über seine harte Schulter geschmissen und zurück Richtung Keller getragen. Diese Aktion lässt eine fast vergessene Erinnerung in meinem Gehirn aufflammen.

Das hat er schon einmal gemacht. Gestern im Dschungel, als ich ihm die Nägel samt meinem Stöckelschuh in den Rücken gepfeffert habe, um von ihm loszukommen. Anschließend hat er mich mit dem Schädel gegen den Boden gedonnert, was mich erneut in die Ohnmacht driften hat lassen.

Deshalb, und nur deshalb widerstehe ich dem Drang, ihn jetzt noch einmal mit meinen Krallen zu attackieren.

»Ihr werdet es bereuen, dass ihr mich hier gefangen haltet!«, kreische ich wie eine wildgewordene Furie, weil mein ganzer Körper verrückt spielt. »Ich werde mich rächen und es wird nichts mehr von euch übrig bleiben, wenn ich mit euch fertig bin!«

Ich werde so heftig über diese breite Schulter gepresst, dass mein Magen gefährlich rebelliert. Weil ich mit dem Kopf nach unten hänge, geht ein penetrantes Hämmern durch meine Schädeldecke, das mich schier verrückt macht.

Mein Herzschlag beruhigt sich einfach nicht, weil ich gerade haarscharf dem Tod entkommen bin. Zumindest denkt mein aufgescheuchter Verstand das noch immer. Und ich will nicht hier sein, zum Teufel!

»Das werden wir ja sehen, wie weit du mit deinen niedlichen Racheplänen kommst, du unscheinbare Feder«, grollt das überhebliche, grünäugige Arschloch und klingt beinahe belustigt.

Kann er das überhaupt? Lachen? Ich glaube nicht. Und ein Herz besitzt er auch keines, sonst würde er mich nicht wieder in diesem stickigen Loch unter der Erde wegsperren.

»Fahr zur Hölle!«, zische ich, als er mich in meiner Zelle rücksichtslos auf den Boden wirft.

Ich unterdrücke mit einem Zischen den Schmerz in meinem unteren Rücken, der mir beim Aufprall bis in die Kniekehlen schießt.

Das vertraute Kreischen erklingt in meinen Ohren, als er die verstrebte Tür hart ins Schloss zieht, um zu verdeutlichen, dass ich angeschissen bin. Dass ich hier niemals wieder rauskomme, wenn er es nicht will.

»War ich schon. Der Teufel konnte mich nicht leiden und hat mich wieder ausgespruckt. Sonst noch was, *princesa*?« Das kommt trocken, als besäße dieser Arsch wirklich Humor.

Da zupft tatsächlich ein Schmunzeln an seinen Lippen, was ich mit Fassungslosigkeit zur Kenntnis nehme. Amüsiert ihn meine beschissene Situation etwa auch noch? *Hijo de puta!*

Ich fühle mich ausgelaugt, müde, hungrig und gereizt. Die Kraft, die vorhin noch meinen Körper beherrschte, angetrieben von meiner Wut im Bauch, hat mich inzwischen restlos verlassen. Zurück bleibt nichts als Leere und Frust.

Mein Herz sticht, weil erneut die Dunkelheit über mein Gefängnis hereinbricht. Ich habe seit zwei Tagen nichts gegessen und traue mich inzwischen kaum mehr das Wasser anrühren, das mir von einem wortkargen, furchteinflößenden Wachmann gebracht wurde. Auch das könnte vergiftet sein. Oder?

Mein Verstand spielt mir Streiche, weil ich hier unten nichts zu tun habe. Weil ich am Verzweifeln bin und es kaum mehr aushalten kann.

Immer wieder kratze ich über meine Arme, bis die Haut brennt, als würde sie in Flammen stehen. Ich kann nicht damit aufhören, fühle mich wie eine Geisteskranke, die kurz davor steht, sich eigenhändig das Leben zu nehmen. Das alles hier macht mich krank!

Schweiß rinnt in immer kürzeren Abständen kitzelnd zwischen meinen Schulterblättern hinab und ich kaue auf meinen Nägeln, bis sie bluten. Ich bin sogar schon so heftig neben der Spur, dass ich mir die einzige Waffe, die ich habe, abfresse. *Ganz toll!*

Immer wieder raufe ich mir das Haar, stehe auf, laufe die kleine Zelle ab, setze mich wieder hin. Umfange meine Beine mit den Armen, wiege mich vor und zurück. Schaue nach draußen, ob ein weiterer Tag vergangen ist, weil ich kein Zeitgefühl mehr habe. Weil ich auf Toilette muss. Weil ich mich wie ein eingesperrtes Tier fühle.

Nicht mal das Geräusch der Kellertür lässt mich mehr aufschrecken, weil ich in einem verschlingenden Taubheitszustand gefangen bin. Schritte ertönen, die ich nur am Rande wahrnehme.

Mit dem nächsten Wimpernschlag ist meine Zelle restlos ausgefüllt. Es ist der Mann mit den grünen Augen, dessen Aura jedes Molekül hier unten für sich beansprucht.

Ich kenne noch immer nicht seinen Namen und inzwischen will ich ihn auch gar nicht mehr wissen. Kaltherzige Monster wie er verdienen gar keinen Namen.

Abgekämpft blicke ich zu ihm auf, als er sich mir nähert. Er riecht unglaublich gut. Besonders und tödlich zugleich. Ich kann es nicht benennen. Es verwirrt mich und er soll einfach wieder gehen.

Als er eine Hand nach mir ausstreckt, so kraftvoll und zielstrebig, zucke ich schließlich doch zusammen. Nicht, weil ich Angst habe, dass er mir wehtut. Das tut er nicht. Glaube ich. Er hätte mich bei meinem Fluchtversuch problemlos umlegen können. Das Zucken rührt eher daher, weil mein ganzer Körper verrückt spielt, wenn dieser Grobian mich berührt.

Obwohl ich ihn verabscheuen müsste, ist da ein Teil in mir, der krampfhaft etwas Gutes in ihm sucht. Vielleicht liegt es an meiner Verzweiflung, die sich immer weiter in mir ausdehnt. An der Aussichtslosigkeit, die sich in jede Zelle meines Körpers eingenistet hat wie ein ekelhafter Parasit.

Vielleicht sind es aber auch seine sonderbaren Augen, die eine ganz andere Sprache sprechen, als seine Worte oder Taten. Ich weiß es nicht. Ich weiß gar nichts mehr.

Es wirkt, als besäße er keine Empathie. Als würde er Gefühle und Emotionen systematisch von sich stoßen. Als wäre er ein Roboter. Kalt und herzlos. Doch bei genauerer Betrachtung geht es auch ihm nicht gut.

Sein Nacken ist stets angespannt. Der Kiefer unentwegt verhärtet. Es kostet ihn viel Kraft, ständig grimmig dreinzublicken, und ich glaube, dass er sich viel mehr Gedanken um Dinge macht, als er je zugeben würde. Er hat mich duschen lassen, das sagt doch alles, oder?

Mit einem Griff um meinen Arm zieht er mich auf die Beine, ist mir wieder so verdammt nah, dass ich kaum atmen kann. Dann blitzt die Klinge eines Messers im einfallenden Mondlicht auf, was mich nun doch in den hirnlosen Kampfmodus driften lässt.

»Lass mich los!«, zische ich und trete mit einem Fuß nach ihm, weil Angriff ja bekanntlich die beste Verteidigung ist.

Rein theoretisch ist mir klar, dass ich keine Chance gegen diesen Bullen habe. Er wiegt bestimmt das Dreifache von mir und ist zwei ganze Köpfe größer als ich. Außerdem ist er bewaffnet, wohingegen ich nicht mal Unterwäsche trage. Nur das Shirt. *Sein* Shirt.

Am liebsten würde ich es mir vom Leib reißen und mit den Fingern in tausend Fetzen zerfurchen, stünde ich dann nicht vollkommen nackt hier unten. Ich hasse das. Das alles hier!

»Du *hijo de puta*! LASS MICH LOS! Geh weg!« Ich steigere mich immer weiter rein, während er die Ruhe selbst bleibt, was mich nur noch rasender macht.

Angetrieben von absoluter Verzweiflung, die meinen Verstand restlos aussetzen lässt, spucke ich ihn an. In derselben Sekunde schießt seine Hand nach oben und ich wappe mich tapfer für die schallende Ohrfeige, die ... nicht kommt. *Oookay, das ist neu ... Vittorio hätte mich jetzt totgeprügelt.*

Hart umfängt er stattdessen mein Kinn mit drei großen Fingern und zerrt mein Gesicht so dicht vor seines, dass mein Körper sich auf den Schlag in einen Modus manövriert, mit dem ich restlos überfordert bin.

Ein Windhauch würde ausreichen, damit wir uns berühren. Alles in mir beginnt zu kribbeln. Mein Gesicht, das er ausgiebig inspiziert. Die Haut, die er mit seinen warmen Fingern berührt. Mein Bauch, weil er mir viel zu nah ist. Mein Herz, weil es total verwirrt ist.

In seinen Dschungelaugen lodert das abgrundtiefe Höllenfeuer, was das Blut immer schneller und heißer durch meinen Körper zirkulieren lässt. Sein tödlicher Blick schmerzt noch tausend Mal mehr als die Finger, die sich in meinen Kiefer bohren.

»Hör verdammt nochmal auf, zu bellen, wenn du nicht beißen kannst, *mi amor*«, raunt er leise und hebt das Messer an mein Gesicht.

»Wehe du ritzt mich an«, keife ich kampflustig und halte tapfer Blickkontakt.

Etwas huscht durch seine in Blei gegossenen Züge, das ich nicht benennen kann. Dann lässt er ruckartig von meinem Kinn ab und greift stattdessen nach meinem Haar.

Mein Kopf liegt schmerzhaft im Nacken und schneller, als ich blinzeln kann, hat er mit der rasiermesserscharfen Klinge eine Strähne abgetrennt.

»Bist du nicht ganz dicht?! Hör verdammt nochmal auf, du Psycho!«, fauche ich völlig außer mir, weil ich nicht weiß, was das für ein krankes Spiel ist.

Will er mir eine Glatze schneiden? Damit ich mich selbst immer mehr verliere und irgendwann gar nicht mehr wiedererkenne?

Macht man das so mit Gefangenen? Sie an ihre psychische Belastungsgrenze treiben? Ich habe mir nie Gedanken darüber gemacht, wie es den Menschen erging, die mein Vater einsperren ließ.

»Lieber die Haare als deine Gliedmaßen, oder? Gib mir deinen Ring«, fordert er finster und hält mir abwartend eine große Handfläche entgegen. Mein Blick fliegt darauf, dann zurück in sein Gesicht.

»Wozu?«

»Keine Ahnung«, meint er gelangweilt und nickt ungeduldig auf meine linke Hand, an dem der goldene Siegelring mit unserem Familienwappen meinen Finger umschließt.

»Du musst doch wissen, warum du das tust!«, begehre ich auf und verschränke trotzig die Arme vor der Brust. Verstecke vor ihm das Einzige, was mich an diesem grauenvollen Ort noch mit meiner Heimat verbindet und bei Verstand hält.

Irgendwie verschwimmt gerade wieder die Grenze zwischen Vorsicht und Zorn. Es ist sein absurd schönes Aussehen. Das lässt mich beinahe sekündlich vergessen, dass ihn der Tod umgibt, als wäre er sein Handlanger.

»Ich brauch etwas Persönliches, um es deiner Familie schicken zu können«, beharrt er mit aufeinandergepressten Zähnen, als würde dieses Gespräch ihn total abfucken.

Ja ganz ehrlich? Ich bin auch abgefuckt! Wir könnten diesen ganzen Abfuck beenden, indem mir endlich mal jemand sagt, was die von mir wollen oder er mich alternativ einfach wieder gehen lässt.

»Du kennst meine Familie?«, frage ich alarmiert, weil er das einfach so sagt, ohne näher darauf einzugehen.

Wieso will er ihnen etwas von mir schicken? Erpresst er sie? Und wenn ja, womit? Wenn es Geld ist, hätte Papa längst für meine Freilassung bezahlt.

»Nein und sie interessiert mich auch nicht«, blafft er und packt grob meine Hand, um den Ring mit einem Ruck von meinem Finger zu ziehen.

Die Stelle, an der das warme Edelmetall seit Jahren liegt, fühlt sich nun kalt an. Als hätte er mir damit ein Stück meiner Identität geraubt. Skeptisch betrachten seine wachsamen Augen den Ring, während er ihn in jede Richtung dreht.

»Woher kommst du?«, fragt er leise mit zusammengezogenen Brauen und ich höre genau, wie brennend ihn meine Antwort interessiert. *Tja, bekomme ich nichts, bekommst du nichts. So einfach ist das!*

»Dir sag ich einen Scheiß!«, zicke ich atemlos und reibe über die sanfte Abdruckstelle an meinem Finger.

»Glaub mir, dein Gefauche wird dir noch vergehen, *mi amor*.« Das kommt überaus kaltherzig und ich blitze ihn hasserfüllt an, was mich verdammt viel Anstrengung kostet.

Ich sacke starr vor seelischem Schmerz auf die Knie und will, dass dieser Albtraum einfach ein Ende findet.

Die Zelle wird wieder verriegelt und das metallische Geräusch berührt mich überhaupt nicht mehr, weil ich mich wie betäubt fühle.

Bevor er verschwunden ist, hält er noch einmal inne und sucht meinen konfusen Blick. Wieder ist da etwas in seinen Augen, das mein Herz aus dem Takt geraten lässt. *Boom-boom.*

Vielleicht bilde ich es mir nur ein, aber die Zornesfalte zwischen seinen dunklen Brauen scheint für einen Wimpernschlag wie weggezaubert zu sein. Der Ausdruck in seinem markanten Gesicht wird mit einem Mal ganz weich.

»Wenn Donna dir heute Essen bringt, dann rate ich dir, es anzunehmen, sonst wirst du hier unten verhungern.«

Dann geht er. Lässt mich wieder allein am Boden zurück. Ich lege mich auf die Seite, rolle mich zu einem kleinen Ball zusammen und wispere leise ein Gebet nach dem anderen.

Wenn es einen Gott gibt, was mir mein Leben lang eingetrichtert wurde, dann muss er jetzt eingreifen, bevor ich den Verstand verliere.

Amara

Kapitel 13

Die blonde Frau – Donna – bringt mir Essen, wie es der Todesengel gesagt hat. Wieder gibt es Eintopf mit Brot. Wieder stellt sie das Tablett vor mir auf dem Boden ab. Wieder starre ich nur halb verhungert auf die dampfende Schüssel.

»Schmeckt dir unser Essen nicht?«, fragt sie leicht verunsichert und betrachtet mich mit schief gelegtem Kopf.

Dabei fallen ihr blonde Strähnen in die Stirn, die sie hinter ihr Ohr streicht. Ich schüttle frustriert den Kopf und seufze geschlagen. Hunger ist grauenvoll, das kann ich jetzt aus erster Hand berichten. Und so ungern ich es auch zugebe: Ich gebe auf. Kapituliere, weil ich am fucking Ende meiner Kraft bin.

Einen weiteren Tag werde ich nicht überstehen, sollte sich mein Magen heute nicht mit etwas Essbarem füllen.

»Nein, das ist es nicht«, krächze ich, weil meine Kehle von meinem zornigen Tränenausbruch wie die absolute Hölle brennt. »Ich bin allergisch. Nüsse.« So, jetzt ist es raus. Scheiß auf alle Konsequenzen.

»Oh, sag das doch gleich!«, ruft sie lachend und winkt mit einer Hand ab. »Meine Tochter auch. Du wirst auf diesem Anwesen nichts finden, was einer Nuss auch nur ähnlich sieht.«

Skeptisch beäuge ich die blonde Schönheit und schaue wieder zurück auf das Essen, das wirklich köstlich riecht. Inzwischen bin ich so ausgehungert, dass ich alles verschlingen würde. Selbst eine verschissene Packung Erdnüsse, wohl wissend, dass sie mich dahin raffen wird.

»Du kannst mir vertrauen«, fügt sie leise hinzu und schenkt mir ein strahlendes Lächeln.

Ach wirklich? Kann ich das? Hin und her gerissen wäge ich ab, ob es klug wäre, ihr zu vertrauen. Schließlich siegt der Hunger und ich schnappe mir die Schüssel samt Löffel mit einem gierigen Griff, weil ich mich nicht länger beherrschen kann.

Der erste Bissen landet in meinem Mund und ich spüre erneut Tränen in meinen Augen aufsteigen.

»Das ist so lecker«, nuschele ich mit vollem Mund und schiebe gleich einen weiteren Löffel hinterher.

Rasend schnell verschlinge ich den gesamten Inhalt der Schüssel inklusive Brot und kippe eine ganze Flasche Wasser nach.

Donna beobachtet mich dabei haargenau und rümpft dann die Nase, als ihr Blick auf den Eimer in der Ecke fällt. Eine peinliche Röte breitet sich wie ein Flächenbrand auf mir aus, weil es hier inzwischen übel riecht.

Was soll ich machen? Ich habe es verdrängt, so lange ich konnte. Aber irgendwann musste ich auch diesem Bedürfnis nachgeben ... Gott, das ist so erniedrigend! *Irgendwann komme ich hier raus und dann werden sie alle brennen!*

»Möchtest du noch etwas?«, bietet sie mir an, nachdem sie sich wieder gefangen hat, und nimmt mir die leere Schüssel ab, um sie zurück auf das kleine Tablett zu stellen.

Ich schüttle den Kopf, weil ich eine weitere Portion nicht vertragen würde. Mein Magen ist in den letzten beiden Tagen bestimmt auf die Größe einer Bohne zusammengeschrumpft und ich will mich nicht auch noch mit Magenschmerzen quälen. Außerdem ... Je mehr ich esse, desto öfter muss ich ... den Eimer benutzen.

»Gut dann ... bis morgen. *Buenas noches*«, flüstert sie die letzten Worte, die erneut einen Damm in mir brechen lassen.

Keine Ahnung, wann ich zuletzt so viel geflennt habe. Vermutlich nie, weil mein Leben immer schön war. Ich war glücklich. Alles war perfekt, bis es unperfekt wurde. Angefangen hat es mit Vittorios Schlägen. Und es endet mit mir. Eingesperrt wie ein räudiger Hund ohne Aussicht auf Entkommen.

»Du musst mir helfen«, flehe ich mit brüchiger Stimme und kämpfe mich zittrig zurück auf die Beine.

Ich bin viel kleiner als sie, doch vor ihr fürchte ich mich nicht im Geringsten. Sie hat ein freundliches Wesen und war bisher immer nett zu mir. Vielleicht hilft sie mir, zu fliehen.

Erneut flackert Unsicherheit in ihrem hübschen, ebenmäßigen Gesicht auf. Sie blinzelt mehrmals und nagt unschlüssig auf ihrer vollen Unterlippe.

»Bitte«, dränge ich mit Nachdruck. »Ich muss heim. Mein Papa liegt im Sterben und mein Gefängniswärter lässt nicht mit sich reden, aber ich muss hier weg. Bitte!«

»Du meinst Keno?«, erwidert sie mit zuckendem Mundwinkel.

Keno. Ich wiederhole seinen Namen in Gedanken, lasse ihn mir auf der Zunge zergehen und horche in mich hinein, was es in mir auslöst, dass ich jetzt weiß, wie er heißt.

Der Name passt zu ihm. Er klingt wunderschön und trotzdem hart. Stark. Mutig. Kompromisslos und schlicht. *Wie skrupellose Massenmörder eben klingen!*

Als Donna seinen Namen ausspricht, blitzt es in ihren hellblauen Frühlingsaugen. Es ist wie ein Funke, der in ihren Iriden aufflammt und für den Bruchteil einer Sekunde ihr ganzes Gesicht erleuchtet. Was war das denn?

»Nimm dich in Acht, der Teufel hat ein verführerisches Gesicht«, flüstert sie mahnend, als hätte auch sie Angst vor ihm.

Sie schürzt ihre Lippen und hebt die Brauen in die Stirn, um ihren Worten Nachdruck zu verleihen. Nur meint sie es gar nicht so, denn noch immer tanzt da etwas in ihren Augen, das ihre Worte Lügen straft. Warum sagt sie es, wenn sie es gar nicht so meint?

Dann fällt es mir wie Schuppen von den Augen. Sie will mich nicht vor ihm als Person warnen. Das war eine Warnung an *mich*, mich von ihm fernzuhalten. Hat die Alte einen an der Waffel? Als würde ich mich diesem Ekelpaket an den Hals werfen!

Hat sie kapiert, dass er mich verschleppt und hier eingesperrt hat? Weiß sie, was er nachts treibt, wenn der Rest friedlich schläft? Hört sie denn die Schreie nicht? Hat sie das Blut an ihm noch nicht gesehen? Herrgott, ist diese Frau blind?!

»*Tesoro*?«, ruft eine männliche Stimme nach unten in den Keller, die ich vorher noch nie gehört habe.

»Ich komme Darling!«, flötet Donna glockenhell zurück und will sich entfernen, als ich sie durch die verriegelte Zelle hindurch am Arm packe.

»Sag mir, wie ich fliehen kann. Ich muss hier raus. Bitte lass mich nicht allein hier unten«, flehe ich mit zugeschnürter Kehle. Wenn sie jetzt geht, dann bricht eine weitere Nacht herein, die ich nicht ertragen kann.

»Warum unterhältst du dich mit Dads Gefangener? Hat mein Bruder dich hier runter geschickt?«, fragt ein ultrahübscher Kerl mit strengem Blick und lässt seine dunkelblauen Augen kurz über mich schweifen, um dann zurück zu Donna zu schauen.

Er legt besitzergreifend einen Arm um ihre Taille und drückt ihr einen harten Kuss auf die Lippen. Das verfolge ich mit skeptischem Blick.

»Nein Cirilo, ich hab es Keno angeboten«, säuselt sie und lehnt sich diesem schwarzhaarigen Typen ein Stück entgegen, schmiegt sich regelrecht in seinen Arm, den er sofort schützend um sie legt, als wäre ich die personifizierte Gefahr. Auch ihm ist anscheinend entgangen, dass ich hinter massiven

Eisenstäben weggesperrt wurde. *Vielleicht leben auf diesem Anwesen ausschließlich Trottel? Man weiß es nicht ...*

»Na dann. Komm jetzt. Samira wartet bereits. Wir wollten einen Film mit ihr schauen«, beschließt er unterkühlt und führt meine einzige Verbündete von mir weg.

Donna hat eine Tochter, wie sie mir eben erzählt hat. Samira also, wenn ich richtig kombiniere. Und wenn dieser Typ Donnas Mann ist, wonach es ganz offensichtlich aussieht, dann ist Keno ihr Schwager, weil er von seinem Bruder sprach.

Wieso zum Teufel schießen dieser Frau dann Herzchen aus den Augen, wenn sie Kenos Namen ausspricht? Ohne, dass ich es aufhalten kann, entweicht mir ein spöttisches Schnauben, was den Kerl abrupt anhalten und zu mir herumfahren lässt. *Ups ... Da war er wieder. Der Moment, in dem ich besser die Klappe gehalten hätte.*

»Hast du ein Problem?«, fragt er mich fast schon gelangweilt.

Er klingt nicht ansatzweise so charmant, wie er aussieht. Eher schwingt sowas wie Abscheu in seiner Stimme mit, die ich jedoch vollständig an mir abprallen lasse.

»Allerdings«, speie ich aus und trete näher an das Gitter. »Ich will nach Hause!« Mutig recke ich mein Kinn, wohlwissen, dass ich auch ihm nicht das Wasser reichen kann.

Er tritt ebenfalls näher an die Zellverriegelung und blickt mit seinen dunkelblauen Augen nachdenklich auf mich herab.

»Achso«, meint er und reibt sich das glatt rasierte Kinn, wiegt seinen Kopf hin und her, als würde er angestrengt über etwas nachdenken.

Er blickt sich über die Schulter, als wolle er am Treppenaufgang die Lage sondieren, abchecken, ob die Luft rein ist. Seine Augen finden erneut die meinen, dann sehe ich, wie sich seine Hand an die Verriegelung der Zelle legt. »Okay, dann komm. Aber mach schnell, wenn Keno das sieht, killt er mich.« *Moment, was?!*

»Ehrlich?«, hauche ich total überfordert und kann nicht verhindern, dass diese grässliche Hoffnung in meiner Stimme mitschwingt.

Wieder treten mir Tränen in die Augen, als sich die Tür öffnet. Tränen der gottverdammten Erleichterung! Nicht alle hier sind Monster und dieses Wissen lässt mich fast lächeln.

Ich setze einen Schritt nach vorn, bevor die Eisenstreben direkt vor meiner Nase zurück ins Schloss fallen und mir beinahe gegen das Gesicht prallen.

»Deine Belange interessieren mich einen Dreck, merk dir das!«, donnert er mit loderndem Blick, der so kalt und herzlos wirkt, dass ich zusammenzucke. »Ich bin kein verfickter Flaschengeist, also spar dir deine Wünsche und mach deinen Scheiß gefälligst mit Keno aus!«

Mit diesen Worten wendet er sich ruckartig ab, schnappt sich die Hand seiner nicht ganz so unschuldigen Frau und verschwindet.

Meine Finger schließen sich zittrig um das kalte Eisen und ich presse die Augen fest zusammen, als ich meine Stirn dagegen lehne. Tief atme ich ein und wieder aus.

Wenn Hoffnung wie ein angestochener Ballon zerplatzt, dann fühlt sich das wirklich mehr als beschissen an. Hier leben ausschließlich Monster, jetzt weiß ich es ganz sicher.

Eine weitere Erkenntnis sickert durch meinen Verstand, als wieder Stille über meine Zelle hereinbricht, weil Cirilos Worte noch einmal durch meinen Kopf ziehen. *Warum unterhältst du dich mit Dads Gefangener?*

Wenn ich richtig schlussfolgere, dann ist es der Vater, der mich hier gefangen hält. *Er* will mich hier unten weggesperrt wissen, nicht Keno selbst.

Obwohl mich der Besuch nicht wirklich zufrieden gestimmt hat, so hat er mich trotzdem ein Stück weiter gebracht. Ich bin satt und spüre, wie mein Körper ein wenig zu Kräften kommt. Und ich weiß jetzt zumindest, wer ein Problem mit mir hat: Der Vater also, wer auch immer er ist.

Jetzt ist nur noch die Frage, wann ich endlich seine Bekanntschaft machen werde, um mit ihm zu verhandeln.

Obwohl es in diesem modrig feuchten Loch schier unmöglich ist zu schlafen, muss ich trotzdem weggedämmert sein.

Ich schrecke hoch, als sich jemand auf den Weg zu meinem Gefängnis macht. Es sind zaghafte Schritte, also ist es nicht Keno. Es ist so sonderbar, dass ich nun seinen Namen kenne. Das hat irgendwie etwas Intimes.

Die Zellverriegelung springt auf und ich blinzle in die Dunkelheit, um erkennen zu können, wer sich Zugang zu meinem Gefängnis verschafft hat. Mein Kreislauf braucht mehrere Wimpernschläge, um hochzufahren.

»Donna?«, keuche ich schlagartig hellwach und springe auf die Beine. So schnell, dass mich ein gigantischer Schwindel packt und ich mich an der kalten Steinwand abstützen muss, um nicht umzukippen.

»Ich war nie hier«, flüstert sie mit Nachdruck und reicht mir mit entschlossenem Gesichtsausdruck zwei Dinge: Ein Messer und einen Autoschlüssel.

Misstrauisch blicke ich zwischen ihr und den Gegenständen hin und her. Verständlich, dass ich mich nicht blind darauf stürze nach der Scheißaktion vorher, oder?

Was, wenn es ein Trick ist? Ein Test? Vielleicht renne ich gleich um die Ecke in eine Klinge und säbele mir selbst den Schädel vom Hals.

»Ich ... was ...«, stammle ich und kann mich nicht bewegen. Was, wenn jemand das Feuer auf mich eröffnet, weil ich flüchte? Ich kenne mich hier überhaupt nicht aus.

Hin und her gerissen nage ich an meiner Unterlippe, weil ich nicht weiß, was ich tun soll. Was das Klügste wäre. Da sehne ich mir seit knapp drei Tagen eine Fluchtmöglichkeit herbei und habe gar nicht darüber nachgedacht, was es bedeutet, wenn sich mir eine bietet.

Wo soll ich hin? Ich habe kein Geld, kein Auto, nicht mal einen Ausweis. Ich weiß nicht, wie ich dieses Land überhaupt verlassen soll, ohne meine Papiere. Niemand wird mich ausreisen lassen.

Aber ich könnte eine Telefonzelle aufsuchen und mit erbetteltem Geld zu Hause anrufen. Wenn meine Familie erstmal weiß, dass ich auf Kuba bin, dann wird es ein Leichtes sein, mich abholen zu lassen.

Ich werfe einen letzten prüfenden Blick in Donnas tiefblaue Augen, die mir mutmachend entgegenstrahlen. Sie nickt so bestätigend, dass sie damit die letzte Barriere der Unsicherheit in mir niederreißt. Also greife ich nach dem Messer und dem Schlüssel.

»Lauf, Amara! Lauf um dein Leben und schau nicht zurück!«, flüstert sie eindringlich und reicht mir eine Hand, um mich mit einem Ruck aus der Zelle zu ziehen, weil meine Beine sich bleischwer anfühlen.

»*Gracias*«, hauche ich aufgewühlt, packe ihre Hand und küsse sie. Immer wieder, weil ich nicht fassen kann, dass sie mir tatsächlich hilft. »*Gracias!*«

»Die Tiefgarage erreichst du über den linken Gang. *Darse prisa!*« *Beeil dich!* Bei Gott, das werde ich.

Ich werfe einen letzten Blick über die Schulter, nachdem ich die Zelle verlassen habe. Donna macht eine scheuchende Handbewegung und blickt immer wieder zu der Kellertreppe, um sicherzugehen, dass die Luft rein ist. Ich nicke, entschlossen von hier zu verschwinden, und laufe los.

Wie angekündigt bringt mich der linke Durchgang in eine weitläufige Tiefgarage mit abgesenkter Decke, in der sich unzählige Sport- und Geländewagen aneinanderreihen. Einer teurer als der andere.

Scheiße, was sind das für Leute? Ich kenne sowas nur aus meinen Kreisen. Kann es sein, dass ich in einem anderen Mafia-Netz gelandet bin? Auf Kuba? Das ergibt doch überhaupt keinen Sinn.

Man belehre mich gerne eines Besseren, aber die kubanische Mafia existiert schon seit etlichen Jahren nicht mehr. Ich hatte als Kind nicht nur einmal eine Geschichtsstunde in Papas Büro, während ich damit beschäftigt war, Bilder von Schlössern zu malen.

Nur will ich im Augenblick gar nicht länger darüber nachdenken, weil ich jetzt verschwinde und mir dann nie wieder einen Kopf um diesen Schandfleck machen muss. Es ist mir egal, wer diese Menschen sind. Ich werde sie nie wieder sehen.

Ein Blick auf den Schlüssel lässt mich nicht sofort erkennen, zu welchem Wagen er gehört, also drücke ich den Knopf für die Zentralverriegelung und sehe es in der hinteren Reihe orange aufblitzen.

Mit schnellen Schritten und wild klopfendem Herzen nähere ich mich dem Wagen und ... könnte erneut in Tränen ausbrechen. Scheiße, verdammt! Musste es ausgerechnet *dieses* Auto sein?!

»Nein, nein, nein, nein«, fluche ich verzweifelt und beiße mir in die geballte Faust, mit der ich den Schlüssel wie einen Rettungsanker umklammere, um nicht wild aufzuschreien.

Unschlüssig tigere ich vor dem Monstrum von Gefährt auf und ab und raufe mir das Haar. Vor mir steht eine ultraschicke *Hellcat* in Tarngrün mit mattschwarzen Rennstreifen und sie wird den Lärm des Todes veranstalten, sobald ich sie anwerfe.

Hätte Donna nicht einen anderen Schlüssel besorgen können? Wenn ich den Dodge starte, dann sprenge ich sicherlich das ganze Anwesen auf. Selbst meine aufgeregten Schritte erzeugen einen so grässlichen Hall hier unten, dass er mir direkt in die angespannten Glieder fährt. Aber es hilft nichts.

Zumindest weiß ich, dass das Kätzchen ordentlich PS unter der Haube hat. Selbst wenn ich also alle aufwecke, könnte ich dennoch schnell genug entkommen.

Vor Adrenalin bebend klemme ich mich hinter das Steuer und nehme einen tiefen Atemzug. Neuwagengeruch schlägt mir entgegen und ich frage mich, wie oft diese Kiste schon benutzt wurde, so makellos wie sie innen und außen blitzt.

Also gut, Augen zu und durch. Ich betätige den Knopf, der den 700-PS-Wagen mit einem gigantisch wilden Fauchen zum Leben erweckt, was mein Herz noch schneller schlagen lässt. Es springt mir gefühlt in den Hals und ich würge es voller Aufregung zurück nach unten.

Fest umklammere ich das perforierte Leder des schwarzen Lenkrads und stoße den angehaltenen Atem aus, bevor ich sanft auf das Gaspedal drücke und der Wagen einen aggressiven Satz nach vorn macht. Dann halte ich auf die Ausfahrt zu und schaue nicht mehr zurück.

Ich bin frei!

Oh mein Gott, ich bin frei!

Keno

Kapitel 14

Ich komme aus dem Bad, habe die Blutreste von dem Typen, der sein Schutzgeld nicht zahlen wollte, den Abfluss runter gewaschen und steige in meine Jeans samt Boots, weil ich immer sprungbereit bin. Jetzt weiß ich auch warum.

Gerade, als ich mir ein frisches Shirt über den Kopf ziehe, höre ich mein Baby schnurren. *Was zum verfickten Teufel?!*

Mit einem Satz springe ich durch die versteckte Bodenluke in meiner kleinen Küche, die mich direkt in die Tiefgarage bringt.

Das ist mein ganz persönlicher Notausgang, falls hier im Anwesen mal die Hölle losbricht und nichts mehr zu retten ist. Macht Sinn, dass dieser Notausgang zu unserer Fahrzeugflotte führt, oder? *Ich bin ja so clever.*

Geübt federe ich den Sprung ab, indem ich leicht in die Knie gehe und mich mit einer Hand am Boden abfange. Dann sehe ich gerade noch, wie Amara in einem Affenzahn mit *meiner* Hellcat an mir vorbeischießt. *Ich glaub echt, mir knallt ne Sicherung durch!*

Rasender Zorn packt mich wie ein tollwütiges Tier und das Blut rauscht so heiß durch meine Adern, dass ich fast aus der Haut fahre.

Ohne auch nur eine Sekunde zu zögern, schnappe ich mir Dayrons *Superduke*, bei der zum Glück immer der Schlüssel steckt, und jage der Flüchtigen hinterher.

Keine Ahnung, ob sie inzwischen gecheckt hat, dass ich ihr an der Stoßstange klebe, aber sie wird nicht langsamer, sondern stetig schneller.

Gut, dass sie anscheinend keine geübte Fahrerin ist und die unebene Straße sie zusätzlich darin behindert, die vollen PS dieses Wagens auszufahren.

Sie brettert wie eine Geisteskranke mit meinem schweineteuren Wagen über diese verschissene Rumpelstraße und in mir wuchert eine Mordlust, die ich selten derart intensiv verspüre. *Heilige Scheiße, ich bring dich um, Kleine!*

Wenn mein Baby auch nur einen Kratzer hat, dann stirbt sie noch heute an Ort und Stelle, das garantiere ich ihr. Und Don Juan kann sich ins Knie ficken, weil ich dann darauf scheiße, was auch immer er mit ihr vorhat!

Mit mahlenden Kieferknochen hetze ich hinter ihr her und sehe dann im Lichtkegel meines Scheinwerfers, wie ihr Gesicht immer wieder panisch in den Rückspiegel zuckt. Also hat sie mich gesehen.

Sehr schön, dann wollen wir doch mal abchecken, wer von uns beiden mehr *cojones* hat. Wobei es eigentlich außer Frage steht, wer diese Verfolgungsjagd gewinnen wird, weil ich mich hier auskenne und sie wie ein blinder Maulwurf im Dschungel umherirren wird.

Noch dazu in absoluter Finsternis. Einzig die Scheinwerfer *meines* Wagens erleuchten den schmalen, mit Schlaglöchern durchzogenen Pfad vor ihr. *Wenn du mir den Unterboden zerkratzt, dann kill ich dich, Amara!*

Geschickt treibe ich sie weiter in den rabenschwarzen Tropenwald, fahre mal rechts, mal links neben ihr auf, um sie genau dorthin zu lenken, wo ich sie haben will.

Anscheinend hat sie noch immer nicht kapiert, dass ich hier groß geworden bin. Ich kenne jeden Winkel dieses beschissenen Geländes besser als den Inhalt meiner verkackten Sockenschublade und weiß genau, wohin ich sie treiben muss, damit sie in einer Sackgasse landet.

Dieser weitere Fluchtversuch ist also genauso zum Scheitern verurteilt wie ihr erster, bei dem sie um ein Haar auf den Boden geschissen hätte, weil Beast ziemlich gereizt auf ihr hektisches Gerenne reagiert hat. Er kann gestresste Menschen nicht ausstehen und der Zwerg war in diesem Augenblick der Inbegriff für Stress.

Eine raue Felswand, die von Grünpflanzen bewachsen ist, rückt immer näher und ich bilde mir ein, Amaras Augen über den Rückspiegel herausfordernd aufblitzen zu sehen. *Ach wirklich, princesa? Du willst dich mit mir messen? Du wirst bremsen, ich weiß es!*

Schließlich siegt ihre Angst und sie tritt so scharf in die Eisen, dass die Reifen den Boden staubig aufwirbeln. Ich halte direkt hinter ihr und springe vom Motorrad, als sie zeitgleich aus dem Wagen stürzt.

Die vom Scheinwerfer beleuchtete Staubwolke lichtet sich Stück für Stück, dann stehen wir uns wie zwei kampflustige Tiger direkt gegenüber. *So mutig. So tough. So wahnsinnig unbeugsam, princesa ...*

Amara zückt etwas, das im schwachen Mondlicht aufblitzt und nimmt eine lächerliche Kampfhaltung ein. Ungläubig betrachte ich die zierliche Frau mit schief gelegtem Kopf und spüre erneut ein Lächeln an meinem Mundwinkel zupfen. Sie amüsiert mich. Schon wieder.

»Ein Messer?«, frage ich belustigt. »Willst du mit mir flirten, *mi amor?*«

»Lass mich einfach gehen!«, schreit sie mich aufgebracht an. So laut, dass sich Vögel kreischend aus den Baumkronen erheben und unkoordiniert durch die dunkle Nacht flattern.

Ihre Augen wirken in der Dunkelheit kohlschwarz und sprühen die schönsten Funken, die ich je gesehen habe. Sie kommt mir vor wie ein Tier, das in die Enge getrieben wurde, ausgeleuchtet vom Scheinwerferlicht des Motorrads.

Ihre Brauen sind ängstlich zusammengezogen, was der Sanftheit, die aus ihrem hübschen Gesicht springt, keinen Abbruch tut. Und obwohl sie Schiss hat, denkt sie nicht im Traum daran, einfach aufzugeben. Irgendwie mag ich das.

Sie wägt ihre Möglichkeiten ab, doch das kann sie sich sparen, denn ich werde ihr nur eine einzige geben: den Tod, wenn sie sich weiter sträubt und versucht, von hier abzuhauen.

Es gibt kein Entkommen. Nicht an diesem düsteren Ort, dessen wilde Schönheit nur eine perfekte Tarnung für alles Grausame dieser Welt ist.

»Ich will gehen, Keno«, zischt sie und ich ignoriere störrisch, was es in mir anrichtet, weil sie meinen Namen ausspricht.

Ihre Stimme klingt weich, was mich nur noch härter werden lässt, weil sich alles in mir versteift. Woher zur Hölle hat sie meinen verfickten Namen?

Ich habe ihn ihr nicht gesagt. Umso überrumpelter bin ich, weil sie ihn in den Mund nimmt.

»Ausgeschlossen«, bestimme ich mit harter Stimme und verschränkten unbeeindruckt meine Armen vor der Brust. »Und jetzt leg den Zahnstocher weg, bevor du dir wehtust.«

Ich muss zugeben, dass mir ihr Kampfgeist auf verruchte Weise gefällt. Es legt sich nicht jeden Tag jemand so unerschrocken mit mir an. Das ist wirklich neu für mich. Vielleicht, weil sie nicht kapiert hat, wie gefährlich ich ihr werden könnte.

Ich bin verblüfft, weil sie überhaupt keine Angst vor mir zu haben scheint. Oder vor den Konsequenzen, die sie wegen ihrer saudämlichen Aktion erwarten werden.

Selbst als ich nach ihr greife, um ihr das Messer zu entreißen, kämpft sie gegen mich an, rammt mir ihre kleinen Fäuste in den Bauch und wehrt sich wie eine tollwütige Katze, ohne nachzugeben.

Leider reicht ihre Kraft nicht ansatzweise aus. Sie ist so ein verdammter Winzling, dass ich sie mich kaum anfassen traue, weil ich ihr bestimmt etwas breche.

Ich bin ein Grobian, das war schon immer so. Es ist nicht nur einmal vorgekommen, dass ich ein zu dünnes Glas in meiner Hand zerquetscht habe. Und die kleine Amara kommt mir noch einhundertmal gebrechlicher vor als ein verdammtes Glas.

Meine Finger berühren sich fast, als ich meine Pranken um ihre schmale Taille lege, während ich sie wild strampelnd und kreischend zurück in den Wagen verfrachte. Diesmal auf die Beifahrerseite, statt bewusstlos auf die Rückbank. *Hm, auch das ist neu ...*

Energisch lege ich ihr den Sicherheitsgurt an und stütze mich mit den Armen am Dach ab, um zu ihr nach unten zu funkeln.

»Keine Faxen, kapiert?«, raune ich unheilvoll und halte ihrem störrischen Blick stand. Sie wagt es tatsächlich, mir trotzig ihr Kinn entgegenzurecken. Jedem anderen hätte ich längst eine runtergehauen, aber dieses Feuer in ihren Augen ... ich weiß auch nicht.

Es macht mich ein bisschen schwach, ich gebe es ja zu. Es lässt meine dicke Eisschicht langsam schmelzen, ohne, dass ich etwas dagegen ausrichten kann. *Hör auf damit, Amara! Ich brauch diese Schicht aus unbezwingbarem Eis, weil sie mein Schutzpanzer ist!*

»Kannst du nichts anderes sagen, oder hat deine Platte einen Sprung?! Das sagst du ständig!«, plärrt sie aufgebracht.

Blitzschnell fange ich mit Daumen und Zeigefinger ihr Kinn ein und schiebe mein Gesicht wütend vor ihres. Ihre Augen weiten sich und ich kann hören, wie sie schlagartig den Atem anhält, weil ich ihr so nah bin.

Fast kann ich ihren hektischen Herzschlag wahrnehmen und es kribbelt in meinem Nacken, als ihre Augen hektisch über mein Gesicht wandern und noch ein bisschen funkelnder werden. *Was soll das, du Zwerg? Blickfickst du mich gerade? LASS DAS!*

»Krieg dein lautes Organ unter Kontrolle«, knurre ich mit rauer Stimme, was sie hart schlucken lässt. »Ich leg dich schneller um, als du blinzeln kannst, und gebe einen Fick drauf, wie wertvoll du für meinen Erzeuger bist.«

»Was will er von mir?«, fragt sie mit verbissener Miene und krallt ihre Finger in die nackten Oberschenkel, als ich mich neben ihr auf den Fahrersitz schiebe und den Motor zum Leben erwecke.

Das Fauchen geht mir durch und durch und ich kann noch immer nicht fassen, dass sie ausgerechnet mit diesem Wagen türmen wollte. Was hat sie sich dabei gedacht? *Dumme, kleine Amara ...*

Hätte sie einen Geländewagen genommen, hätte wahrscheinlich niemand mitbekommen, dass sie flüchtet. Aber nein, es musste der Wagen sein, der am meisten Krach verursacht. Vielleicht ist sie doch ein bisschen beschränkt.

»Ich weiß es nicht«, murmle ich geistesabwesend und tippe während des Fahrens eine Nachricht in mein Handy, um Days Maschine abholen zu lassen, weil ich sie nicht einfach hier draußen stehen lassen kann.

Er würde mich killen. So wie ich Amara killen werde. Dann sind wir alle tot und Don Juan kann sein fucking perfektes Leben leben. Niemals!

»Was seid ihr für Leute?«, fragt Amara bockig und mit nun verschränkten Armen, woraufhin ich ihr einen komm-schon-echt-jetzt-Blick zuwerfe, der ihren bezaubernden Mund aufklappen lässt.

Doch nicht so dumm wie gedacht, denn der Groschen fällt ziemlich schnell bei ihr.

Nein, ich starre jetzt nicht auf ihre vollen Lippen mit dem perfekten Schwung an der Oberlippe. Ich konzentriere mich auf die fucking Straße.

Ich linse auch nicht zu ihren nackten Schenkeln, die so weich aussehen und sich bestimmt gigantisch anfühlen, wenn sie um meinen Nacken liegen, während ich sie tief und hart ... *Oookay! Was soll das? Hör auf damit!*

»Aber ich dachte, die kubanische Mafia wurde 1959 eingestampft?«, hakt sie irritiert nach und zerschneidet meine verboten sündigen Gedanken augenblicklich.

Skeptisch betrachtet sie mich, als ich ihr einen verblüfften Seitenblick mit erhobener Braue zuwerfe.

Zugegeben, mit so einer Aussage habe ich nicht gerechnet. Sie erwischt mich kalt von der Seite, weil ich keine Ahnung hatte, dass sie mit diesen Themen vertraut ist. Warum auch? Was zerbricht sich eine junge Frau ihren hübschen Kopf über solche Dinge?

»Hat dir das dein Daddy erzählt, damit du nachts besser schlafen kannst?«, schnaube ich mit einer Hand am Lenkrad und visiere verbissen die Straße an, weil ich sonst sie anschaue, und das geht gar nicht. »Niemand stürzt ein Königreich.«

»Tut dir denn wenigstens leid, dass du mich entführt hast?«, begehrt sie auf und schickt mit ihren feurigen Augen Blitze in meine Richtung, die mir vermutlich den Schädel in zwei Hälften spalten sollen.

Und dann passiert es wieder, ohne, dass ich es steuern kann. Mein Mundwinkel zuckt. Das Lachen hängt so derb in meiner Kehle, dass ich beinahe daran ersticke.

Scheiße, das geht so nicht! Sie muss damit aufhören, also grabe ich den dümmsten Scheiß aus meinem Hirn, den ich finden kann, um ihn ihr eiskalt zu servieren.

»Entschuldigt sich der Löwe bei der Antilope, dass er sie fressen wird? Nein. Beide akzeptieren ihre Rollen und alles ist gut. Also halt jetzt deine freche Klappe und füg dich deinem Schicksal, dem du eh nicht entkommen kannst.« *Nimm das und leck mich am Arsch mit deinem Puppengesicht!*

»Das war alles?«, schnaubt sie eingeschnappt. »Mehr hast du nicht zu meiner beschissenen Situation zu sagen?! Ich bin hier eingesperrt! Du könntest zumindest ein bisschen Mitgefühl zeigen, du verdammter Eisklotz!«

»Ich werd dir diese Scheiße hier nicht mit Zuckerglasur überziehen! ICH BIN NICHT WILLY WONKA, KAPIERT?!« Woah, so laut bin ich schon lange nicht mehr geworden, aber ich bin so dermaßen angepisst. Und hart. Scheiße, ich bin hart. *Was ist das, Amara?!*

Mein Gebrüll hat anscheinend gesessen, denn dann ist es eine ganze Weile still im Wagen.

Irgendwie fühle ich mich sonderbar, weil sie direkt neben mir sitzt, ohne gefesselt, geknebelt oder bewusstlos zu sein. Ich weiß mit ziemlicher Sicherheit, dass sich eine Frau niemals in einem anderen Zustand mit mir in einem Fahrzeug aufgehalten hat. Warum auch?

Zur Sicherheit prüfe ich mit einem knappen Blick nach links, ob der Wagen auch wirklich abgeriegelt hat. Amara ist so aufgeheizt, dass ich ihr sofort zutrauen würde, aus dem fahrenden Auto zu springen.

Das hätte wiederum zur Folge, dass Juan mich killen würde, worauf ich echt verzichten kann, nur weil dieses störrische Biest sich nicht im Griff hat.

»Wirst du mich töten?«, fragt sie irgendwann leise in die Stille, die nur vom röhrenden Motor unterbrochen wird, und ich kann hören, wie abgekämpft sie ist.

Ich weiß, wie man sich fühlt, wenn man eingesperrt ist. Das Unwissen, ob und wann man wieder frei kommt, ist das, was einen am meisten auslaugt und am allerschlimmsten zusetzt.

Es zerfrisst einen regelrecht und auch wenn ich weiß, was sie gerade durchlebt, kann ich nichts sagen, um es besser zu machen. Es wäre entweder gelogen oder würde sie nur noch mehr aufstacheln.

»Das wurde noch nicht entschieden«, antworte ich deshalb knapp und stiere auf den unebenen Weg, der von meinen Scheinwerfern ausgeleuchtet wird. »Aber verdient hättest du es nach dieser Aktion.«

»Weil ich eine Chance gewittert und sie ergriffen habe?«, hakt sie motzig nach und betrachtet mich mit Fassungslosigkeit.

Gott! Muss sie so viel reden? Ich führe keinen Smalltalk. Mit niemandem, weil es mich ankotzt! Weil ich die Latte des Todes habe, die nicht weggeht, wenn sie weiter mit dieser Stimme spricht! *Halt deine Schnauze jetzt, Amara!*

»Nein«, brumme ich um Beherrschung ringend. »Das hätte vermutlich jeder in deiner Situation. Aber dafür, dass du dir meinen Wagen unter den

Nagel gerissen hast. Ausgerechnet *meinen*. Das war so verdammt dumm von dir.«

»Tut mir leid«, murmelt sie, fährt sich mit den Händen über das Gesicht und blickt dann verbissen aus dem Seitenfenster.

Jetzt bin ich es, der einen verwirrten Blick auf sie wirft. Ich verstehe diese Frau nicht und am meisten ärgert mich, dass ich sie überhaupt nicht einschätzen kann.

Was ist sie für ein Mensch, dass sie sich in ihrer Lage bei mir entschuldigt? Wofür? Dass sie fliehen wollte? Das ist lächerlich. Sie hätte sich nur ein wenig geschickter anstellen müssen, dann hätte ich ihr vermutlich sogar noch applaudiert.

Doch das sage ich natürlich nicht laut, weil mir das nicht zusteht. Weil wir uns ohnehin unterhalten, als würden wir uns kennen, aber das tun wir nicht. Und ich bin nicht gewillt, diese Frau näher zu ergründen.

Erst Recht nicht, weil ich weiß, dass sie meinem Erzeuger gehört, was ohnehin ihr Todesurteil bedeutet. Vermutlich durch meine Hand, also setze ich wieder meinen mürrischen Blick auf und visiere angepisst den Weg durch die Windschutzscheibe an, während mein Schwanz noch immer um Erlösung bettelt. *Tja Kumpel, das Leben ist kein Wunschkonzert.*

»Du kannst dir schon mal eine gute Story überlegen, wie du an den Schlüssel und das Messer gekommen bist. Und du solltest verdammt gut überlegen. Ich bin Don Juans Folterknecht *número uno* und du wirst reden, *princesa*, glaub mir.«

Amara

Kapitel 15

Erneut hat Keno mich mit irgendeinem übermenschlichen Griff ausgeknockt, als wir die Tiefgarage erreicht haben.

Ich weiß nicht, wie er das macht. Es tut gar nicht weh und bis ich kapiere, wohin genau er drückt, verwandelt sich um mich herum alles in Schwärze und ich kippe um.

Als ich wach werde, blinzle ich gegen meine brennenden Augen an. Es fühlt sich an, als hätte mir jemand Rasierklingen unter die Lider geklemmt. Mehrmals muss ich sie fest zusammenkneifen, um mich an die Dunkelheit, die mich umgibt, zu gewöhnen.

Meine Arme sind in schwere Ketten gelegt und wurden über meinem Kopf an einem Haken fixiert, der an ein Schlachthaus erinnert, an dem sie tote Schweine aufhängen.

Ich weiß erneut nicht, wie lange ich weggetreten war und ob das alles überhaupt noch gesund ist oder bereits bleibende Schäden hinterlässt.

Wie oft darf man in einem gewissen Zeitraum bewusstlos werden, bevor Teile des Gehirns absterben? So konfus, wie ich mich die letzten Tage fühle, haben sich die guten Zellen bestimmt schon längst verabschiedet ...

Ich spüre, wie meine Fingerspitzen kribbeln und immer kälter werden. Meine Schultern schmerzen, als würden sie jeden Moment auskugeln, weshalb ich mich aufrechter hinstelle.

Immerhin habe ich festen Stand unter den Füßen, die wie Hölle brennen, weil ich nach wie vor keine Schuhe trage und auf dem gesamten Grundstück kleine Steinchen liegen, die sich bei meinen lächerlichen Fluchtversuchen in meine Haut gebohrt haben.

Angst kriecht meine Wirbelsäule hinab, weil ich nicht in meiner Zelle bin. Witzig, dass ich sie als solche bezeichne, oder? Aber ich wäre dort tausend Mal lieber als an diesem Ort des grenzenlosen Grauens.

Mir ist heiß und innerlich unfassbar kalt. Mein ganzer Körper spielt verrückt. Es ist wohl nur noch eine Frage der Zeit, bis ich hyperventiliere oder völlig überschnappe.

Es stinkt erbärmlich, wo auch immer Keno mich hingebracht hat. Ich rieche Metall, das auf Blut schließen lässt. Fäkalien, Erbrochenes und den Tod. Mein Magen verknotet sich zu einem steinigen Klumpen und ich muss mehrmals aufsteigende Galle hinunterwürgen, um nicht direkt auf den Boden zu kotzen.

Wieder erklingt ein Kreischen, das mich bis auf das Knochenmark erschüttert. Diesmal nicht von meiner Zelle, sondern von einer schweren Stahltür direkt gegenüber von mir.

Ein Schalter wird mit einem leisen *Klack* betätigt, dann springt über meinem Kopf eine nackte Glühbirne an, die einen gelblichen Lichtkegel auf mich wirft und schwach die Umgebung ausleuchtet.

Mir wird noch schlechter als meine Augen das Grauen vollständig erfassen. Ich stehe auf einem Gitter, unter dem sich eine Art Abfluss oder Schacht befindet. Wofür der ist, will ich mir gar nicht vorstellen, trotzdem formt sich ein Gedanke in meinem Verstand, der unkontrollierte Schockwellen durch meinen Körper jagt.

Um mich herum liegen karge Steinwände mit Kratzern, Blutflecken und Einschlaglöchern. Sie münden in stellenweise dunkelrot verfärbtem Lehmboden.

Die Kette, die straff um meine Arme liegt und schmerzhafte Abdrücke hinterlässt, ist rostig und mit getrockneten Blutresten befleckt.

Links von mir ist ein kleiner Metalltisch aufgebaut, auf dem Werkzeuge liegen, von deren Existenz ich bislang nicht die leiseste Ahnung hatte.

Was ich sofort erkenne, sind Sägen, verschiedene Hammer, Schraubenzieher, spitze Fleischerhaken, Zangen, eine Bohrmaschine, Seile, Ketten, Knebel und Messer in sämtlichen Ausführungen. Alles mit Blut verkrustet.

Mein Magen kribbelt, mein Herzschlag verzehnfacht sich und ich höre mit einem Mal einen grellen Pfeifton in meinen Ohren wüten, weil mein Verstand dieses Horrorbild einfach nicht verarbeiten kann.

Ich wurde mitten in einen Folterkeller gehängt, in dem weiß Gott wie viele Leben auf brutalste Weise genommen wurden.

Waren hier die Männer, die ich so qualvoll schreien gehört habe? *Verfluchte Scheiße, ich pack das nicht!*

Und inmitten all dieser Abartigkeit steht Keno wie ein unheilvoller Gott. So wunderschön, dass es absurd ist. Er wirkt wie ein hochwertiges Möbelstück aus der Luxusabteilung, das man in eine Gosse gestellt hat, und trotzdem irgendwie verdammt richtig. Wie ein gefallener Engel mit schwarz ausgebrannten Flügeln.

Seine Präsenz raubt mir den Atem und schüchtert mich vor allem hier unten so unfassbar ein, dass ich schon wieder das Bedürfnis habe, wie ein schutzbedürftiges Kleinkind zu heulen.

Nur werden mir Tränen nichts nützen. Nicht hier, das weiß ich instinktiv. Denn jetzt habe ich zu dem Horrorfilm in meinem Kopf mit einem blutüberströmten Keno und schreienden Männern auch noch das perfekte Setting. *Gracias für nichts!*

»Ich höre?«, grollt seine Reibeisenstimme, die von den Wänden widerhallt und mir direkt unter die Haut fährt. Mein Herz sticht und ich befeuchte mit der Zungenspitze meine spröden Lippen.

Ich schlucke trocken und würge, weil der Kloß in meiner Kehle immer dicker wird. Weil es hier so grauenvoll stinkt, dass ich kaum atmen kann.

Obwohl ich um jeden Preis hier raus will, kann ich ihm nicht die Wahrheit auftischen. Donna hat mir einmal geholfen zu fliehen. Wenn sie sieht, dass ich noch immer hier bin, wird sie mir vielleicht ein zweites Mal helfen.

Ich kann diese Chance nicht verspielen. Es geht einfach nicht! Also presse ich verbissen die Lippen aufeinander und starre auf einen Fleck am Boden, der noch ziemlich frisch aussieht, weil er unter dem gelblichen Deckenlicht sanft schimmert.

Das alles hier ist so widerlich, dass ich bis an mein Lebensende an dieses dreckige Loch denken werde. Es wird mich in meinen Träumen verfolgen und aus jedem Einzelnen einen Albtraum machen.

»Reiz mich nicht, *mi amor*«, beschwört Keno mich dunkel wie die schwärzeste Nacht und greift sich ein Messer vom Tisch, welches er betrachtet, als wäre es eine absolute Seltenheit, bevor er es über meinem Kopf gegen mein Handgelenk drückt.

Der kühle Stahl wandert spitz und gefährlich über meine Haut an den Armen. Er streicht damit hinab bis in meinen verschwitzen Nacken, während er mich gemächlich umrundet. Ganz ohne Eile. Beängstigend und tödlich.

Ein Zittern geht durch meine Glieder, weil ich derart aufgewühlt bin. Ich kann sie nicht verraten! Also schweige ich wie niemals zuvor in meinem Leben. Weil ich hier raus muss. Irgendwie. Und nur sie kann mir dabei helfen.

»Wieso nennst du mich ständig *deine Liebe*, wenn du mich behandelst, wie eine Schwerverbrecherin?«, gehe ich ihn stattdessen an, um vom eigentlichen Thema abzulenken.

Das panische Keuchen, das aus meinem zugeschnürten Brustkorb ausbrechen will, verkneife ich mir eisern.

»Liebe?«, spuckt er unbekümmert aus und bleibt vor mir stehen. »Nein, danke, ich bevorzuge Rum.« So dicht, dass ich kurz durchatmen kann, weil sein umwerfender Duft den bestialischen

Gestank übertönt. »Also könnte es genauso gut eine Beleidigung sein.«

Mit einem beängstigend tiefen Blick in meine Augen hebt er das Messer auf Höhe meines Herzens und setzt die Spitze der Klinge warnend auf mir an.

»Ich glaub dir nicht«, fauche ich mutig und halte seinem lodernden Blick aus den tiefgrünen Iriden tapfer stand. »Dafür, dass du mich nicht leiden kannst, siehst du mir zu tief und viel zu lang in die Augen.«

Hoch gepokert, ich weiß, aber was bleibt mir auch anderes übrig, jetzt, wo ich ihm völlig ausgeliefert bin?

»Ich hab meine Beute eben gern im Blick, *princesa*«, säuselt er amüsiert und drückt die scharfe Spitze fester gegen mich, bis es unvorstellbar ziept. »Hast du echt gar keine Angst vor mir?«

Den dünnen Stoff des Shirts hat sie längst durchtrennt und wenn ich dem beißenden Gefühl glauben kann, dann auch die ersten Hautschichten.

»Nein.« Die habe ich tatsächlich nicht. Viel mehr macht mir die Wut in seinem Inneren Angst. Aber nicht er als Person. Er hätte mich längst umgebracht, denn er könnte, und das ohne großen Aufwand.

Seine Gelegenheiten waren da und noch immer stehe ich vor ihm und atme. Hektisch. Unkontrolliert. Voller Panik. Aber immerhin atme ich. Noch.

»Das ist sehr dumm von dir, wenn du keinen Respekt vor mir hast«, erwidert er mit einem missbilligenden Schnalzen, das mir in sämtliche Knochen fährt.

Auf seinen Laut folgt ein gequältes Keuchen aus meinem Mund, weil ich jetzt ganz sicher weiß, dass er mich mit dem Messer angestochen hat. Ich spüre warme Nässe an meinem Brustbein, die sich stetig in die Fasern des Shirts frisst, bis es auf meiner Haut klebt.

»Den habe ich, denn das ist nicht dasselbe«, halte ich keuchend dagegen und denke nicht im Traum daran, den Blickkontakt zu ihm zu unterbrechen.

Irgendwie fühlt es sich so an, als hätten wir dadurch eine Verbindung. Wenn ich sie abreißen lasse, könnte das durchaus mein Todesurteil sein. Und ich will alles, aber nicht in diesem abartigen Bunker krepieren.

»Ist es nicht? Klär mich auf, *princesa*.« Jetzt klingt er beinahe interessiert, obwohl mir die Abfälligkeit in seinen Worten nicht entgeht.

Er stoppt mit der langsamen Vorwärtsbewegung des Messers, was meine verschwommene Linse kurzzeitig wieder schärft, und betrachtet mich eingehend.

Dabei hat er seinen Kopf leicht schief gelegt, sodass ihm ein paar Haarsträhnen verwegen in die gerunzelte Stirn fallen. *Himmel!*

Was er wohl gerade denkt? Vielleicht, wie er mich am besten aufschlitzt. Horizontal oder vertikal. Im Grunde spielt es keine Rolle, denn sterben werde ich vermutlich so oder so.

»Nein, ist es nicht«, presse ich mutig hervor und nehme durch die Nase einen flatternden Luftzug. »Angst blockiert deinen Verstand. Sie lähmt dich, verleitet zum Lügen. Respekt hingegen lässt dich dein Handeln und deine Worte genau überdenken. Richtige Entscheidungen treffen. Wenn diese beiden Linien, die so nah beieinanderliegen, irgendwann jedoch mal verschwimmen, dann verschwindet der Respekt gegenüber einer Person für immer.«

Er lässt meine Worte einen Moment sacken, mustert mein Gesicht, als müsse er sich jeden Quadratzentimeter genau einprägen.

Seine Augen huschen von rechts nach links, nehmen alles, jede noch so kleine Regung meiner Züge, wahr, bis meine Haut unerträglich prickelt und ich mich vollkommen nackt fühle.

Die Klinge verschwindet ruckartig von meiner zugeschnürten Brust und ich stoße erleichtert den angehaltenen Atem aus, als sie klappernd zu Boden fällt.

Dann greift er sich vom Tisch ein Jagdmesser. Und bei Gott, dieses Messer ... Es ist lang, die Klinge breit und die Zacken an der Unterseite rauben mir das letzte bisschen Verstand.

Sie blitzt im schwachen Deckenlicht unheilvoll auf und spiegelt sich in Kenos unglaublich waldgrünen Augen wieder. Wie kann ein Mensch nur so verheerend schön sein?

Mit einem Schritt schließt er dichter zu mir auf und ich lege den Kopf in den Nacken, um Blickkontakt halten zu können, weil er mich derart überragt. Gott, er ist so verdammt riesig!

Seine freie Hand schiebt sich seitlich in mein Haar. Ganz langsam zerteilen seine maskulinen Finger meine dunklen Längen, was eine vollkommen unangebrachte Gänsehaut über meine Arme schickt und meinen Bauch ganz warm werden lässt.

Bevor er zupackt, fühlt es sich für einen Wimpernschlag wie eine unendlich sanfte Streicheleinheit auf meiner Kopfhaut an, die mich schaudern lässt.

Auch diese Reaktion entgeht ihm nicht. Seine Brauen zucken irritiert zusammen und die Augen weiten sich für den Bruchteil einer Sekunde, bevor sie unsagbar dunkel werden.

Als er ein ganzes Büschel meiner Mähne umfasst hat, zieht er meinen Kopf weiter zurück, bis mir das Schlucken schwerfällt und meine Kopfhaut restlos in Flammen steht.

Dann habe ich die Zacken der rasiermesserscharfen Klinge direkt an meiner Kehle. Sie ist hauchdünn und trotzdem spüre ich ihre Kälte überdeutlich in jeden Winkel meines Körpers kriechen.

»Sprich«, fordert er rau und so dicht vor meinem Gesicht, dass ich seine langen Wimpern einzeln zählen kann.

Ich muss wahnsinnig geworden sein, doch als mir bewusst wird, wie nah seine Lippen den meinen sind, erfasst mich ein gigantisches Kribbeln. *Stopp! Oh mein Gott, was passiert hier? Er ist böse. Dunkel. Herzlos. Kalt. STOPP!*

»Amara«, knurrt er ungeduldig und drückt die Klinge tiefer gegen meinen Hals, bis ein Brennen auf meiner Haut entsteht, das mir die Tränen in die Augen treibt.

»Nein«, kommt es trotzig über meine bebenden Lippen.

Dabei blicke ich ihm direkt in die Augen, während in seinen etwas aufblitzt, das ihn für eine Sekunde ganz weich aussehen lässt. Ich kann es nicht schnell genug greifen, bevor es verschwindet und sich seine Züge wieder verhärten.

Er soll wissen, dass mir egal ist, was er tun wird. Er kann mich foltern, solange er will. Mit viel Glück überlebe ich es nicht, dann muss ich mir auch keine weiteren Gedanken über mein zukünftiges Leben machen. Über Papa. Mein Land. Vittorio und Raphael. Einen weiteren Fluchtversuch. Nichts wäre dann mehr von Bedeutung.

Doch wenn ich das hier überstehe, dann brauche ich eine weitere Chance auf eine Flucht. Nur eine einzige, also kann ich ihm nicht die Wahrheit sagen. Und lügen will ich auch nicht. Deshalb sage ich einfach nichts und presse verbissen meine Lippen aufeinander.

Die Klinge drängt sich fester gegen mich. Nicht mehr lange und die nächsten Hautschichten darunter reißen ein. Obwohl ich mich mutig gebe, muss ich schwer schlucken.

»REDE!«

»NEIN!«

»Woher hattest du den Schlüssel und das Messer?«

»Ich werde es dir nicht sagen!«, zische ich kaum hörbar und stiere Keno in Grund und Boden. Donna ist mein Ticket in die Freiheit. Ich kann nicht!

Ein Herzschlag. Vielleicht auch zwei, dann spüre ich einen warmen Rinnsal an meinem Hals kitzeln. Ich bin so voll mit Adrenalin, dass der Schmerz vollkommen ausbleibt.

Noch immer ist mein Blick unnachgiebig auf den Mann vor mir gerichtet, der die rote Spur mit zusammengezogenen Brauen verfolgt.

Einhundert Emotionen huschen durch seine Augen, was wiederum ich gebannt verfolge. Gerade jetzt sieht er wahnsinnig zerrissen aus.

Ich sehe den tiefschwarzen Abgrund in seinem unglaublich schönen Gesicht, gegen den er sich gewaltsam versucht zu wehren. Ein unsichtbarer Sog zerrt ihn immer weiter in eine gefährliche Tiefe, doch er kämpft dagegen an. Gegen das Monster in ihm.

»Deshalb«, wispere ich gebannt, als sein Blick sich unbeherrscht in meinen rammt.

Er ist so nah, dass meine Lippen die seinen streifen, als ich spreche. Hauchzart und trotzdem glaube ich kurz, dass ich sterben muss. Oder gestorben bin? *Oh mein Gott, was war das denn?!*

Ich zucke zusammen, weil er abrupt von mir ablässt und zwei große Schritte zurückspringt, als hätte er Angst vor mir.

Sein breiter Brustkorb hebt und senkt sich enorm unter den kräftigen Atemzügen und ich kann sehen, wie er um den letzten Rest seiner Beherrschung ringt.

»Was?«, keucht er ungläubig und starrt mich an, als hätte ich drei Köpfe.

Was ist mit ihm? Ich wollte das ja gar nicht! Es war ein Versehen! *Er* ist mir derart auf die Pelle gerückt, was kann ich dafür?! Wäre ich mit dem Kopf noch weiter zurück geruckt, wäre er mir rückwärts vom Hals gefallen!

»Deshalb hab ich keine Angst vor dir«, erkläre ich bemüht gefasst und hole zwischen geteilten Lippen zittrig Luft, schöpfe Mut, weil ihn unser kurzer *Kontakt* so sehr aus der Bahn wirft. »Du führst Krieg mit dir selbst, weil du das gar nicht willst.«

»Du hast keine Ahnung, was ich will!«, fährt er mich schneidend scharf an und furcht mit einer Hand durch sein Haar. Es bringt nichts. Die dunklen Strähnen fallen trotzdem wieder zurück in seine Stirn – was so verboten heiß aussieht.

»Das mag sein«, erwidere ich leise. »Aber ich weiß ganz sicher, was du *nicht* willst und das ist, mich hier an diesem Fleischerhaken auszuweiden, nur damit ich dir etwas sage, was dir eh nichts bringt. Du würdest mich töten für eine Information, die nicht unwichtiger sein könnte, und das willst du nicht«, flüstere ich schwach, weil meine Stimme langsam aber sicher versagt.

Ein paar Sekunden noch betrachtet Keno mich mit zusammengezogen Brauen und leicht schief gelegtem Kopf. Die Fassungslosigkeit steht ihm direkt ins bildschöne Gesicht geschrieben und ich glaube, dass ich einen verdammt wunden Punkt getroffen habe.

So tough, wie er sich immer gibt, ist er gar nicht. Doch wenn ich ihm das jetzt auch noch serviere, dann bin ich geliefert. Also halte ich die Klappe und suche mit verwaschenem Blick wieder seine Augen. Diese atemberaubenden, ausdrucksstarken Augen, die gar nichts an einem grausamen Ort wie diesem zu suchen haben.

»Ich komm in einer Stunde wieder. Bis dahin kannst du dir überlegen, wie du mir die Wahrheit sagst. Wenn nicht, dann schneide ich dir die Zunge raus und du sprichst nie wieder ein Wort.«

Ich lache vollkommen ermattet kehlig auf, ohne, dass ich es aufhalten kann. Das Problem ist: Worte verlieren ihre Bedeutung, wenn Augen sich treffen und etwas ganz anderes sagen.

»Das machst du eh nicht«, wispere ich abgekämpft und so leise, dass ich mir gar nicht sicher bin, ob er es überhaupt gehört hat, bevor er die Tür so brutal zupfeffert, dass die Decke wackelt und feinen Staub auf meinen verschwitzten Körper herabrieseln lässt.

Ich lasse meinen Kopf zwischen den Armen vornüber fallen und schließe flatternd die Augen. Langsam ebbt der Adrenalinpegel in meinem Blutkreislauf ab und ich spüre immer deutlicher den brennenden Schmerz an meiner Kehle. In jedem einzelnen Knochen, als wäre ich ein windelweich geprügelter Hund.

Er hat mich echt geschnitten. Garantiert nicht tief, trotzdem hat er es getan. Und irgendwie hasse ich ihn ein bisschen dafür. Und ich ... ja was? Hab ich dieses Monster jetzt geküsst oder was?!

Keno

Kapitel 16

Okay, ich hab eine Blockade. Mehr nicht. Es ist bestimmt bloß eine beschissene Blockade, gegen die ich nur anatmen muss. Ein. Aus. Ein. Aus. Immer wieder.

Doch egal wie fucking oft ich vor dem Scheißkellerzugang auf und ab marschiere und atme: Es hilft nicht!

Ich kann nicht. Fuck! Ich! Kann! Das! Nicht! Tun! Es ist keine vier Stunden her, seit ich genau dort drin einer hinterhältigen Ratte alle Gliedmaßen abgetrennt und den blutigen Stummel am Boden verrecken habe lassen.

Er war ein dämlicher Wichser, hat uns übel verarscht und unsere Drogen mit irgendeiner Scheiße gepanscht, was unzähligen Menschen das Leben gekostet hat. Das könnte mir egal sein, ist es aber nicht, weil er sie in unserem Namen vertickt hat, und das wirft ein schlechtes Licht auf unsere Ware.

Ein schlechtes Licht bedeutet Umsatzeinbußen, die Don Juan rasend vor Zorn machen. Also musste dieser kleine Pisser sterben. Genau in dem Drecksloch, in dem Amara jetzt hängt, als wäre sie die Unschuld in Person.

Bist du das, mi amor? So ein unschuldiger Engel, wie du aussiehst? Es macht mich rasend, weil ich es nicht weiß!

Ich war nie ein Frauenschläger. Nie einer, der Mädchen missbraucht, vergewaltigt oder unnötig gequält hat wie so gottverdammt viele andere in diesem Land.

Ich habe Frauen getötet, ja. Schnell und schmerzlos. Es waren Aufträge und in Juans Augen hatten sie es verdient. Ich habe darüber nie nachgedacht. Warum auch? Es hätte mir nichts gebracht, weil ich es so oder so tun musste. Deshalb *denke* ich für gewöhnlich nie über sowas nach. Ich *tue* es einfach, ohne Gewissen.

Fuck, und jetzt ist da diese Frau! FUCK! Ich will Amara nicht irgendwelche Körperteile absäbeln, damit sie spricht. Alles in mir sträubt sich dagegen, ihr wehzutun und das verwirrt mich so dermaßen, dass ich mir in die Haare greife und die Zähne aufeinanderpresse, weil ich sonst lauthals losbrülle. Ich *kann* ihr nicht wehtun! Es geht einfach nicht.

Was ist denn das, princesa? Ich mag das nicht, zum Teufel!

Ich weiß ja noch nicht mal, warum sie überhaupt hier ist. Was will Don Juan mit ihr? Wieso schickt er mich mit ihr in dieses rattenverseuchte Verlies, wenn sie doch angeblich so *kostbar* für ihn ist?

Ich soll ihr Manieren beibringen, hat er gesagt. Sie daran erinnern, dass sie sich zu fügen hat, sie aber nicht töten, weil er sie noch braucht. Wofür?! *Das* sagt er mir natürlich nicht.

Und diese Frau hat einen derart eisernen Willen, dass sie beim Versuch, sie zum Reden zu zwingen, eher draufgehen würde, als mir auch nur irgendetwas zu verraten, was es mit dieser hirnlosen Flucht auf sich hatte.

Ich will sie nicht dafür bestrafen, dass sie abhauen wollte. Zum verschissenen Teufel, ich will ja nicht mal selbst hier sein!

In mir herrscht mit einem Mal so ein Chaos, dass mir eine Sicherung durchbrennt. Dieses Hin und Her zerreißt mich fast, also lenke ich alles in mir konzentriert auf eine Seite. Die dunkle Seite, ohne Herz und Verstand.

Ich überlasse dem Dämon in mir das Kommando, weil das so viel einfacher ist, als sich dem zu stellen, was da gerade in mir wütet.

Mit schnellen Schritten nehme ich die Kellertreppe nach unten und stoße ruckartig die Stahltür auf, sodass sie an die dahinterliegende Wand donnert.

Amara zuckt erschrocken zusammen, öffnet den Mund, um etwas zu sagen, und vor meiner Linse blitzt kurz das Bild auf, wie ich sie jetzt einfach packe und küsse. Ich muss wahnsinnig geworden sein!

Bebend vor Wut – auf mich selbst, auf sie, auf Don Juan, dieses Land, auf fucking ALLES – gebe ich ihr gar nicht erst die Chance dazu, auf meinen Ausbruch zu reagieren.

Stattdessen habe ich sie schneller an ihrer schwarzen Mähne gepackt, als sie nach Luft japsen kann, und reiße ihren Kopf in den Nacken.

Erneut setze ich die Klinge meines Messers an ihrer zarten, blutverschmierten Kehle an und baue mich mit vor Zorn lodernder Miene über ihr auf.

»Letzte Chance«, zische ich und lasse sie keine Sekunde aus den Augen.

Ich will jede Regung auf ihrem Puppengesicht sehen, denn Scheiße nochmal, sie muss jetzt einknicken! Sie muss, weil die Monster in meinem Inneren toben wie lange nicht. Und ich weiß echt nicht, was ich mit ihr anstelle, wenn sie sich losgerissen haben.

Ihre tiefbraunen Augen sind schreckgeweitet und sie zittert am ganzen Körper. Trotzdem tanzt da diese Sturheit in ihren dunklen Iriden, die mich schier wahnsinnig macht. *Mach diese fucking Rebellion weg, Amara!*

»SPRICH!«, brülle ich und spüre ihren hektischen Herzschlag an meiner vor Aufregung vibrierenden Brust, weil ich ihr so nah bin. Wieder so nah.

Ich kann es nicht steuern, als ich den Griff des Messers fester umfasse und die scharfe Klinge tiefer in ihre Haut drücke. Immer mehr Blut sickert aus der Wunde und ich weiß, dass nicht mehr viel fehlt, bis ich ihr so einen üblen Schaden zufüge, dass sie daran krepiert.

»Nein«, flüstert sie bockig und hält meinen Blick.

Okay, entweder will sie sterben. Will, dass ich ihr Leben hier und jetzt beende. Oder – und das schockt mich am allermeisten – der Zwerg will mich auf die Probe stellen. Mich herausfordern. Mich!

Ist es das? Will sie mich testen, ob ich es durchziehe? Scheiße, allein, dass ich darüber nachdenke, zeigt mir umso deutlicher, dass mit mir irgendwas nicht stimmt. Nicht mehr. Irgendetwas passiert mit mir und es wird schlimmer, seit diese anstrengende Frau hier ist.

Ich bin kein verweichlichtes Opfer. Auch empfinde ich nichts für sie. Trotzdem imponiert mir ihr

Kampfgeist. Ihr Mut. Das Feuer in ihren Augen, das mich wie ein beschissener Heizlüfter anstrahlt und beinahe verbrennt.

Der Duft nach Mandelblüte und ihrem eigenen Körpergeruch zwängt sich in meine Nase, egal wie eisern ich mich dagegen sträube. Sie riecht so unschuldig, so rein und ... warm. So, wie jemand riecht, den ich bei Gott nicht anziehend finden sollte.

Amaras Augen sind abgrundtief und dunkel wie zwei schwarze Schluchten, in die man sich am liebsten kopfüber stürzen möchte, als sie mich noch immer hart im Visier hat.

Ich umfange ihr kleines Kinn, bohre meine Finger unnachgiebig in ihre sanften Wangen und knirsche mit den Zähnen, als meine Augen immer wieder auf diese weichen Lippen zucken.

»Rede«, grolle ich heiser und ringe mit dem Dämon in mir, damit ich sie jetzt nicht in Stücke reiße.

Ihre dunkelbraunen Seen rammen sich in mein Grün und es durchzuckt mich kochend heiß, als sie spöttisch ihren Mundwinkel hebt. »Nein.« Sie sieht das Chaos in meinem Gesicht und amüsiert sich köstlich darüber. Fehlt nur noch, dass sie lacht. Dann raste ich vermutlich aus.

»Bist du scharf auf mich, Keno?«, mutmaßt sie hauchend und ich sehe es in ihren Augen immer durchtriebener funkeln.

»Ja, *mi amor*«, raune ich mit gefährlich leiser Stimme und senke mein Gesicht zu ihrem Ohr, was sie keuchen und erschaudern lässt. »Das hättest du wohl gern, was? Ich würd dich nicht mal ficken, wenn du das letzte Loch auf dieser gottlosen Welt wärst, *princesa*.«

Lüge! Ich bin so verschissen angeturnt von diesem kleinen Persönchen, dass ich regelrecht explodieren könnte. Der heiß glühende Vulkan in mir ist kurz davor, restlos überzukochen. *FUCK!*

Also schubse ich sie mit einem groben Ruck von mir und trete zwei Schritte zurück, um Abstand zwischen uns zu bringen. Amara keucht erneut diesen bezaubernden Laut und wird in die klirrenden Ketten gerissen, die ihre Arme über ihren Kopf strecken.

Ohne ihr weiter Beachtung zu schenken, fahre ich mit einem wütenden Knurren herum und lasse sie allein in der Dunkelheit hängen. Weil es das ist, was wir mit Gefangenen tun.

Wir zeigen keine Gnade.

Wir sind nicht barmherzig.

Wir sind skrupellose Arschlöcher.

Wir sind die fucking kubanische Mafia!

Inzwischen dämmert es und ich sauge die feuchtschwüle Luft gierig in meine Lungen, die sich wie zugeschnürt anfühlen. Wie ein Irrer tigere ich über den Innenhof und steure auf direktem Weg das Haupthaus an.

Ohne mich vorher anzukündigen, trete ich die Tür zum Salon auf, in dem, wie jeden Abend, die Männer meines Erzeugers um Kohle zocken, rauchen, saufen und vögeln.

Als ich im Türrahmen aufrage, verstummen die grölenden Gespräche auf die Sekunde. Niemand rührt sich, weil meine Zorneswellen wie ein Peitschenhieb durch das Gemäuer fetzen.

Dem fetten Miguel ist sogar seine Zigarre aus der hässlichen Fresse gefallen. Tja, man sollte mich wirklich nicht reizen und jeder, der mich kennt, weiß und beherzigt das. *Alle, bis auf du, princesa. Weil du ein lebensmüdes Miststück bist, nicht wahr?*

»Du«, grolle ich und nicke mit teuflischer Miene auf eine Blondine, die sich halbnackt um eine Stange auf dem Tisch windet. »Und ihr zwei! Mitkommen!«

Das dumme Blondchen steigt mit vor Aufregung wackeligen Beinen vom Tisch, während sich ihre zwei Freundinnen – rot und asiatisch – von den Schößen der Wachmänner erheben.

Ich warte gar nicht ab, bis sie zu mir aufgeschlossen haben, sondern fahre herum und stampfe mit energischen Schritten wieder nach draußen.

Sie folgen mir. Diese dummen Huren folgen mir immer, weil sie sich freuen, wenn ich meinen Frust an ihnen rausficke. Wunderbar, denn heute, jetzt gerade, bin ich so dermaßen geladen, dass ich sie alle drei vernichten werde. *Und schuld bist du, weil ich steinhart bin, seit du mich das erste Mal angefaucht hast, mi amor ...*

Der Rum brennt meine ausgedörrte Kehle abwärts und mich empfängt eine allumfassende Ruhe, während der Schweiß noch immer von jedem Quadratzentimeter meines Körpers rinnt. Besser. Ah fuck, jetzt ist es besser.

»Verpisst euch«, knurre ich gereizt, als eine der dummen Gänse an meine Seite rutschen und sich ankuscheln will. Sofort schnellt meine Hand nach oben und vergräbt sich fest in ihrem Haar. »Hab ich dich etwa eingeladen, in dieses Bett zu steigen?«

»Nein«, haucht das unterbelichtete Ding wimmernd, während ihr Kopf straff im Nacken liegt.

Sie keucht erschrocken auf, als ich sie so ruckartig zurück schubse, dass sie um ein Haar auf ihren Arsch fällt, weil sie über ihre Leidensgenossinnen stolpert, die am Boden liegen.

Meine Casita, meine verfickten Regeln. Die Erste lautet: Niemand, absolut niemand auf dieser beschissenen Welt legt sich in *mein* Bett!

»RAUS!«, donnere ich so allumfassend laut, dass Beast aggressiv gegen die Scheibe springt und die Weiber vollends aufscheucht. »Und du beruhigst dich gefälligst!«, knurre ich ihn durch das dicke Glas über meinem Kopf an. Das schwarze Vieh hält eisern Blickkontakt mit mir, bis er sich wieder verzieht, weil er weiß, wer der Alpha ist.

Mit trägem Blick verfolge ich, wie die drei malträtierten Nutten aus meiner Casita kriechen und kippe den Rest meines Drinks in den Rachen.

Die Tür fällt mit einem leisen *Klack* ins Schloss, dann erhebe ich mich ein bisschen schwerfällig und steuere nackt die Dusche an.

Während das Wasser kühl auf meine erhitzte Haut niederprasselt, schweifen meine Gedanken erneut ab. Dabei war doch gerade erst Ruhe, verdammt! *Was mach ich jetzt mit dir, princesa?*

Der Nuttengestank verschwindet im Abfluss, als ich zu dem Entschluss komme, dass ich die kleine Nymphe da unten nicht für immer hängen lassen kann. Also anziehen und wieder da runter. Wie es mich ankotzt!

Gerade, als ich auf dem Weg zum Kellerverlies unter den Casitas der Wachen bin, läuft mir Donna entgegen. Sie hat den Blick gesenkt und huscht so schnell über den Innenhof, dass sie um ein Haar in mich hineinrennt.

»Hey, langsam!«, belle ich schon wieder angepisst, weil ich gleich diese Amara wieder sehen werde. Mein Blut beginnt augenblicklich zu kochen, wenn ich nur an sie denke.

»*Excusa*«, murmelt Donna kleinlaut und blickt weiterhin auf den Boden. »Hab dich nicht gesehen.«

»Was ist das?«, frage ich alarmiert und greife nach ihrem Gesicht, was sie erschrocken die Luft einziehen lässt. Schon klar, ich fasse für gewöhnlich niemanden an, aber da leuchtet etwas um ihr Auge herum. Ein tiefblaues Veilchen.

»Nichts«, meint sie ausweichend und will sich aus meinem Griff drehen, weshalb ich ihn bloß noch verstärke.

»Wer war das?« Die Worte kommen finster über meine Lippen und die Zornesfalte, die sich zwischen meinen Brauen bildet, bereitet mir jetzt schon Kopfschmerzen.

Donna ist Familie. Die hat niemand anzupacken, also will ich jetzt verfickt nochmal wissen, wer ihr eine drüber gezogen hat. Und ich kann mir kaum vorstellen, dass mein Bruder die Beherrschung verloren hat. Er liebt sein unschuldiges Blondchen abgöttisch.

»Ich hab mich gestoßen.«

»Blödsinn!«, halte ich streng dagegen, sodass ihr ein hektisches Keuchen entfährt und sie vor mir zurückweichen will. »Wer hat dich geschlagen?«

»Niemand!«

»WER WAR ES?!«

»AMARA!«, schreit sie mir mit glasigen Augen entgegen und senkt beschämt den Blick. »Sie hat mich gestoßen, als ich ihr noch ein Wasser gebracht habe, bevor ich zu Bett gehen wollte.«

»Was?«, hauche ich ungläubig und lasse abrupt von ihr ab. Ja richtig, *ich hauche*, weil was soll das? Wieso sagt sie das? Wann zum Teufel war das?

»Ich wurde bewusstlos und als ich wieder zu mir kam, hattest du sie bereits eingefangen. Deshalb hab ich nichts gesagt. *Excusa* ...«, wispert sie reuevoll.

Das ist ein Scherz oder? Hat Amara deshalb nicht gesagt, wie sie entwischen konnte? *Du kleines, durchtriebenes Miststück!*

Ich weiß nicht, was ich darauf erwidern soll und Donna fühlt sich sichtlich unbehaglich mit meiner unterkühlen Anwesenheit. Da kommt es mir wie ein Geschenk vor, dass der Alte mich am Handy anruft.

»Ja?«, blaffe ich angespannt und massiere mir die Nasenwurzel, weil ich einfach nicht begreifen kann, wie diese Amara tickt. Da wirkt sie so verdammt unschuldig und dann sowas!

»Ich hab zwei Männer auf Streife geschickt, die nicht zurückgekommen sind«, plappert der Oberdon in seinem monotonen Scheißsingsang los. »Sie hätten den Club überprüfen und Schutzgelder abkassieren sollen. Sieh nach, was da los ist. Und bring mir meine Kohle, bevor ich die Beherrschung verliere!«

Mit einem knappen ›sí‹ lege ich auf und wende mich von Donna ab. Das ist schon okay, sie weiß, dass ich nicht zur Tröster-Fraktion gehöre.

Doch bevor ich mich jetzt von diesem Anwesen verpisse, um irgendwelche Lutscher zu suchen, die ihre Scheiße nicht gebacken kriegen, muss ich erst noch was erledigen.

Ich werde nämlich nicht auf mir sitzen lassen, dass Amara meiner Familie schadet. Sollte sie tatsächlich etwas mit Donnas Veilchen zu tun haben, dann wird ihr ein Trip durch die Hölle wie ein gemütlicher Sonntagsspaziergang vorkommen.

Ich werde ihr Schmerzen zufügen, die sie sich nicht mal im Traum vorstellen kann und es wird fucking lange dauern, bis sie ihren letzten Atemzug tut!

Amara

Kapitel 17

Ich muss vor lauter Erschöpfung eingenickt sein, weil ich gar nicht mitbekommen habe, dass Keno zurückgekommen ist. Sofort spüre ich allerdings, dass etwas an ihm anders ist.

Er versprüht diese tiefschwarze Killer-Aura die gnadenlos durch das Kellerverlies pulsiert, wirkt wie ein aufgestacheltes Tier und packt mich so grob an, dass ich aufschreie. Vielleicht habe ich ihn vorher mit meiner frechen Klappe ein wenig zu sehr gereizt ...

Meine Gelenke hält er mit einer Hand in einem eisernen Klammergriff, nachdem er die Kette vom Haken genommen hat und sie unwirsch abwickelt, sodass sie ein lautes Klimpern verursacht, das mir direkt in die angespannten Muskeln fährt.

Seine Finger bohren sich so tief in mich, dass ich glaube, er durchstößt jeden Augenblick die Haut darunter.

»Was ist los?«, frage ich atemlos, weil mein Kreislauf nicht in Schwung kommt und ich mit seiner plötzlichen Grobheit total überfordert bin.

Mein Hals tut weh – sowohl innen, als auch außen – und ich fühle mich wie durch den Fleischwolf gedreht. Die Position, in der ich seit keine Ahnung wie vielen Stunden ausharren musste, hat mir schlussendlich den Rest gegeben. Beinahe knicken meine Beine unter mir ein, weil ich mich am liebsten auf den Boden sacken lassen und schlafen möchte.

»Halt deine Schnauze!«, fährt Keno mich schneidend scharf und vor Wut bebend an.

Heilige Scheiße, jetzt bin ich wach. Hellwach. Meine Alarmglocken springen alle zeitgleich an. Sie schrillen so laut, dass mir schwarz vor Augen wird. Fuck, was ist mit ihm?

Mit einem Ruck reißt er mich vorwärts und zerrt mich aus dem Keller eine hölzerne Treppe nach oben.

Ich kann mit seinen großen Schritten nicht mithalten und stolpere über meine eigenen Füße, weil ich kaum Kraft habe, sie überhaupt zu bewegen.

»Keno!«, schreie ich panisch, weil er einfach nicht stehen bleibt.

Stattdessen schleift er mich mit den nackten Beinen über den brüchigen Lehmboden an einem Arm hinter sich her, als wäre ich ein Stofftier, das von einem Kind gezogen wird.

»Hör auf! Was ist passiert?! DU TUST MIR WEH! KENO!«

Mit einem Mal bleibt er stehen und packt mich an der schmerzenden Kehle, um mich vor sein wutentbranntes Gesicht zu zerren. Es tut gigantisch weh, weshalb ich das erstickte Wimmern nicht unterdrücken kann, das aus mir heraus bricht.

»Was passiert ist?! Was los ist?!«, brüllt er mich an. *Jetzt* habe ich Angst vor ihm. Vor der Dunkelheit, die in seinen Augen wütet. »Sag du es mir! SAG MIR WAS LOS IST AMARA! Sag mir, was du mit Donna gemacht hast! Du sagst, ich tu dir weh? Ich hab noch gar nicht richtig angefangen!«

»Was?«, keuche ich entsetzt und suche in seinen vor Wahnsinn funkelnden Augen nach der Antwort auf diesen Mist, den er da von sich gibt. »Ich hab nichts getan!«

»DU LÜGST!!«, donnert er eiskalt zurück, so unbeherrscht, dass sich meine Eingeweide vor Angst mit einem gewaltigen Ruck zusammenziehen.

Ich hatte es ja bereits im Gefühl, dass er kein Kerl für Schmusestunden oder Plauderrunden ist, aber so, wie er mich jetzt anfährt, versetzt es mir einen richtig üblen Stich. Ich will nicht auf seinem Todesradar landen, aber genau danach sieht es gerade aus.

Hätte er jetzt das Jagdmesser in der Hand, würde ich keine Sekunde daran zweifeln, dass er es mir mit Anlauf in die Kehle rammt, um meinem Leben ein Ende zu bereiten.

Wieder setzt er sich in Bewegung und ich stolpere hinter ihm her, sehr darauf konzentriert, nicht ein weiteres Mal zu fallen. Meine Waden sind blutig aufgeschürft und brennen wie Feuer. Erneut geht es abwärts – zurück in *meine* Zelle.

»Ich hab Donna gestern Abend zuletzt gesehen und hab keine Ahnung, wovon du sprichst!«, halte ich atemlos dagegen, weil er mich zu Unrecht für was auch immer beschuldigt.

Was soll das? Hat er mitbekommen, dass ich entweder angekettet oder hinter massivem Stahl weggesperrt bin?

»Sei still! Donna war gestern Nacht noch einmal hier, um dir Wasser zu bringen!«

»DAS STIMMT NICHT!«, schreie ich jetzt, weil er so fest zudrückt, dass mir heiße Tränen in die Augen schießen. Immer wieder versuche ich, mich aus seinem starren Griff zu winden, was seine Finger nur fester um mich greifen lässt.

Die Stelle unter seiner großen Hand pocht unvorstellbar fest und wenn er sich nicht zusammenreißt, dann bricht er mir jeden Augenblick den

Unterarm. Ich kann den Knochen bereits knacken hören und atme keuchend gegen die Schmerzen an.

»Sie hat dir also kein Wasser gebracht und du hast nicht die Chance genutzt, um zu flüchten, als die Zellentür offen stand?«

Die Worte klingen so anklagend, als würde er an meinem Verstand zweifeln. Fassungslos starre ich ihn an, als er wieder abrupt stehen bleibt und auf mich herabblickt.

Seine Größe ist genauso einschüchternd, wie seine breitschultrige Statur. Er wirft einen derart mächtigen Schatten auf mich, als hätten wir mit einem Mal eine totale Sonnenfinsternis, was ihn noch eindrucksvoller und mich noch so viel kleiner wirken lässt.

Entgeistert schüttle ich den Kopf. Wie kommt er nur auf diese total verdrehte Geschichte? Ich kann ihm nicht die Wahrheit sagen, aber ich werde es auch nicht auf mir sitzen lassen, dass er mir das vorwirft, denn so war es ganz bestimmt nicht.

»Du hast sie geschlagen! Sie hat es mir erzählt!«

»Spinnst du?!«, fahre ich ihn tränenerstickt an und umfasse mit einer Faust sein Shirt. Ich kralle meine letzten, nicht abgefressenen Nägel mit einer unerklärlichen Kraft in den weichen Stoff und suche fast schon verzweifelt seinen stürmischen Blick.

Keine Ahnung, ob es mir überhaupt zusteht, ihn anzufassen. Vermutlich nicht, aber er muss begreifen, dass es eine Lüge ist, von wem auch immer er die aufgetischt bekommen hat. »Schau mich an und sag mir, dass du mich nicht für so bescheuert hältst, dass ich jemanden auf diesem Anwesen attakiert habe, bevor ich mich aus dem Staub machen wollte!«

Bei Gott, ich lebe ja so schon ständig an dieser gefährlichen Todesgrenze, seit ich hier bin. Da wäre ich gerade noch so blöd, um mich mit einem von diesen Leuten hier anzulegen.

Mit zusammengezogenen Brauen mustert er mich, als müsse er überlegen, ob meine Worte Sinn ergeben. Ich schlucke bebend und wische mir mit dem Handrücken über die nasse Tränenspur auf meinen Wangen.

»Ich hab dieser Frau nichts getan«, beteuere ich heiser mit festem Blick in seine lodernden Augen, in denen ein Orkan mit höchster Warnstufe wütet.

Schnaubend schiebt er mich weiter. Vielleicht sind meine Worte ja dennoch zu ihm durchgedrungen, denn diesmal packt er mich nicht an, als wolle er mich mit bloßen Händen zerfetzen.

Mein Herz hämmert unaufhaltsam gegen meinen Brustkorb, bis er schmerzt. Ich wusste nicht, was er damit gemeint hat, als er sagte, dass er mich in der kubanischen Hölle willkommen heißt.

Doch jetzt habe ich eine ungefähre Vorstellung davon und ich will alles, aber nicht, dass dieser Mann wütend auf mich ist. Denn dann, das weiß ich mit absoluter Sicherheit, überlebe ich hier keinen weiteren Tag.

Donna steht mit einem neuen Tablett vor meinem Gefängnis, also gehe ich davon aus, dass es wieder acht Uhr abends ist. Was auch immer.

Ich kann sie gar nicht ansehen, weil ich so wütend auf sie bin. Sie hat gelogen. Zu ihren Gunsten. Wie konnte sie nur?!

Weil ich ihren Anblick kaum ertrage und mir die letzten Stunden wahrlich zu viel waren, drehe ich das Gesicht von ihr weg, fixiere stattdessen die rotbraune Backsteinwand. Mittlerweile kenne ich jeden einzelnen Stein auswendig.

Mein Hals tut weh und die angeschnittene Haut spannt. Noch mehr, wenn ich mich bewege, weil das Blut verkrustet in der Wunde klebt.

Ich bleibe zusammengekauert in der schmutzigen Ecke sitzen und vergieße unaufhörlich Tränen, weil es mich schier umbringt, hier eingesperrt zu sein. Die Alternative wäre, dass ich meinem immer größer werdenden Zorn Platz einräume und sie tatsächlich anfalle. Nur werde ich sie dann vermutlich erwürgen.

»Sprichst du nicht mehr mit mir?«, fragt Donna mit ihrer hellen Stimme und betrachtet mich eine Weile mit schief gelegtem Kopf.

Ungläubig starre ich zurück, während meine Aggression ins Unermessliche steigt. *Deinen belämmerten Unschuldslamm-Blick kannst du dir sonst wohin stecken, du hinterfotziges Biest!*

»Ist dir klar, was du angerichtet hast?!«, zische ich völlig außer mir. »Er hätte mich fast gekillt wegen dieser absurden Scheiße, die du ihm vor die Füße geknallt hast!«

Nur sie kann Keno diese wahnwitzige Lüge aufgetischt haben. Das wurde mir klar, als er mich allein mit meinem inneren Chaos hier unten zurückgelassen hat. Niemand sonst war bei mir.

Keno denkt, ich hätte ... ja was denn? Donna geschlagen? Wie könnte ich, nachdem sie mir helfen wollte? Ich habe für diese blöde Schnepfe eine angeritzte Kehle in Kauf genommen, nur, um sie nicht zu verpfeifen! Und was macht sie?! Schiebt alles auf mich!

Oder wollte sie mir gar nicht wirklich helfen? Hat sie mich mit Absicht in eine aussichtslose Flucht geschickt, damit Keno mich einfängt und bestraft? Wieso hat sie mir ausgerechnet seinen Autoschlüssel in die Hand gedrückt? Warum danach die Lügen?

Ich weiß nicht mehr, was ich denken soll. Wem ich vertrauen oder glauben kann. Vermutlich niemandem, der dieses grauenvolle Anwesen sein zu Hause nennt.

»Du musst das verstehen«, geht Donna sofort in den Verteidigungsmodus über und klingt wahnsinnig reuevoll, als würde es ihr *wirklich* leidtun. »Ich hab eine Tochter, für die ich sorgen muss. Was glaubst du, was mein Mann mit mir gemacht hätte, würde er die Wahrheit kennen?« *Wenn er seinem jüngeren Bruder auch nur ein bisschen ähnelt, dann kann ich es mir ungefähr vorstellen ...*

»Schön!«, keife ich und funkele sie quer durch die staubige Zelle an. »Dann sag mir, wieso es *sein* Schlüssel war! Und komm mir jetzt nicht mit ›Zufall‹, sonst RASTE ICH AUS!«

Ich weiß, ich sollte sie nicht so übel anschreien, wenn ich mir ein weiteres Mal Hilfe von ihr erhoffe, trotzdem komme ich gegen die Wut in meinem Bauch nicht an.

»Hey!«, faucht sie eingeschnappt zurück, weil sie sich sichtlich angegriffen fühlt. »Es war stockfinster und ich hatte leider keine Zeit, mir den Schlüssel auszusuchen, als ich in Don Juans Büro *eingebrochen* bin! Hast du eine Ahnung, was der mit mir macht, wenn er davon erfährt? Er hängt mich am nächsten Deckenbalken auf!«

»Niemand hat gesagt, dass du das tun musstest!« Okay, jetzt steigere ich mich rein. Ich. Ich habe gesagt, dass sie mir helfen soll und jetzt brülle ich sie in Grund und Boden, weil sie genau das getan hat.

Mit einem tiefen Atemzug straffe ich mich und schließe für einen Moment die Augen, bevor ich noch etwas sage, das mir hinterher furchtbar leidtun wird. *Du brauchst sie noch, also reiß dich gefälligst zusammen!*

»Hat er dir das verpasst?«, frage ich hohl und nicke auf ihr Veilchen.

Wenn die Wut mich derart packt, war es schon immer am hilfreichsten, wenn ich einfach erstarre. Mein Gesicht wird dann ausdruckslos und alles in mir kommt zum absoluten Stillstand.

Das ist immer noch besser, als aus einer Aggression heraus einen dummen Fehler zu begehen. Hat Papa mir beigebracht und in diesem Moment bin ich furchtbar stolz auf mich, weil ich seine Taktik so eisern umsetze – auch, wenn es mir unfassbar schwerfällt, ihr nicht an die Gurgel zu gehen.

Eigentlich sollte mir egal sein, was mit ihr ist. Schließlich hat sie mich echt in die Scheiße geritten, um ihre eigene Haut zu retten. Und trotzdem muss ich ständig auf den blauen Fleck an ihrem Auge starren, weil ich es nicht leiden kann, wenn Männer ihren Frauen gegenüber die Beherrschung verlieren.

Ich kenne so ein Verhalten nicht. Dort, wo ich herkomme, geht man gut mit seinen Frauen um – wenn man nicht gerade Vittorio heißt. Mein Papa lebt danach, dass Frauen etwas Heiliges sind. Sie werden beschützt und nicht geschlagen, eingesperrt oder gedemütigt.

Zerknirscht blickt Donna zu Boden und starrt wie versteinert auf ihre Schuhspitzen. Das ist dann wohl Antwort genug. Dieser Cirilo wird mir immer unsympathischer.

Ich seufze tief, was von trockenen Schluchzern begleitet wird, weil mein Zwerchfell vom Weinen total überreizt ist, und reibe mir abgeschlagen über das schmutzige Gesicht.

»Okay«, hauche ich versöhnlicher und robbe auf Knien auf das Tablett zu, auf dem heute nur Brotscheiben liegen. Ob das jetzt meine Strafe ist?

Am liebsten würde ich deren Fraß überhaupt nicht mehr anrühren, weil alles in mir bockt, aber dann verhungere ich.

Appetitlos zupfe ich ein Stück ab und zerkaue es mechanisch, weil ich essen muss, egal wie verknotet mein Magen sich anfühlt. Die Angst und Sorge um meine Eltern lähmen mich bis in den letzten Winkel. Ich kann an nichts anderes mehr denken.

»Ist alles okay?«, fragt Donna vorsichtig und kniet sich zu mir auf den schmutzigen Lehmboden, wie ich aus dem Augenwinkel sehen kann.

»Ich lass mir etwas einfallen, okay?«, bietet sie mir mutmachend an, weil ich ihr nicht antworte.

Stattdessen starre ich innerlich zerrissen auf einen undefinierbaren Punkt auf dem Boden vor mir, als wäre ich in einer Art Trance gefangen. In einem Albtraum mit dem Titel ›wenn das Leben dich fickt, dann richtig hart‹.

Je länger ich in der Dunkelheit sitze, desto lauter und wilder werden meine Gedanken, bis ich wieder in einem Modus der absoluten Wut bin.

Ich will Antworten. Jetzt sofort! Ich will wissen, warum ich in diesem beschissenen Scheißland wie ein Tier gehalten werden. Ich will so verdammt viel wissen, dass mein Kopf gleich platzt wie eine Piñata, auf die man zu fest eingeschlagen hat.

»KENO!«, schreie ich immer wieder und dresche mit einem Löffel gegen die Gitterstäbe, was einen fruchtbaren Lärm verursacht.

Das Besteck habe ich einen Tag zuvor an mich genommen und Donna ist es gar nicht aufgefallen. Vorsichtshalber habe ich ihn hinter einer der Streben im vergilbten Zellenfenster versteckt, weil ich nicht wusste, ob ich ihn irgendwann als Waffe brauchen würde.

Lächerlich, einen Löffel als Waffe zu bezeichnen, aber wenn du bis zum Hals in der Ausweglosigkeit feststeckst, dann klammerst du dich verdammt nochmal an alles, was du kriegen kannst, um zu überleben. Zur Not sogar an einen fucking Suppenlöffel.

»HEY! KENO!«

Meine Stimme überschlägt sich beinahe und ich denke nicht im Traum daran, leiser zu sein. Im Gegenteil. Ich drehe gerade erst so richtig auf. *Klingklingklingklingkling!*

Er muss kommen. Ich muss nur laut genug sein. Irgendjemand wird kommen und dann werde ich meine Freilassung verhandeln.

Tief hole ich Luft, um zu einem weiteren Wutschrei anzusetzen, und trommle mit dem Löffel gegen den kalten Stahl, was ein dumpfes Echo hier unten verursacht, als ich plötzlich stocke.

Etwas kitzelt an meinem Arm. Hauchzart und trotzdem so penetrant, dass es mich innerlich schüttelt. Ein eiskalter Schauer kriecht über mein Rückgrat.

Als mein Blick auf einen schwarzen, langbeinigen Punkt fällt, bricht sich das absolute Grauen in mir Bahn. Wieder schreie ich. Diesmal ist mein hysterisches Gekreische nicht der Wut geschuldet, sondern grenzenlosem Ekel.

Hektisch schüttle ich meinen Arm, um die große Spinne von mir zu vertreiben, doch sie rührt sich nicht.

Gerade als ich mutig die Hand hebe, um sie mit dem Löffel von mir zu schlagen, spüre ich ein Ziepen, das mich erneut aufschreien lässt. Sie hat mich gebissen! Scheiße, die Spinne hat mich gebissen!

Vor lauter Schreck ist mir der Löffel aus der Hand gefallen. Ich hole aus, zerschlage sie mit einem lauten Klatschen und würge, als ich sie zermatscht an meiner Hand kleben habe. Angewidert und panisch streife ich ihre Überreste am Boden ab.

»KENO! KENO, BITTE!«, kreische ich wie am Spieß und rüttle wie verrückt an den Gitterstäben.

Ich weiß nicht, ob es auf Kuba giftige Spinnen gibt. Ob ein Biss tödlich ist oder schwere Krankheiten auslösen kann. Ich weiß nur, dass ich deswegen hier unten nicht sterben will.

Wenn ich draufgehe, dann weiß ich nicht, was mit Mama passiert, sollte Papa es nicht schaffen. Dann kann ich ihr nicht helfen! Also rufe ich weiter, immer weiter, bis ich so heiser bin, dass kaum mehr ein Ton über meine Lippen kommt.

Niemand kommt, egal wie lange ich um Hilfe rufe. Ich weiß nicht, wie viel Zeit seit dem Biss vergangen ist, aber ich schwitze immer stärker.

Mein Arm brennt, als würde ätzende Säure durch meinen Blutkreislauf wabern und die Bissstelle schwillt immer weiter an. Mein Kopf tut weh und ich sehe alles nur noch verwaschen, als würde sich ein milchiger Schleier vor meine Linsen schieben. *Scheiße, wieso kommst du nicht?*

Keno

Kapitel 18

Angestrengt erledige ich mein Workout, wie nach jedem Auftrag, um den Druck auf meiner Brust irgendwie loszuwerden. Amaras Rufe blende ich dabei völlig aus, auch wenn es mir schwerfällt, weil es mich rasend macht.

Aber ich kann da jetzt nicht runtergehen, weil ich zu angepisst bin. Ich würde ihr eine verpassen, ohne mit der Wimper zu zucken.

Das ganze Theater im Keller, gepaart mit dem Vorwurf, den Donna mir an den Kopf geschmissen hat, machen mich so unglaublich wütend.

Ich kann mich selbst nicht ausstehen, wenn ich derart unkontrolliert bin. Außerdem ist das sehr gefährlich für alle Menschen, die sich dann um mich herum aufhalten, wenn ich in diesem angepissten Modus bin.

Also koche ich während meines Trainings alleine vor mich hin und werde immer wütender, weil sich meine Gedanken unaufhaltsam drehen.

Vermutlich bin ich verrückt geworden, nicht mehr ganz dicht oder vollkommen neben der Spur, denn so ungern ich es auch zugebe: Ich glaube Amara. *Scheiße, oder?*

Es ergibt keinen Sinn, dass sie Donna bewusstlos geschlagen hat, bevor sie abgehauen ist. Ihr Versuch war waghalsig und die Zeit saß ihr im Nacken. Da vergeudet man doch nicht wertvolle Minuten, um jemandem zu schaden. Man will einfach nur weg, so schnell und weit es geht. Und woher hätte dieses winzige Persönchen die Kraft hernehmen sollen? Das ist absurd!

Zu diesem Fakt kommt noch ein weiterer: Amara muss jemand den Ersatzschlüssel meines Wagens gebracht haben, der in Don Juans Büro aufbewahrt wird.

Mein Schlüssel liegt nämlich nach wie vor im Safe meiner Casita, zu der niemand Zugang hat.

Den Zweitschlüssel für meine *Hellcat* hat also jemand mit voller Absicht entwendet und bei dem Gedanken dreht sich mir echt der Magen um.

Wer der hier Anwesenden ist bitte so lebensmüde und bricht in Don Juans Büro ein? Oder war er es selbst? Hat er den Schlüssel zu Amara gebracht? Bringen lassen?

Irgendwie kann ich das nicht glauben, weil es keinen Sinn ergibt. Da ich weiß, dass dieser Mann kein Herz besitzt, tippe ich darauf, dass es, wenn überhaupt, eine Falle war. Doch dann hätte er mich doch nicht in den Folterkeller mit ihr geschickt.

Und Amara hätte nicht geschwiegen. Nicht seinetwegen. Spätestens, als Blut aus ihrem weichen Hals floss, hätte sie es mir erzählt, wenn er ihr den Schlüssel und das Messer ausgehändigt hätte.

Also war es jemand anderes und das bereitet mir die größten Magenschmerzen: Donna.

Es kommt sonst niemand in Frage, wenn ich nicht irgendetwas vergessen habe, zu bedenken. Spielt sie Juans Handlanger? Freiwillig oder erpresst er sie? Warum kommt sie mit diesem Problem nicht zu mir oder zu Cirilo? Sie könnte sich optional auch an Dayron oder Dario wenden.

Stattdessen hat sie mir wie aus der Pistole geschossen eine Lüge aufgetischt und behauptet, Amara hätte sie gestoßen, als sie ihr Wasser bringen wollte.

Zu allem Übel lag keine Wasserflasche in Amaras Zelle, als ich sie vorhin dorthin zurück verfrachtet habe.

Donna wird das Wasser, das sie ihr *angeblich* bringen wollte, kaum wieder mit nach oben genommen haben, als sie wieder zu sich kam, weil sie *angeblich* bewusstlos wurde.

Cirilo hat sie nicht geschlagen.

Amara hat sie nicht gestoßen.

Hat sie sich das Veilchen etwas selbst zugefügt, um glaubhafter zu wirken?

Jetzt stehe ich vor einem gewaltigen Problem und weiß nicht, wie ich es am geschicktesten lösen soll. Für mich ist klar, dass Donna etwas mit Amaras Fluchtversuch zu tun hat. Nur kann ich meine Schwägerin schlecht als Lügnerin oder Verräterin hinstellen. Sie ist Familie. Amara eine Fremde, die mir bisher nur Probleme gemacht hat.

Und trotzdem habe ich das dringende Bedürfnis, diesen Scheiß richtigzustellen oder Donna damit zu konfrontieren, denn dass sie Amara ausgerechnet *meinen* Schlüssel gegeben hat, war garantiert pure Absicht. Aber warum? Das erschließt sich mir noch immer nicht so recht.

Wieder schreit Amara meinen Namen und ich könnte schier aus der Haut fahren, weil sie einfach nicht müde wird, so einen Aufstand zu machen.

Seit einer Stunde bin ich von meinem Auftrag zurück, zu dem Don Juan mich geschickt hat. Ich musste einem Sackgesicht tatsächlich die Zunge rausschneiden, weil er nicht aufgehört hat zu brüllen, nachdem ich ihm die Kniescheibe zertrümmert habe, weil er das Schutzgeld nicht rausrücken wollte.

Ob Amara weiter so rumschreien würde, wenn sie das wüsste? Vielleicht sollte ich ihr diese

Horrorgeschichte brühwarm erzählen, um sie so endlich zum Schweigen zu bringen.

Die kleine Nymphe wird immer hysterischer, bis es mit einem Mal still ist. Zu still. Mit zusammengezogenen Brauen starre ich mein anthrazitfarbenes Türblatt an. Duschen gehen oder nach ihr sehen?

Duschen gehen, ganz klar. Was ist das denn überhaupt für eine bescheuerte Scheißfrage?!

Ich bin dieser Frau nichts schuldig. Ich kenne sie nicht und es kotzt mich schon mehr als genug an, dass Don Juan sie über Nacht zu meinem Problem gemacht hat, wobei sie eigentlich ganz klar sein Problem ist. Er wollte sie hier haben, nicht ich.

Nachdem ich den Schweiß von mir gewaschen habe und in einer frischen Jogginghose stecke, drehe ich meine obligatorische Runde um das Anwesen, bevor ich mich aufs Ohr haue. Mein innerer Monk braucht das, damit ich ruhiger schlafen kann.

Die Nacht klärt meinen Verstand und füllt meine Energiereserven auf. Ich mag die friedliche Stille vermischt mit der geheimnisvollen Unruhe, die die Dunkelheit mit sich bringt.

Früher habe ich mich vor den nächtlichen Dschungelgeräuschen gefürchtet, heute spüre ich umso intensiver das Leben dieser magischen Tropenwälder.

Die angenehme Abendbrise fährt kitzelnd über meinen nackten Oberkörper und ich sauge die klare Luft tief in meine Lungen ein.

Meine Runde durch den weitläufigen Innenhof dauert exakt dreißig Minuten und ich kann wie immer nichts Auffälliges finden, weil wir ausgezeichnetes Wachpersonal beschäftigen.

Niemand würde es lebendig über unsere Grundstücksgrenze schaffen. Raus übrigens ebenso wenig, wenn wir das nicht wollen.

Somit waren Amaras Fluchtversuche allesamt zum Scheitern verurteilt, weil sich um das zwanzig Hektar große Reservat ein gigantisch hoher Zaun spannt, der einen Flüchtigen oder Eindringling ordentlich mit Strom bearbeitet. *Amara ...*

Ich weiß nicht, was zum verfickten Teufel es ist, aber mein Instinkt hat mich vor diesen Scheißkellereingang geführt. Wieso tragen meine Füße mich ausgerechnet hierher, wo mir doch egal sein sollte, dass ihre Rufe mit einem Mal verstummt sind?

Noch immer ist es totenstill. Ich seufze tief und nehme die Treppe nach unten. Dass ich ein Licht einschalte, spare ich mir, weil niemand mitkriegen braucht, dass ich anscheinend ein tief in mir vergrabenes Glucken-Gen besitze. Ich will nur kurz sehen, was los ist und dann in mein Bett fallen.

Ein abnehmender Vollmond erleuchtet den Nachthimmel und spendet genug Licht durch die verstrebten Fenster der nebeneinanderliegenden

Zellen, sodass ich Amaras Körper am Boden kauernd ausmachen kann.

Mit zusammengezogenen Brauen entriegle ich die Tür. Noch immer regt sie sich nicht, obwohl sie spätestens bei diesem Geräusch grundsätzlich wie ein geölter Blitz in die Höhe schießt. *Okay ...*

Entweder ist sie unter ihrem hysterischen Anfall zusammengebrochen oder es ist etwas passiert, was ihre verzweifelten Schreie erklären würde. Aber sie ist hier eingesperrt. Was soll schon passiert sein?

»Amara?«, frage ich lauernd, weil ich ihre Nummer mit dem ohnmächtig stellen ja bereits kenne.

Darauf kann ich verzichten und ein zweites Mal wird sie solch einen Angriff auf mich auch nicht überleben.

Als ich näher an ihren winzigen Körper trete, sehe ich, dass sie über und über mit Schweiß bedeckt ist. Er schimmert unter dem silberfarbenen Mondschein und zuckt in kurzen Abständen, als hätte sie Krämpfe.

»Scheiße«, fluche ich zischend und pflücke sie einem Bauchgefühl folgend vom Boden, um sie auf die Arme zu nehmen.

Nein, es ist überhaupt nicht seltsam, dass ich sie an meine nackte Brust drücke. *Heilige Scheiße, hoffentlich sieht mich niemand!*

Heute bin ich gnädig und werfe sie mir nicht über die Schulter. Trotzdem muss das echt aufhören. Ich bin kein Mann, der Frauen auf fucking Händen trägt, verdammt!

Kurz hadere ich mit mir, wohin ich sie bringen soll. Ins Haupthaus will ich sie nicht tragen, weil ich ihr, wie gesagt, nicht traue.

In die Nähe meiner schwangeren Schwester würde ich sie im Leben nicht lassen.

Dalila, meine jüngste Schwester, ist mit ihren hormongesteuerten neunzehn Jahren viel zu unreif, um auf sie aufpassen zu können.

Dayron würde schamlos über die bildschöne Amara herfallen. Sobald sie flatternd ihre Augen öffnen würde, hätte sie seinen tätowierten Schwanz zwischen ihren Schenkeln.

Cirilo und Donna sind keine Option. Nicht, nachdem ich jetzt weiß, was ich glaube zu wissen.

Wenn ich Amara bei den Wachen ablade, dann kann ich sie genauso gut ins Leoparden-Gehege werfen. Mir sind die Blicke der Männer nicht entgangen, als ich sie angeschleift habe.

Sie würden sie zerfetzen. Amara ist verdammt hübsch und dabei weiß sie es vermutlich noch nicht mal. Die Männer allerdings schon. *Und ich weiß nicht, warum mir das nicht passt, okay?!*

Also bleibt mir nur noch eine Option, die mir unbarmherzig die Galle meine Kehle nach oben treibt. *Das* war definitiv nicht der Plan, doch im

Moment habe ich keinen anderen. Um diese Uhrzeit schon gar nicht.

Mit einem wütenden Knurren trete ich meine Haustür auf und lege den völlig weggetretenen Zwerg auf meiner schwarzen Ledercouch ab.

Genervt schnaubend, weil ihr Anblick in meinen vier Wänden so irritierend ist, krame ich mein Handy aus der Hosentasche und rufe den Arzt an.

Immer wieder gleitet mein Blick ungläubig über diese filigrane Frau auf *meiner* Couch in *meiner* Casita. Das ist neu und befremdlich. Ich mag das nicht. Echt nicht.

Hier sind unzählige Nutten ein und aus gegangen, aber keine ist je geblieben oder lag auf meiner Couch – geschweige denn in meinem Bett. Um Druck abzubauen, reicht ein schneller Fick im Stehen, wie sich erst gestern wieder gezeigt hat.

Für harten Sex, um Dampf abzulassen, brauche ich keinen weichen Untergrund, damit der Arsch der Schnalle bequem gebettet ist. Pff, das wäre ja noch schöner!

»*Buenas noches*«, begrüße ich das Milchgesicht von Arzt gereizt und balle eine Hand zur Faust. »Komm in meine Casita. Und ... beeil dich.«

Die letzten Worte wollen beinahe nicht meinen Mund verlassen, weil sich alles in mir dagegen sträubt, dass ich mich um diese Frau sorge.

Ein heftiger Krampfanfall schüttelt sie durch, was mir einen sonderbaren Stich versetzt. *Scheiße, was ist mit dir, princesa?*

Der beschissene Doc braucht gefühlt eine Ewigkeit, die ich genutzt habe, um Amara mit einem kalten Lappen den Schweiß von der Stirn zu tupfen. Fuck, ich führe mich auf wie eine Glucke, aber sie glüht immer mehr und ich weiß nicht, was ich tun soll.

Manchmal flattern ihre Augen unkontrolliert, aber sie scheint nicht richtig wach zu sein. Es versetzt mir dumpfen Stoß im Inneren, diese unbeugsame Frau derart hilflos zu sehen.

»Endlich«, schnauze ich das Pimmelgesicht an, das seine Hornbrille hektisch den Nasenrücken nach oben schiebt und mit seinem Köfferchen hereneilt.

Sein Blick fällt auf die verglasten Wände, die einen Großteil meiner Casita einnehmen, dann stockt er mitten in seiner Bewegung, als würde er zu einem Eiszapfen gefrieren.

»Da ... da sind ...«, stottert er kreidebleich und ich parke meine große Hand straff in seinem Nacken, was ihn fürchterlich zusammenzucken lässt.

»Leoparden, ja«, beschwöre ich ihn mit Nachdruck, weil die Tiere ja nicht *im* Haus sind, sondern hinter der Scheibe. »Jetzt mach dir nicht ins Höschen und geh an die Arbeit!«

Das war mit Abstand meine geilste Idee. Die Hälfte der Wohnzimmer-Außenwand, sowie zwei Drittel des Schlafzimmers grenzen an das Raubkatzen-Territorium, weil ich meine Tierchen einfach gerne bei mir habe. Aber eben nicht im Haus.

Das wäre nicht so spaßig, seit sie ausgewachsen sind. Nicht, weil sie mich angreifen würden. Eher würde ich mir um die Einrichtung sorgen machen, an der sie aus Langeweile knabbern würden.

Dayron und ich haben beide mit der Flasche aufgezogen, nachdem sie uns bei einer außer Kontrolle geratenen Drogenübergabe spontan in die Hände gefallen sind.

Die zwei wurden illegal eingeführt, denn auf Kuba gibt es alles, nur keine Raubtiere. *Zumindest keine auf vier Füßen ...*

Als würde der Doc ein einstudiertes Programm abspielen, tastet er nach Amaras Puls, nachdem er sich wieder gefangen und zur Couch aufgeschlossen hat.

Anschließend prüft er die Temperatur und fährt den Brustkorb mit seinem Stethoskop ab. Dabei schiebt er seine Wurmfinger unter ihr Shirt und mich durchfährt der unbändige Drang, ihm diesen verschissenen Arm einfach abzureißen. *What the fuck?!*

»Seit wann ist sie in diesem Zustand?«, fragt er total abwesend, weil er zeitgleich an Amara herumnestelt, was ich mit Argusaugen verfolge.

Wenn er sie betatscht, breche ich ihm das Genick. Nicht, weil ich das Bedürfnis habe, Amaras Ehre zu verteidigen, sondern weil ich es nicht leiden kann, wenn Frauen missbraucht oder gegen ihren Willen angefasst werden.

Ich habe zwei Schwestern und eine minderjährige Nichte. Wenn ich nur daran denke, dass ein Wichsgesicht mal in dieser Art und Weise Hand an sie legt, dann zuckt mein Auge gefährlich heftig.

»Weiß ich nicht«, knirsche ich aus zusammengebissenen Zähnen.

»Hat sie etwas gegessen, worauf sie allergisch sein könnte?«

»Was weiß ich?« *Fuck, warum fragt er mich so einen Scheiß?*

»Hat sie irgendwelche Krankheiten? Epilepsie? Diabetes?«

»KEINE AHNUNG!«, werde ich jetzt laut, weil er mir Fragen stellt, die ich nicht beantworten kann.

Woher soll ich all das wissen? Ich habe diese Frau nicht hierher geholt, um mit ihr zu plaudern oder mir ihre Krankenakte einzuverleiben.

Don Juan wollte sie. Ich weiß absolut nichts über sie, außer, dass ihr wunderschöner Kackname Amara ist.

»Besteht die Möglichkeit einer Schwangerschaft?«

»Was zum Teufel?!«, keuche ich zwei Schritte rückwärts stolpernd, als der Arzt mir *diesen* Blick zuwirft.

»Von mir ganz sicher nicht!«

»Ich muss das fragen, *excusa*«, verteidigt er sich mit gedämpfter Stimme und wendet den forschenden Blick wieder ab. *Besser ist das für dein Leben, Kumpel!*

»Was hat sie?« Ich klinge angespannt und das gefällt mir nicht.

»Ich weiß es nicht genau. Es könnte sein, dass es sich um das Havanna-Syndrom handelt. Diese Krankheit ist sehr umstritten und ...«

»Bullshit!«, falle ich ihm barsch ins Wort. »Diese Krankheit ist erfundener Bullshit! Scheiße, bin ich der Arzt oder du?«

Fassungslos fahre ich mir mit einer Hand durch das Haar und beobachte mit verengten Augen, wie der Pisser zwei Spritzen aus seinem Koffer zaubert.

»Was ist das?«, frage ich gepresst und so schnell, dass ich es nicht stoppen kann.

Keine Ahnung, warum, aber ich will wissen, was er ihr da unter die Haut jagt. Seine Fragen haben mich verunsichert. Was, wenn sie auf etwas reagiert hat? Oder auf das Mittel reagiert, das er ihr spritzen will?

Es sollte mir scheißegal sein. Nein, es *muss* mir egal sein und es macht mich ein bisschen wahnsinnig, weil es das allem Anschein nach nicht ist.

Ich war schon immer ein Mensch, der von seinem ausgeprägten Instinkt geleitet wurde. Und der sagt ganz klar und deutlich: *Nimm sofort deine Griffel von dieser Frau, du Wichser!*

»Ich verabreiche ihr ein Myotonolytikum, was ihre Muskeln entspannt und ein Schmerzmittel, damit sie heut Nacht schlafen kann«, erklärt der Arzt auch für mich verständlich, wofür ich ihm dankbar bin.

Andernfalls müsste ich weitere dämliche Fragen stellen und mich hinterher für mein Weichei-Gehabe in Grund und Boden schämen. Oder ihn aufschlitzen, weil er dann glauben wird, dass ich mich um sie sorge. *Never!*

»Wird es helfen?« *Warum interessiert es mich, zum Teufel?!*

»Das werden wir sehen. Sie sollte die Nacht auf jeden Fall unter Beobachtung stehen und nicht allein sein. Betten Sie ihren Kopf beim Schlafen höher. Das Muskelrelaxans birgt das Risiko, dass sie ihre Zunge verschlucken könnte.« *Na wunderbar.*

Er sagt, du könntest deine Zunge verschlucken, mi amor. Wie findest du das?

»Sonst noch was?«, seufze ich genervt, weil der Abend nicht so verlaufen ist, wie ich es mir vorgestellt hatte. Weil ich seit einer Woche einfach nur eine beschissene Nacht durchschlafen will. Nur eine Einzige, verdammt!

»Ja, geben sie ihr ausreichend zu trinken und zu essen, damit sie wieder zu Kräften kommt. Muskelkrämpfe in diesem Ausmaß verlangen dem Körper alles an Energie ab. Sie sollte sich schonen, mehr noch, wenn sie an den vorherigen Tagen unter enormem Stress stand.«

Will er mich verarschen? Ich glaube schon, denn wieder wirft er mir einem Blick über die Schulter zu, der mir nicht gefällt. Es ist ein Blick, als wüsste er genau, wie es Amara die letzten Tage und Nächte ergangen ist, gepaart mit einem Haufen erfundener Scheiße, die er sich in seinem Kopf zusammen spinnt.

Er soll seine dämliche Schnauze halten und gefälligst seinen Job machen, für den er mehr als teuer entlohnt wird.

»Ich würde auch gern die Schnittverletzung versorgen, wenn es Recht ist«, faselt er weiter und ich pumpe meine Faust, statt ihm eine aufs Maul zu hauen.

Mein mürrisches Knurren wertet er wohl als Zustimmung, denn schon macht er sich über Amaras Hals her und verschließt die Wunde, nachdem er sie gesäubert hat, mit einem großen Pflaster.

Dann beobachte ich, wie die erste Nadel ihre Hautschichten durchstößt und unter ihrem Fleisch verschwindet.

Mein Kiefer ist angespannt. Ich knirsche mit den Zähnen und erst, als die Spritze aus der Haut gezogen wird, fällt mir auf, dass ich meine Hand erneut unbewusst zur Faust geballt habe. Schnell lockere ich meine Finger. *Was ist denn los mit mir?!*

Mit schief gelegtem Kopf tasten sich meine Augen an Amaras schlankem Arm höher und bleiben an einer rötlichen Stelle hängen, die geschwollen ist, während der Arzt ihr die zweite Nadel setzt, was mich um ein Haar durchdrehen lässt.

»Was ist das?«, murmle ich eher zu mir selbst und greife nach ihrem Arm, um mir die entzündete Haut genauer anschauen zu können, indem ich den Ärmel des Shirts höher schiebe.

Der Doc schmunzelt dämlich vor sich hin, was ich gar nicht einordnen kann, weshalb ich ihn mit zusammengezogenen Brauen fragend und mahnend zugleich anstarre. *Geh mir bloß nicht auf die Nüsse, Arschloch! Heute ist das Eis besonders dünn.*

»WAS?!«, blaffe ich frei von jeglicher Beherrschung. Der Depp pisst mich echt an.

»Ihre Sorge um das Mädchen ist größer, als die Angst, sich bei ihr anzustecken«, meint er mit einem Lächeln in der Stimme und zuckt entschuldigend mit den Schultern.

Okay, tief atmen. Ein und aus. Ein und aus. Immer wieder, bevor ich den letzten Rest an Selbstkontrolle verliere und ihm meine Faust so lange in die Fresse dresche, bis er nur noch ein blutig entstellter Haufen Scheiße ist.

»Ich mein ja nur, weil Sie sie anfassen, obwohl wir nicht wissen, was genau sie hat«, setzt er sich räuspernd hinterher, was mich aufgebracht schnauben lässt. »Sieht aus wie ein Stich. Oder ein Biss.«

»Ein Spinnenbiss?«, frage ich angespannt, weil ich mich daran erinnern kann, dass Mama mich als Kind vor der Schwarzen Witwe gewarnt hat, die sich hier im Dschungel gerne rumtreibt.

Ihr Gift ist für Menschen eigentlich nicht dramatisch, aber die Symptome würden passen. Schüttelfrost, Fieber, Krampfanfälle, Bewusstlosigkeit bei zu später Behandlung.

Wenn man solch einen Biss nicht mit einem entsprechenden Gegenmittel behandelt, dann können die Symptome über Tage andauern.

»Möglich«, meint der Doc mit nachdenklich gerunzelter Stirn und streicht mit Daumen und Zeigefinger über sein blank rasiertes Kinn. »Ich hab ein Antidot, das ich ihr jetzt allerdings nicht verabreichen kann, weil es sich mit dem Myotonolytikum nicht verträgt. Sie müssen es ihr in drei Stunden spritzen. Kriegen Sie das hin?«, fragt er mich doch allen Ernstes.

Erstens würde ich ihm gerne sagen, dass ich nicht Krankenschwester für eine Gefangene spielen werde, weil ich nicht ihre kleine Bitch bin. Und zweitens will ich mich über seine Frage totlachen.

Wieso sollte ich es nicht hinbekommen, dieser Frau eine Nadel unter die Haut zu rammen? Weiß dieser hässliche Lurch, was ich tagtäglich mit einem Messer oder einer Knarre veranstalte? Scheiße, der spinnt doch!

»Muss ich mit irgendwelchen Nebenwirkungen rechnen?«, ist meine letzte Frage, bevor ich ihn vor die Tür setze, weil ich müde, angepisst und gereizt bin.

»Keine Nebenwirkungen. Allerdings ... Ich weiß nicht, wie fit das Mädchen die Tage zuvor war, aber ich muss Sie darauf hinweisen, dass sie an diesem Biss sterben könnte. Die Wahrscheinlichkeit ist wirklich sehr gering, aber jedes Immunsystem arbeitet anders. Als Arzt ist es meine Pflicht, Sie darauf aufmerksam zu mache. Nur, damit Sie auf das Schlimmste vorbereitet sind. Wenn es zu Komplikationen kommt, können Sie mich jederzeit erreichen.« *Alter, verpiss dich einfach!*

»Danke und jetzt raus.« Mit diesen Worten, die unterkühlter nicht klingen könnten, schiebe ich den kleinen Wicht samt seinem Arzneiköfferchen zur Tür hinaus und werfe sie mit Nachdruck in die Angeln.

Angespannt massiere ich mir die Nasenwurzel und hole mit geschlossenen Augen tief Luft. Was soll das? Wieso ist diese Frau hier? Warum habe ich sie nicht einfach in diesem Scheißkellerloch ihrem Schicksal überlassen?

Als ich mich zu der weggetretenen Amara umdrehe, raufe ich mir das Haar. Das ist doch ein schlechter Witz! Jetzt soll ich Wache schieben, damit sie nicht krepiert oder was? Was für ein abgefuckter Scheiß ...

Mit einer energischen Bewegung stopfe ich ihr zwei Kissen unter den Kopf, damit sie fast sitzend schläft, und verziehe mich dann in mein Schlafzimmer.

Dort werfe ich mich ruhelos von einer Seite auf die andere und kapiere nicht, woher die Spinne kam. Das Anwesen ist sauber. Immer.

Hier ist der Ort, wo Don Juan seine Nachkömmlinge züchten lässt, die seine Macht immer weiter stärken, und er selbst würde im Leben nicht riskieren, von einem Spinnenbiss dahingerafft zu werden. Ob das auch Absicht war? Hat die Spinne jemand bewusst in die Zelle gebracht?

Mein Gedankentornado nimmt kein Ende und driftet immer wieder zu Amara in meinem Wohnzimmer ab. Fuck, das wird so nichts.

Also stehe ich wieder auf und hole sie in mein Bett. *Ja, bla! Ich würde sie viel lieber vor die Tür werfen, aber was soll ich machen?*

Der Anblick ihres zierlichen Körpers, der restlos von den schwarzen Laken verschluckt wird, verstört mich zutiefst. Weil ich mich garantiert nicht zu ihr legen werde, sie es im Bett aber um Längen bequemer haben wird, verpisse ich mich auf die Couch.

Natürlich bekomme ich auch dort kein Auge zu und schrecke panisch auf, als ein Keuchen an meine Ohren dringt. Sofort bin ich neben dem Bett und starre eindringlich auf Amara runter.

Sie träumt anscheinend, weil sie sich mit einem gequälten Gesichtsausdruck windet.

Ob sie Schmerzen hat? Was interessiert es mich überhaupt? Scheiße, das kotzt mich echt an, wie lange nichts.

Ich lege mich zurück auf die Couch und schließe wieder meine Augen. Kontrolliert atme ich ein und aus, balle meine Hände zu steinharten Fäusten und würde am liebsten schreien, weil ich total übermüdet bin und trotzdem kein verficktes Auge zu bekomme.

Was, wenn sie erstickt, während ich schlafe? Oder jetzt einfach stirbt? In meinem Bett. *Oh mein Gott, ich werd irre!*

Das nächste Geräusch aus dem Schlafzimmer sprengt mich auf und dann gebe ich auf. Ich stopfe mehrere Kissen von der Couch um Amaras Kopf herum, damit er nicht kippen und sie ihre Zunge verschlucken kann, und lege mich auf die andere Seite des Kingsize Bettes. Mit ausreichend Sicherheitsabstand, versteht sich. *Du liegst in meinem Bett, princesa. Solltest du die Nacht überleben, dann feiern wir morgen eine Party, denn das ist eine verdammte Weltsensation!*

Mein Blick gleitet über ihr Gesicht, das jetzt entspannt aussieht, seit ich neben ihr liege. Das ist so absurd! Spürt sie etwa meine Anwesenheit? Und wenn ja, wieso entspannt sie das dann? Ich werde nicht schlau aus diesem Zwerg, ganz ehrlich ...

Weil ich weiß, dass sie ganz sicher schläft und mich hier niemand sieht, taste ich vorsichtig ihre Stirn ab. Das Fieber scheint bereits zurückzugehen. Auch die Krampfanfälle haben nachgelassen.

Ein Blick auf meinen Wecker, dessen Uhrzeit in leuchtend weißen Ziffern an die Wand projiziert wird, sagt mir, dass es Zeit für das Gegenmittel ist. Also stehe ich wieder auf. Man könnte meinen, dass ich heute Nacht nach Meilen bezahlt werde ...

Ich schnappe mir das Medikament in dem kleinen versiegelten Glasfläschchen, das der Idioten-Doc mir dagelassen hat, und ziehe die beiliegende Spritze damit auf, nachdem ich sie aus der Verpackung geholt habe.

Als ich nach Amaras Arm greife, spüre ich, dass sie eiskalt ist. Dann fällt mein Blick auf ihr zierliches Handgelenk, das ich viel zu grob gepackt habe und auf dem sich bläulich schimmernd meine großen Fingerabdrücke abzeichnen.

Ich schließe die Augen, atme tief ein und stoße die Luft dann kraftvoll wieder aus. Das war nicht cool von mir, aber ich war so verdammt wütend, weil Donna mir diesen absurden Gedanken in den Schädel gepflanzt hat. *Das war nicht richtig, mi amor und es tut mir leid ...*

Das würde ich im Leben nicht laut aussprechen. Ich kann mir ohnehin nicht erklären, was das ist, das mich mit einem Mal überkommt. Zuneigung?

Scheiße, das ist so falsch, aber gerade im Moment kämpfe ich nicht dagegen an. Morgen wieder. Heute nicht, denn ich bin zu müde. Zu ausgelaugt für diesen ständigen innerlichen Kampf.

Mit einem letzten Blick in Amaras zartes Engelsgesicht setze ich die Nadel an ihrem Oberarm an und lasse die klare Flüssigkeit in ihren Blutkreislauf gleiten.

Das Gefühl, sie mit dem Ding zu stechen, ist tatsächlich sonderbar und ich habe erneut kurz gezögert, was überhaupt nicht zu mir passt.

Kopfschüttelnd werfe ich das benutzte Medikamentenzeug in den Mülleimer im Bad, wasche meine Hände und gehe zurück zum Bett. Dort hebe ich das Fliegengewicht mit einem Arm von der Matratze, schlage die Decke zurück und bette sie wieder darauf, um sie anschließend zuzudecken.

Ich rücke die Kissen zurecht und lege mich mit geschlossenen Augen zurück auf die andere Seite.

Nur bleiben diese verdammten Augen ums Verrecken nicht zu! Nein, stattdessen gleiten sie wieder auf. Richten sich erneut auf diese seltsame Frau, die da einfach in meinem Bett liegt. *Was soll diese Scheiße eigentlich, Amara? Du kannst da nicht einfach liegen und schlafen!*

Das ist nicht richtig. Wenn Don Juan morgen beschließen sollte, dass er sie nicht mehr braucht, dann muss ich ihr den goldenen Schuss verpassen. Ich werde ihr direkt gegenüberstehen, wenn sämtliches Leben aus ihr sickert und ihre feurigen Augen leblos und leer werden.

Aber jetzt habe ich mich um sie gekümmert und das verkompliziert die Sache ungemein.

Sie sieht so friedlich aus, wenn man von ihrem zerzausten Haar, den Blessuren, ihren schmutzigen Armen und aufgeschürften Beinen absieht. Ich streiche ihr aus einem idiotischen Impuls heraus die dunklen Strähnen aus dem Gesicht, spüre ihre warme, weiche Haut unter meinen rauen Fingerkuppen und bette meinen Kopf auf einen angewinkelten Arm.

Keine Ahnung, wie lange ich ihrem Brustkorb dabei zusehe, wie er sich unter ihren gleichmäßigen Atemzügen sanft hebt und senkt, aber irgendwann fallen mir die Augen zu.

Ich drifte in einen tonnenschweren Schlaf, der mich restlos verschluckt, wie lange nichts.

Amara

Kapitel 19

Booboom. Booboom. Booboom. Eine Trommel zieht durch meinen trägen Verstand. Kraftvoll und beruhigend zugleich. Immer in denselben Abständen.

Blinzelnd gleiten meine Lider auf. Gleichzeitig rast mein Herz los, weil ich instinktiv weiß, dass etwas nicht stimmt. Mir ist so gottverdammt heiß, dass ich Schweißperlen in meinem Nacken kitzeln fühlen kann, während gleichmäßige Atemzüge wie eine sanfte Meerbrise über meinen Kopf hinwegfegen.

Meine Unterlage, auf der ich liege, ist hart. Warm. Weich. NACKT! Es ist ein nackter, hügeliger, glatt rasierter Brustkorb und bei allen Göttern dieser Erde, wieso ist da ein Brustkorb unter meinem Gesicht?!

Stockend blinzele ich benommen und spüre erst jetzt eine Hand, die ... oh mein Gott ... die um mich geschlungen ist und auf meinem Arsch liegt. *Was zur Hölle?!*

Äußerst konzentriert ringe ich um Atem, weil ich jeden Moment bewusstlos in mich zusammenklappe. Mein Herz kann sich nicht entscheiden, ob es losrasen oder einfach tot umfallen will. Ich will tot umfallen, denn ich liege auf ihm. Auf Keno! *WIESO?!*

Mit einem Ruck werfe ich mich herum, weil ich von diesem duftenden Ofen sofort abrücken muss, bevor das gigantische Prickeln unter meiner Haut mich zu Tode quält. Das ist nicht richtig! Ich kann doch nicht einfach hier mit ihm liegen. In einem Bett! Halbnackt! *Was ist passiert?! War ich auf Droge? Betrunken? Hat er mich erneut ohnmächtig gemacht und mich absichtlich auf seinem perfekten Brustkorb drapiert, damit ich an meinem frühmorgendlichen Schock sterbe? Wo zum Teufel sind wir überhaupt?*

Meine Augen fixieren eine strahlend weiße Wand über mir, die mir absolut fremd ist.

Ich traue mich kaum, zu atmen, weil ich sofort in den Panikmodus verfalle. Weich gebettet liege ich zwischen tiefschwarzen Laken, die mich vollends verschlucken. Mit Kenos Arm, der noch immer unter mir liegt. Kein Lehmboden.

Es riecht sauber, frisch und ... männlich. So männlich, dass ein unangebrachtes Prickeln in meinem Bauch entsteht und innerhalb von Sekunden einen Blutsturz der Extraklasse verursacht. *Fuck!*

Angestrengt schlucke ich gegen die Trockenheit meiner Kehle an, ohne mich zu rühren, aus Angst das schlafende Monster neben mir zu wecken. Oh mein Gott, Keno liegt direkt neben mir! *Ich lag auf dir! Hab ich dir die Brust vollgesabbert? Ich trau mich nicht schauen, Keno, weil ich dann vermutlich ausraste ...*

Seine gleichmäßigen Atemzüge fächern jetzt federleicht über die empfindliche Haut an meiner seitlichen Halsbeuge hinweg, was mich ganz hibbelig macht und eine dichte Gänsehaut über meine verkrampften Glieder schickt.

Ich kann ihn riechen. Ihn noch immer an meinem Körper fühlen. Seine Hitze strömt direkt von seiner nackten Perfektion auf mich über, was mir nur umso heftiger den Schweiß ausbrechen lässt. Wir hatten Körperkontakt! Haut an Haut! Wie lange? Etwa die ganze Nacht? *Fuckfuckfuck!*

Warum zum Teufel liege ich mit diesem Höllenhund in einem Bett? Ich versuche, die Highlights der letzten Nacht zusammenzubekommen. Der Folterkeller. Die falschen Anschuldigungen. Kenos

Zorn. Donna. Der Spinnenbiss. Meine Schreie. Dann ist alles verschwommen.

Mein Blick schweift umher und ich würde vermutlich verzückt kreischen, wenn ich nicht wie zugeschnürt wäre. Egal, wohin Keno mich letzte Nacht gebracht hat, dieses Zimmer ist ... unbeschreiblich. Mir fehlen ehrlich die Worte.

Zwei Wände bestehen *komplett* aus Glas. Da ist kein Stein, kein Holz, einfach nur diese durchsichtige Scheibe.

Hinter einer Seite der gigantischen Glasfront - die, auf der Keno schläft - erstreckt sich der endlose Dschungel in saftigen Grüntönen. Fuck, wir liegen quasi mittendrin in diesem unwirklichen Tropenwald!

Ein aufgeregtes Kribbeln erfasst mich, weil ich sowas noch nie zuvor gesehen habe. Es sieht wunderschön, fast wie in einem Traum aus. Der Architekt war ein verdammtes Genie.

An der anderen Glaswand grenzt das Kopfteil des Bettes, in dem wir liegen. Wir! Oh mein Gott, das ist so absurd ...

Langsam lege ich meinen Kopf in den Nacken, um zu sehen, welcher Anblick mich dort erwartet. Auch der Dschungel?

Nein. Scheiße, nein, es ist nicht der Dschungel! Panisch kralle ich meine Finger in meine Oberschenkel unter der Decke, als ich verkehrt herum in das Gesicht einer Raubkatze blicke.

Sie ist gefleckt. Viel zierlicher, als das schwarze Ungetüm, das mich letztens so erschreckt hat, und trotzdem so verdammt riesig, wie sie da über mir aufragt.

Misstrauisch beobachtet mich das Tier von oben herab. Der Kopf ist gewaltig, irgendwie aber auch flauschig und ich schrumpfe innerlich zusammen, weil diese einschüchternde Präsenz von dem Leoparden ausgeht.

Nie zuvor war ich in solch unmittelbarer Nähe einer Raubkatze. Die unglaublich blauen Augen sind mir so nah, dass ich die helle Maserung darin erkennen kann. Jedes einzelne Schnurrhaar kann ich zählen und halte noch immer ehrfürchtig den Atem an. *Das ist total irre!*

Direkt hinter dieser Glasscheibe liegt also das Leoparden-Gehege, das auch einen Großteil des Innenhofs einnimmt. Wir haben quasi Arsch an Arsch mit diesen Tieren geschlafen. *Das ist verrückt!*

Ich könnte dieses brandgefährliche, majestätische Wesen direkt von meiner Position aus berühren, würde uns die Scheibe nicht voneinander trennen. Schließlich wendet es sich ab und ich stoße den angehaltenen Atem leise aus.

In Zeitlupe richte ich mich auf und höre mein Herz überlaut in meinen Ohren klopfen. Vorsichtig schiebe ich einen nackten Fuß unter der Decke hervor, bis er den anthrazitfarbenen Boden berührt.

Ein zaghafter Blick über die Schulter verrät mir, dass Keno noch immer schläft. Also so richtig. Als hätte man ihn erschossen. Im Leben nicht hätte ich gedacht, dass er dermaßen tief wegdriften kann. Er ist so weggetreten, dass er nicht mal bemerkt, wie ich das Bett verlassen will.

Zu meiner absoluten Verwunderung bin ich auch nicht angekettet, sondern kann mich frei bewegen. Entweder hat er über Nacht urplötzlich Vertrauen in mich entwickelt oder er weiß selbst gar nicht, wie losgelöst er schlafen kann.

Für ein paar Sekunden mustere ich den verboten schönen Mann, der im Augenblick nicht ansatzweise furchteinflößend wirkt. Eher unglaublich friedlich. Entspannt. Und irgendwie ... süß.

Er würde mich garantiert umbringen, wenn er wüsste, dass ich ihn so bezeichnet habe. Sein Kopf ist auf einer Seite tief ins Kissen gedrückt, was sein perfektes Gesicht ein bisschen verschiebt und ein paar dunkle Strähnen hängen ihm verwegen in die Stirn.

Wie ungerecht ist es bitte, dass er selbst beim Schlafen so verboten gut aussieht?

Zwischen seinen Brauen ist nicht die übliche Zornesfalte zu sehen. Die Haut dazwischen ist stattdessen ganz glatt. Seine seidig weichen Lippen stehen einen Spalt offen und ich muss dem Drang widerstehen, länger als nötig zu starren.

Krampfhaft zwinge ich mich dazu, den Blick abzuwenden, und stehe geräuschlos auf. Meine Eingeweide brennen, als hätte ich Säure getrunken und ich fühle mich trotz der frischen Luft hier drin, als würde ich jeden Augenblick ersticken.

Die Sonne ist noch nicht vollständig aufgegangen und taucht die Umgebung in ein sanftes Morgenlicht. Wieder fällt mein Blick auf die Glaswand, hinter der der Dschungel liegt und mich regelrecht zu sich lockt.

Weil Keno sich noch immer nicht rührt, schleiche ich auf die Tür zu und öffne sie mit zusammengepressten Augen so geräuschlos wie möglich und in der Hoffnung, nicht gleich einen gigantisch lauten Alarm auszulösen.

Doch es passiert nichts, also husche ich schnell hindurch. Dann bin ich draußen. Frei. Statt, um mein Leben zu rennen, was ich eigentlich echt tun sollte, steuere ich einen schmalen Trampelpfad links neben der Casita an.

Noch immer fühle ich mich leicht benommen und wahnsinnig schlapp, als ich weiter in den dichten Tropenwald vordringe und die frühmorgendliche Luft sich um meinen verschwitzten Körper schmiegt.

Zu dem mystischen Vogelgezwitscher gesellt sich mit einem Mal das sanfte Plätschern von Wasser. Jetzt tragen mich meine Beine schneller, zielstrebiger und ich folge dem rauschenden Geräusch, bis sich das dichte Grün lichtet und ich vor einer kleinen Lagune zum Stehen komme.

Mit angehaltenem Atem sauge ich das wunderschöne Naturbild in mich auf und spüre mein Herz aufgeregt flattern.

Die natürliche Schwimmoase ist eingefasst von dichten, sattgrünen Gewächsen mit knallpinken Blüten, die ein unvergleichliches Farbspiel zaubern.

Auf der hinteren Seite fällt Wasser aus einem kleinen Wasserfall in das aquafarbene Auffangbecken, in das sich lange Palmenblätter und Lianen strecken.

Nie zuvor habe ich etwas Schöneres gesehen, als diesen friedlichen Ort, der mir wie verzaubert vorkommt und eine sonderbare Ruhe in mir aufsteigen lässt.

Mit einer fließenden Bewegung streife ich mir das schmutzige Shirt vom Körper und lasse es achtlos zu Boden fallen. Genau in diesem Augenblick ist mir alles scheißegal. Ich muss ins Wasser, will mich von den kühlen Massen verschlucken und reinigen lassen.

Ohne anzuhalten, wate ich, begleitet von geheimnisvollen Tiergeräuschen, hinein und nehme einen tiefen Atemzug der feuchtwarmen Dschungelluft, die auf meiner Zungenspitze einen süßlichen Geschmack hinterlässt.

Dann tauche ich ab und fühle mich für einen winzig kleinen Moment fast schwerelos und frei von sämtlichen Problemen oder Sorgen. Ich vergesse sogar für ein paar Sekunden, wo ich bin und das ich hier gegen meinen Willen gefangen gehalten werde.

Ich drehe mich auf den Rücken, breite meine Arme und Beine aus und atme tief. Lasse mich treiben und lausche mit den Ohren unter Wasser meinem eigenen Herzschlag, der gleichmäßig und ruhig erklingt.

Doch die Ruhe zerplatzt wie eine Seifenblase in der Luft, als ich nach einer Weile aus dem Wasser tauche, mit beiden Händen mein nasses Haar zurückstreiche und ein scharfes Räuspern an meine Ohren dringt.

Innerlich versteife ich mich, doch ich beschließe gefasst zu bleiben. Zumindest so gut es mir gelingt, denn im Grunde weiß ich jetzt ziemlich sicher, dass Keno mir nichts tun wird.

Als ich gestern in meiner Zelle zusammengebrochen bin, muss er gekommen sein, um mich zu holen. Außerdem habe ich drei Einstichstellen an meinem rechten Arm gesehen, die leicht bläulich verfärbt sind.

Also war ein Arzt bei mir, den wohl er herbestellt hat, um nach mir zu sehen.

Und dann ist da noch die Tatsache, dass ich in seinem Bett aufgewacht bin. Auf *ihm*! Er hätte mich auch auf dem Boden schlafen lassen können. Angekettet. Doch das hat er nicht und ich finde, das sagt ziemlich viel über diesen unterkühlten Steinbrocken aus.

Ich streiche mir mit beiden Händen das nasse Haar zurück und richte meinen Blick auf den friedlich vor sich hin rauschenden Wasserfall, statt mich zu ihm umzudrehen.

Eine Weile noch will ich die beruhigende Stille genießen, bevor das Drama wieder mit Vollgas auf mich einstürzt.

Keno

Kapitel 20

Wie zum verfickten Teufel konnte sie sich aus dem Bett schleichen, ohne, dass ich es mitbekommen habe?

Ich weiß nicht, welcher Panzer mich überrollt hat, aber ich habe geschlafen wie ein verdammter Stein. Tiefer als jemals zuvor in meinem Leben, weil ich zum ersten Mal nicht das Bedürfnis hatte, wachsam sein zu müssen.

Vielleicht lag es daran, dass zum ersten Mal jemand neben mir gelegen hat. Vier Ohren hören mehr als zwei. Möglicherweise habe ich mich deshalb mehr als sonst entspannt. *Oder es war dein Geruch, princesa. Vielleicht hat der mich einfach wie das absolute Gift ausgeknockt und ich hinterfrage gerade echt nicht, was das zu bedeuten hat ...*

Jetzt stehe ich an *meinem* Lieblingsort in diesem gottlosen Land und weiß nicht, ob ich ausrasten oder lachen soll. Ich bin hier, am einzigen Ort auf dieser beschissenen Welt, der mich immer runterbringt, außer heute. Heute lässt er das Blut kochend heiß in mir aufwallen.

Was glaubt diese Schlumpfine eigentlich, wer sie ist, dass sie einfach hierher kommen kann? Wie kann sie überhaupt auf den Beinen sein, nachdem sie gestern vollkommen außer Gefecht war? *Schreckst du denn vor gar nichts zurück?*

Und warum zur Hölle muss sie so fucking schön sein? Ja, ich finde echt keine andere Bezeichnung dafür. Erschießt mich, aber es ist eine beschissene Tatsache.

Die Kulisse an sich ist schon nicht mit Worten zu beschreiben, aber die kleine Amara inmitten all dieser wilden Schönheit zu sehen ist sowas von absurd.

Noch immer steht sie mit ihrer Rückseite zu mir, bis zu ihrem sündigen Arsch im Wasser, und ich kann ihre zierliche Sanduhrfigur ausmachen, während ihr Haar nass über ihren schlanken Rücken bis zu ihrer schmalen Taille fällt. Das geht gar nicht! *Mach dieses Bild sofort weg, Amara, bevor es sich auf Lebzeiten in mein Unterbewusstsein brennt!*

Allein wegen diesem Anblick würde ich ihr am liebsten die Klinge meines Jagdmessers in die samtweiche Kehle rammen, bis unaufhörlich Blut fließt. Oder sie bewusstlos vögeln. *Heilige Scheiße!*

»Raus aus dem Wasser. Sofort!«, schnauze ich sie unbeherrscht an, weil ich noch gar nicht richtig wach bin und mich schon wieder aufregen muss wegen ihr.

»Nein.« Keine Ahnung, wie sie es schafft, in ein einziges Wort derart viel Trotz zu legen.

Es ist anscheinend ihr Lieblingswort, denn ich höre es nicht zum ersten Mal und frage mich, was ich tun muss, wie weit ich es treiben müsste, um ein beschissenes ›ja‹ von ihr zu hören.

Wieder muss ich ihre Unerschrockenheit bewundern. Oder ist es Dummheit? Todessehnsucht? Keine Ahnung, aber es ist verdammt heiß.

»Es ist verboten, auf Kuba blank zu ziehen, und du willst mit deinem kleinen Knackarsch nicht in einem Knast versauern, das kannst du mir glauben, *princesa*«, schnaube ich angepisst mit verschränkten Armen und spüre, wie mir langsam die Geduld ausgeht, weil ich keinen Bock habe, mit ihr zu diskutieren. Um sechs Uhr morgens! *Was ist das, Amara?*

Sie ist eine Gefangene und so soll sie sich gefälligst auch verhalten. Was macht sie stattdessen? Spaziert hier herum, als würde sie hier *wohnen*. Das muss man sich mal vorstellen!

»*Excusa*«, dringt es mit amüsierter Stimme an meine Ohren, was mich hart um Fassung ringen lässt.

Wie kann sie belustigt klingen bei meinem schneidenden Tonfall? Hat sie vergessen, dass ich sie gestern um ein Haar aufgeschlitzt hätte? »Ich hatte leider keine Zeit, mich vor meiner Ankunft mit dem Reiseratgeber vertraut zu machen.«

Eine Mischung aus Frustration und Erstaunen packt mich bei ihren Worten, die so trocken kommen, dass tatsächlich ein Lachen aus mir heraus bricht.

Es löst sich aus den Tiefen meiner Brust, kriecht meine Kehle hinauf und rollt einfach über meine Lippen. Scheiße, ich lache nie! *Warum tust du mir das an?*

Und warum zum Teufel ist sie überhaupt derart frech zu mir? Ist ihr klar, dass sie gestern – aus mehreren Gründen, einer davon war ich – um ein Haar krepiert wäre?

»Du solltest so echt nicht mit mir reden«, warne ich sie, während meine Augen sich in ihre nackte Rückseite fressen, die verboten scharf aussieht. »Ich könnte dich zerreißen, wenn ich wollte.« *Oh, mi amor, ich würde dich sowas von zerreißen. Es wäre wirklich besser, jetzt aus diesem Wasser rauszukommen!*

Das sage ich zum einen, weil es der Wahrheit entspricht. Zum anderen, weil es mich wütend macht, in welche Richtung meine Gedanken abdriften.

Oder sind es die Hormone? Wie kann das sein, nachdem ich gestern *drei* Huren ins Delirium gefickt habe, um meinen inneren Frust abzuladen und kurz an etwas anderes zu denken, als ständig nur an diese kleine Nymphe?

»Wie gesagt«, meint Amara mit einem Schmunzeln auf den vollen Lippen, als sie sich zu mir umdreht. »Ich hab keine Angst vor dir.« Das traut sie sich mir direkt ins Gesicht sagen. Einfach so.

»Die solltest du aber haben.« Das kommt rau und irgendwie gepresst, denn bei Gott, sie ist nackt. Komplett nackt und in all ihrer Weiblichkeit steht mir dieses kleine Biest jetzt gegenüber. Wie in der Dusche, nur konnte ich mich da beherrschen. Aber heute ...

Nur für den Bruchteil einer Sekunde scanne ich sie - die schmale Taille, den flachen Bauch, die festen Brüste mit der perfekten Rundung und den hart zusammengezogenen, dunklen Nippeln, die zarten Schlüsselbeine, das verlockende V zwischen ihren schlanken Beinen - bis mein Blick sich in ihrem Gesicht regelrecht festkrallt, damit meine Augen nicht versehentlich verrutschen.

»Angst ist des Teufels größte Illusion. Sie findet nur in deinem Kopf statt«, belehrt sie mich weich und klingt wie ein gottverdammter Klugscheißer, obwohl diese Worte sehr weise sind. »Warum bin ich hier?«

»Raus aus dem Wasser!«

»Warum bin ich hier?!«

»Das interessiert mich einen Scheiß!« Okay, das ist glatt gelogen. Würde sie mich einen Scheiß interessieren, dann hätte ich sie letzte Nacht in ihrer Zelle verrotten lassen. »Du kommst jetzt aus dem Wasser!«

»Nein! Erst will ich wissen, warum ich hier bin und wann ich gehen darf!«

»Du kannst mich mal und ich diskutiere nicht mit dir!«, zische ich mit geballten Fäusten, weil ich es absolut nicht ertrage, dass sie nackt ist.

Es kratzt an meiner Selbstbeherrschung wie lange nichts und das macht mich rasend vor Wut. *Schwanz, ich schwöre dir, wenn du dich jetzt auch nur einen Millimeter bewegst, dann hacke ich dich eigenhändig ab!*

»Warum bist du nur so?«, schreit Amara außer sich vor Zorn zurück und verschränkt die Arme vor der Brust, was ihre hübschen Titten noch weiter nach oben pusht.

Anscheinend hat sie vergessen, dass sie noch immer nackt ist. Ich hingegen nicht. Mein Schwanz auch nicht und bei allen Dämonen dieser gottlosen Erde, das geht so nicht. Sie muss sich etwas anziehen, weil mich dieser verboten scharfe Anblick echt killt.

»Man hat nichts zu verlieren, wenn man einsam lebt und unfreundlich ist«, knurre ich angefressen.

»Wie lange trägst du diese Maske schon, hm?!«, begehrt sie jetzt auf und macht einen erbosten Schritt auf mich zu, während ihre feurigen Rehaugen regelrecht überschäumen. »Weißt du überhaupt noch, wer du darunter eigentlich bist? Strengt es dich denn nicht an, ständig so verdammt arschig zu sein? Ich weiß, dass ich dir nicht egal bin! ICH HAB IN DEINEM BETT GESCHLAFEN, KENO! AUF DIR, ALSO SPAR DIR DEIN ARSCHLOCHGEHABE DOCH EINFACH, DENN ICH KAUF DIR DAS NICHT LÄNGER AB!«

Hä? Die zweite Info ist mir neu, doch ich unterbreche ihren hysterischen Ausbruch jetzt besser nicht, weil sie kurz so aussieht, als würde sie mir mit Anlauf ins Gesicht springen und mir mit ihren Nägeln die Augen ausstechen. Aber wenn sie mich jetzt nackt anspringt, dann werfe ich alle Manieren über Bord und kralle sie mir einfach. *Du bist scheißeheiß, wenn du wütend bist, mi amor ...*

»Du fährst besser, wenn du dich einfach damit abfindest, dass ich innerlich tot bin, ALSO HÖR AUF, MICH ANALYSIEREN ZU WOLLEN!« Alter Schwede, ich wollte gar nicht zurückbrüllen, aber ihre Worte machen mich so verdammt wütend. Ihre Worte und mein Blutstau, der mich echt ein bisschen umbringt.

Da brodelt schon wieder was in mir und diesmal ist es nicht mein Monster. Es ist etwas anderes und verdammt, es ist gewaltig.

»Du bist nicht tot!«, keift sie blitzend. »Du bist weder tot, noch lebendig! Du bist einfach nur ein Geist mit einem schlagenden Herzen, der irgendwo auf dem Weg bis hierher sich selbst verloren hat!«

Okay, das hat gesessen ...

Sie soll einfach ihre dämliche Schnauze halten, weil sie keine Ahnung hat, warum ich bin, wie ich bin. Und es geht sie verdammt nochmal einen feuchten Scheißdreck an!

Mit mahlenden Kieferknochen wate ich samt Jogginghose ins Wasser, schnappe mir die störrische Badenixe am Arm und zerre sie unbarmherzig hinter mir her, obwohl sie alles daran setzt, sich mit ihren Füßen in den sandigen Boden zu graben.

Über die Schulter schmeißen kann ich sie nicht. Nicht so, weil meine Beherrschung aufgebraucht ist und ich sie dann gegen die nächste Palme ficke, bis sie so laut schreit, dass sich alle Vögel auf ganz fucking Kuba in die Luft erheben und panisch das Weite suchen.

Zurück in meiner Casita, werfe ich die Haustür hart ins Schloss und schließe ab. Ich drücke Amara auf einen Sessel gegenüber vom Bett und schnappe mir ein frisches Shirt aus dem Kleiderschrank, das ich ihr direkt an den Kopf werfe.

»Anziehen!«, blaffe ich, während ich mich aus meiner durchtränkten Hose schäle und in trockene Sachen schlüpfe. Dass ihre dunklen Bambiaugen dabei auf mir liegen, entgeht mir natürlich nicht, was mich bloß noch zorniger macht. *Weil es mich noch härter macht, okay?!*

Genervt schüttle ich den Kopf, dann ziehe ich etwas aus dem doppelten Boden im Schrank heraus und werfe es laut klirrend neben ihr auf die Fliesen, bevor ich mich an ihrem Fußgelenk zu schaffen mache.

Nein, ich werde jetzt keinen genaueren Blick riskieren, weil sie strampelt und somit zwangsläufig ihr Paradis freilegt, mit dem ich auf Augenhöhe bin.

»Was soll das?«, keucht sie panisch und beginnt erneut mit Händen und Füßen gegen mich zu rebellieren, bevor die Eisenschelle um ihr Gelenk zuschnappen kann.

Sie springt auf und will vor mir flüchten, doch ich bin schneller. Sie hat absolut keine Ahnung, mit welchen Reflexen ich aufwarten kann, denn bisher war ich sehr beherrscht in ihrer Gegenwart.

Blitzschnell habe ich sie an ihrer schmalen Taille eingefangen und herumgewirbelt. Hart dränge ich das nackte Persönchen gegen die nächste Wand und rage wie die Finsternis selbst mit Funken sprühenden Augen über ihr auf, was sie trocken schlucken lässt.

Ihr Kinn habe ich schneller eingefangen, als sie blinzeln kann und dabei ignoriere ich tapfer, dass ihre Titten sich gegen meinen nackten Bauch pressen, weil sie zwischen mir und der Wand eingeklemmt ist. *Gott im Himmel!*

»Du hast fünf Minuten, um dich zu waschen und dir etwas anzuziehen. Und weil du es nicht mal schaffst, in einem isolierten Keller zu überleben und ich dich nicht wie eine Scheißglucke ständig im Auge behalten kann, wirst du mit dieser Kette leben müssen, die dich an mich bindet, bis mein Erzeuger entschieden hat, wann du deinen letzten Atemzug machst. Wenn es so weit ist, werde ich eine Klinge präzise an deiner Kehle ansetzen, wie es mir mit acht Jahren beigebracht wurde, oder dir alternativ eine Kugel zwischen die Augen jagen. Das kann ich sogar mit verbundenen Augen und bin trotzdem treffsicherer als ein ausgebildeter Scharfschütze. Du wirst also keine Schmerzen haben. Und jetzt hör auf, mich *so* anzuschauen, denn ich werde es beenden, wenn er es will, WEIL DON FUCKING JUAN IMMER BEKOMMT, WAS ER WILL!«

Mein Atem kommt hektisch und meine Brust hebt und senkt sich enorm, weil das wirklich viele Worte waren. Jedes Einzelne davon habe ich ernst gemeint. Das kapiert Amara anscheinend, denn es kommt weder Gegenwehr noch ein weiteres schnippisches Wort über ihre sündigen Lippen.

Stattdessen presst sie sie zu einem missmutigen Strich zusammen und schiebt sich mit einem genervten Fauchen energisch an mir vorbei.

Sie krallt sich das Shirt vom Boden, wobei sie sich verdammt tief bückt – nackt, ich wollte das bloß nochmal erwähnt haben. Natürlich nur, um mich vollends auf die Palme zu bringen. *Miststück!*

Ich presse angespannt meine Zähne aufeinander und sehe ihr dabei zu, wie sie mit ihrem runden Prachtarsch im Badezimmer verschwindet, während ich mir den anderen Teil der fünf Meter langen Kette um mein Fußgelenk lege und meine Faust gegen die Steinwand donnern lasse. Dann eben so …

Amara

Kapitel 21

Seit die Worte seinen Mund verlassen haben, male ich mir in Gedanken Kenos Kindheit aus. Es entsteht ganz automatisch ein Bild in meinem Kopf von einem kleinen Jungen mit dunklem Haar und diesen unfassbar grünen Augen, dem eine Waffe in die kleine Hand gedrückt wird, noch bevor er überhaupt einen Stift richtig halten kann.

Ich sehe einen verängstigten Jungen, überfordert mit den viel zu hohen Ansprüchen seines Mafia-Vaters, der ein grausamer Mensch sein muss.

Einen kleinen Keno, in dessen Herz jegliche Gefühle von Beginn an im Keim erstickt wurden. Der kalt und ohne Liebe aufgewachsen ist, um zu sein, wer oder was auch immer er sein musste.

Diese Kindheit ist in keinster Weise mit meiner eigenen zu vergleichen. Wohingegen bei mir immer Licht war, umgab diesen Mann garantiert nur Dunkelheit. Diese Zeit muss für einen heranwachsenden Kinder-Keno schrecklich gewesen sein, was erklären würde, warum er so ist, wie er ist. Vermutlich kennt er es nicht anders.

Trotzdem kann ich kein tiefgründiges Mitgefühl für ihn empfinden. Da regt sich etwas in meiner Brust, ja, aber ich kenne ihn zu wenig, als dass diese Bilder mein Herz vor Kummer krampfen lassen würden.

Auch kann ich keinen klaren Gedanken mehr fassen, weil ich nicht weiß, wie er sich das künftig vorstellt. Wie lange will er mich an sich ketten? An sich und diesen absurd heißen Körper? *Was soll denn das, Keno? Du kannst nicht einfach halbnackt vor mir rumlaufen! Oder mit mir in einem Bett liegen!*

Und was will dieser verrückte Don Juan überhaupt von mir? Mir fehlen noch zu viele Puzzlestücke, um ein genaueres Bild ausmachen zu können.

Es bringt offensichtlich nichts, Keno auszuquetschen. Er wird mir sowieso nichts sagen, wenn er denn überhaupt weiß, was hier gespielt wird. Hat er auch nur die leiseste Ahnung, wer ich bin? Er hat mich schließlich nie danach gefragt.

Wieder schweifen meine Gedanken zu meiner Familie ab. Sie fehlen mir so schrecklich. Ich will wissen, wie es Mama geht und ob Papa wieder auf den Beinen ist oder es inzwischen noch schlechter um ihn steht. Dass ich all das nicht weiß, setzt mir am allermeisten zu.

Wenn mein Vater stirbt und ich nicht innerhalb von achtundvierzig Stunden die Papiere unterzeichnet habe, dann fällt das gesamte Imperium meiner Familie in die Hände meines geldgierigen Onkels und seinen zwei Söhnen.

Wenn einer dieser grausamen Bastarde an die Macht kommt, dann kann sich Guatemala von Frieden und Sicherheit auf Lebzeiten verabschieden. Es würde das gesamte Gleichgewicht zerstören, weil mein Onkel sowohl das Land als auch mich teuer an eine andere Familie verschachern würde.

Beides würde einen gigantischen Profit abwerfen, auf den mein Papa immer geschissen hat. Doch Onkel Allegro wird genau darauf setzen, weil er ein gieriges Monster ohne Skrupel ist.

Seine Söhne sind nicht besser. Die hegen einen ganz anderen Plan, der mir ein Zittern durch die verkrampften Glieder treibt. Die sehen sich mit dem Zepter in der Hand – mit mir als braves Weibchen, dass daneben steht und die Klappe hält.

Seit Jahrzehnten versuchen die umliegenden Mafia-Familien sich unsere Heimat unter den Nagel zu reißen, um sich auch noch das letzte bisschen Macht einzuverleiben.

Im Norden grenzen wir an die mexikanische García-Familie, mit denen mein Opa bereits vor etlichen Jahren ein Friedensabkommen ausgehandelt hat. Wir waschen Geld für die Mexikaner und kümmern uns um einen Teil deren illegaler Transporte. Im Gegenzug lassen sie uns in Ruhe leben.

Unsere Nachbarn im Süden sind die Kolumbianer, die nicht ganz so spaßig oder kooperativ sind. Immer wieder versuchen sie, unser Gebiet, das von der mexikanischen Landesgrenze bis nach Panama reicht, anzugreifen.

Mein Papa ist militärisch gut aufgestellt und konnte bisher jeden Angriff abwehren, doch mein Bauchgefühl sagt mir schon länger, dass es nur die Spitze vom Eisberg ist. Dass weitere Angriffe auf unser Land folgen werden, denen wir irgendwann nichts mehr entgegensetzen können, wenn das Machtrefugium aus der Balance gerät.

Das Problem dabei ist: Die Mexikaner werden langsam unruhig. Und nein, trotz Friedensvertrag werden sie uns nicht helfen. So läuft das nicht in unserer Welt. Niemand hilft irgendjemandem wirklich. Jeder ist nur auf seinen eigenen Vorteil – seinen Profit – aus.

Sie sehen zu, und zwar genau so lange, bis etwas schief geht. Dann holen sie sich Guatemala und bringen es unter ihre Kontrolle, bevor es die Kolumbianer tun.

Das neue mexikanische Mafia-Oberhaupt ist eine blutjunge Frau – Jordin García. Man nennt sie

Jo, was nicht sofort auf eine Frau oder einen Mann schließen lässt und taktisch ziemlich klug ist.

Alle, die sie kennen, kuschen ausnahmslos vor dieser furchteinflößenden Furie. Ihr Ruf eilt ihr weit voraus. Angeblich ist sie gnadenlos und hat keine Skrupel. Sie schreckt vor nichts zurück und bekommt immer, was sie will. So muss sie wohl auch sein in dieser von Männern dominierten Welt.

Sie wird nicht lange zuschauen, sondern handeln und das ohne Rücksicht auf Verluste, weil es immer nur um das eigene Wohl und noch mehr Macht geht. Und wenn ich nur daran denke, dass ich dann mit irgendeinem schmierigen Mexikaner zwangsverheiratet werde, dann dreht sich mir der Magen um.

Das würde für mich ein Leben in Gefangenschaft bedeuten, was auf gar keinen Fall passieren darf, denn der Ausweg aus solch einem auferzwungenen Schicksal ist nur ein Einziger: der Tod.

Während ich mit schief gelegtem Kopf mein aufgewühltes Spiegelbild betrachte und mir gerade denke, dass ich auch schon mal besser und gesünder ausgesehen habe, geht mit einem Mal ein straffer Zug durch die Kette um mein Bein.

Das Metall schabt jetzt schon unangenehm über meine Haut und ich würde am liebsten wie die Oberzicke der Nation aufschreien vor Zorn.

»Deine fünf Minuten sind um«, lässt mein Sklaventreiber mich dunkel wissen und zerrt mich rücksichtslos aus dem Badezimmer. Arschloch! Hätte ich gerade gepinkelt, wäre jetzt alles nass …

Als ich Keno mit verbissenem Gesichtsausdruck nach draußen folge, verursacht die lange Kette ein rasselndes Geräusch, weil sie über den Boden zwischen uns schleift. Außerdem ist sie gigantisch schwer, was mir nur umso mehr verdeutlicht, jetzt einen Klotz am Bein zu haben.

Das ist so lächerlich! Wie lange will er das durchziehen? Wie stellt er sich das vor, wenn er weg muss? Er ist oft weg und wenn ich an seine blutdurchtränkten Shirts und die aufgeplatzten Fingerknöchel denke, dann kann ich mir ungefähr vorstellen, wohin er jedes Mal verschwindet – und dass ich da garantiert nicht mit dabei sein will.

Wir überqueren den Innenhof dieses wahnsinnig großen Anwesens, der so friedlich und normal wirkt. Doch der Schein trügt, das ist offensichtlich.

Kenos Anspannung ist mit Händen zu greifen, als wir uns immer weiter fortbewegen. Ich höre, wie er seinen Nacken knacken lässt und spüre das Geräusch in jedem Winkel in mir nachhallen.

Wieso lebt er überhaupt hier, wenn er diesen Ort so sehr verachtet? Er ist erwachsen, ein gewissenloser Killer. In meinen Augen könnte er überall hingehen, wo auch immer er will. Die ganze Welt steht diesem Mann offen und er wird vermutlich unter allen Lebensumständen zurechtkommen.

Er ist nicht eingesperrt. Nicht gebunden – außer jetzt gerade. An mich, was irgendwie witzig ist.

»Ist dir klar, dass du genauso an mich gekettet bist, wie ich an dich? Im Grunde hast du dich mit dieser Scheißaktion nur selbst bestraft«, lasse ich ihn wissen, weil ich die Worte einfach nicht stoppen kann. Sie müssen raus, auch wenn ich weiß, dass ich damit nur sein inneres Raubtier reize.

»Ich wäre auch lieber woanders und jetzt halt deine Klappe, du anstrengendes Ding!«

»Wieso bist du dann hier?! Wieso gehst du nicht und lässt mich auch gehen?«, begehre ich mit zornig verkrampften Fingern auf und halte abrupt an, als er zu mir herumfährt.

Das Grün seiner Augen lodert gefährlich und trotzdem denke ich nicht im Traum daran, jetzt wieder vor ihm einzuknicken.

Er will ganz offensichtlich etwas sagen und verkneift es sich im letzten Moment. Doch ich kann jetzt nicht locker lassen. Was war das? Er wollte mir etwas erzählen, ich habe es genau gesehen.

»Weil du hier nicht weg kannst«, mutmaße ich leise und betrachte diesen Berg von einem Mann mit schief gelegtem Kopf von unten herauf. »Bist du hier auch eingesperrt?«

»Du laberst Bullshit«, schnaubt er aufgebracht.

»Sag es mir! Wirst du hier auch gefangen gehalten?« Das ergibt doch überhaupt keinen Sinn. Er *wohnt* hier!

Aber wenn er tatsächlich nicht freiwillig hier ist, dann werde ich alles daran setzen, um ihn auf meine Seite zu ziehen. Ich werde jede einzelne Karte spielen, egal wie schmutzig es wird. Werde ihn anlocken wie ein wildes Tier, bis es mir aus der Hand frisst, und dabei bin ich mir für absolut gar nichts zu schade. Ich will einfach nur von hier verschwinden, zum Teufel!

»Es geht dich nichts an!«

»SAG ES!« Ich lasse jetzt bestimmt nicht locker, weil meine Neugierde geweckt ist. Weil ein Verbündeter in diesem Dschungel ein Geschenk Gottes wäre.

»Amara«, knurrt er am Ende seiner Geduld und schickt mit seiner tief grollenden Stimme einen elektrischen Schauer über meine Wirbelsäule. »Hör auf zu reden jetzt!«

»Ich will es wissen!«

»Nein!«

»WIESO BIST DU HIER?!«

»WEIL ICH IRGENDWO EINEN BESCHISSENEN TRACKER IN MIR TRAGE!!«, brüllt er so allumfassend laut, dass mir beinahe das Herz stehen bleibt.

Mit eingezogenem Nacken blinzle ich total entgeistert zu ihm auf und kann einfach nicht begreifen, was er mir da gerade offenbart hat. Er anscheinend auch nicht, sonst würde er mich jetzt nicht anstarren, als hätte ich ihm eben mitgeteilt, dass ich in meiner Freizeit gerne Babys töte.

»Was?«, hauche ich ungläubig in die angespannte Stille und schlucke schwer. Das ist heftig. Das ist noch schlimmer als alles, was ich bisher ertragen musste. Das ist krank!

Statt mir zu antworten, quittiert er es mit einem abgefuckten Schnauben und fährt herum, um wütend vor mir herzustampfen.

Auch ich sage nichts weiter dazu, weil er mit jedem Schritt steifer wird. Seine innere Anspannung geht auf mich über, weshalb auch ich mich jetzt verkrampfe.

Was ist mit ihm? Es macht mir Angst, wenn diesen Mann etwas aus der Fassung bringt, weil es mich dann garantiert umbringen wird!

Keno

Kapitel 22

Warum zum verschissenen Teufel habe ich das gesagt? Wieso konnte ich nicht mein blödes Maul halten? Es geht sie verdammt nochmal nichts an!

Aber fuck, es musste raus. Mich hat bei ihrem sanftmütigen Anblick einfach das dringende Bedürfnis überrollt, es ihr mitzuteilen – warum auch fucking immer.

Jetzt schimmert da etwas in ihren feurigen Augen, das ich nicht greifen kann. Trotzdem erinnert es stark an Rebellion und ich steh drauf. *Worüber zerbrichst du dir jetzt dein hübsches Köpfchen, princesa?*

Ein Lächeln fliegt über meine Lippen, weshalb ich den Blick schnell auf den Boden senke, damit sie es nicht sieht. Eisern verdränge ich diese knisternde Wärme, die urplötzlich in mir aufsteigt und verhärte meine Züge.

Ich bestehe zur Hälfte aus der unbarmherzigen Kälte meines Erzeugers und zur anderen Hälfte aus der warmen Fürsorge meiner Mutter. Um zu überleben, habe ich der Kälte die Oberhand eingeräumt.

Das bedeutet allerdings nicht, dass die Wärme nicht irgendwo tief in mir vergraben ist. Sie reißt an mir. Nicht oft, aber in letzter Zeit immer stärker und es kostet mich viel Kraft, sie zu unterdrücken. Das ist mein ewiges Dilemma.

Außerdem würde ich meinem Erzeuger gerne ins Gesicht springen, weil er mir noch immer nicht gesagt hat, warum diese lästige Amara hier ist und wann sie wieder gehen wird. Oder wann ich sie ins Jenseits befördern soll. Kann. Darf. Muss. *Nicht, dass ich könnte, aber das ist ein anderes Thema ...*

Don Juan ist ein berechnendes Arschloch und es macht mich ein bisschen wahnsinnig, weil ich nicht weiß, was Sache ist.

Ich überquere, mit einer bettelnden Amara im Schlepptau, den Innenhof und steuere den Trainingsplatz der Wachen an. Mit einem knappen Nicken bedeute ich Dario, dass ich ihn sprechen muss. Allein.

Der lehnt wie meistens mit verschränkten Armen und einer Kippe zwischen den Lippen an einem Mauervorsprung und beobachtet die

Neuzugänge, die gerade von ihm trainiert werden. Trotzdem kann es nicht warten, weil ich ihn *jetzt* sprechen muss.

Nicht hier, weil auf diesem Gelände alles bis in den letzten Winkel verwanzt ist. Alles, bis auf meine Casita, doch in der hat niemand etwas verloren. *Ja, mi amor, auch du nicht. Das wird sich nicht wiederholen. Vorher erschieße ich einen von uns beiden!*

Ich steuere mit harten Schritten die Hängebrücke an, die direkt über das Leoparden-Gehege zu den Parkplätzen oberhalb des Anwesens führt.

Lady hat sich der Länge nach auf einem Baumstamm breitgemacht, während Beast unter ihr im Schatten Wache schiebt. Er ist ihr Bodyguard und liegt auf der Lauer, damit Miss Oberzicke in Ruhe dösen kann.

»Keno!«, schnauft Amara aufgebracht und stolpert hinter mir her. *Hab ich schon gesagt, dass ich es hasse, wenn sie meinen Namen ausspricht? Nein? Gut, dann wisst ihr es jetzt.* »Ich tu alles, aber bitte lass mich gehen!«

»Ich mach die Regeln nicht, falls dir das entgangen ist *mi amor*«, kommt es abfällig über meine Lippen.

Ohne anzuhalten, stampfe ich zielstrebig weiter und atme gegen meinen schmerzenden Dauerständer an. Was für ein beschissener Tag!

Aber bald werde ich Infos haben, dann kann ich gegensteuern, was auch immer Juan sich in seinem kranken Gehirn zusammengesponnen hat. Dario wird mir diese Infos beschaffen.

»BITTE!«, ruft sie außer sich vor Verzweiflung und klingt jetzt richtig panisch. »Ich tu alles! Alles, was du von mir verlangst, aber bitte lass mich gehen!« *Okay, zieh dich aus und setzt dich endlich auf meinen Schwanz, bevor er mir abfällt!*

Wird sie denn gar nicht müde zu betteln? Dieses Gejammer ist ja echt kaum auszuhalten. Fehlt nur noch, dass sie auf Knien vor mir rumrutscht. *Das wäre übrigens auch eine ziemlich heiße Option, princesa.*

»Gut, dann spring in das Leoparden-Gehege«, biete ich ihr aus reiner Genervtheit an, weil sie endlich ihre Klappe halten soll. *Die könnte ich dir stopfen, mi amor ...*

Ihr Geplapper macht mich rasend und ich kann es mir mit meinem ohnehin ausschweifenden Temperament nicht leisten, auch noch unbeherrscht zu werden. Am Ende nehme ich mir noch etwas, das mir den Tod bringen wird. Man fasst Gefangene nicht an. *Zumindest nicht so, wie ich es mir ausmale, seit ich dich das erste Mal nackt gesehen hab.*

»Dann lässt du mich frei?«, krächzt Amara hinter mir mit diesem hoffnungsvollen Schwingen in der Stimme.

Hofft sie immer noch auf Gnade? Auf Erlösung? Darauf, dass die Geschichte für sie gut ausgeht? Sie hat anscheinend noch immer nicht begriffen, wo sie sich befindet. Niemand kommt hier lebend raus.

»Klar«, schnaube ich sarkastisch und völlig entnervt. Ich beschleunige meine Schritte, weil ich mit den Gedanken längst ganz woanders bin. Je schneller Dario mir Infos beschaffen kann, desto schneller bin ich diese Plage wieder los und kann sie mir mit irgendwelchen belanglosen Nutten aus dem System ficken.

Mit einem Mal geht ein Ruck durch mein Bein, weil ich auf Widerstand stoße. Weil sie fucking gesprungen ist! Sie ist tatsächlich in das Leoparden-Gehege gehechtet, ohne auch nur eine Sekunde über diesen Schwachsinn nachzudenken.

Spätestens jetzt hat sie definitiv meinen Respekt, denn das hätte niemand getan, den ich kenne. *Du bist ein bisschen verrückt, mi amor. Und vielleicht mag ich das ein bisschen mehr, als gut für dich ist …*

Ich beuge mich schmunzelnd über die Seilbahnen, die die Hängebrücke einfassen und frage mich, wie lange die kleine Nymphe noch aushält, bis sie sich dort unten einscheißt.

Lady ist bereits im Anschleichmodus und es werden wohl nur noch Sekunden sein, bis der selten dämliche Beast checkt, was Sache ist. Er ist der Dumme, sie der Boss. Hunger haben sie dennoch beide ...

Amara

Kapitel 23

Okay ... OKAY! Ich werde jetzt nicht ausrasten. Einfach nur ruhig bleiben und nicht in Ohnmacht fallen oder hysterisch kreischen.

Mein Atem geht immer hektischer, umso länger ich hier unten stehe, bis ich schwarze Flocken vor meinen Augen tanzen sehe. Das Adrenalin peitscht heiß und rasend schnell durch meinen Blutkreislauf, was mich ganz schwindelig macht.

Ein Glück war es nicht allzu hoch und ich konnte den Fall an der Kette zusätzlich abfedern, indem ich sie mit beiden Händen fest umschlossen hielt, weil ich nicht einkalkulieren konnte, ob sie überhaupt bis zum Boden reichen wird.

Jetzt stehe ich hier. Mitten im Territorium dieser furchteinflößenden Tiere und könnte schier aus der Haut fahren. *Alles easy, du lagst mit einem noch viel gefährlicheren Tier in einem Bett und lebst immer noch! Atme!*

Ganz durchdacht war das nicht von mir, das muss ich zugeben. Aber mein purer Instinkt hat mich angetrieben, um endlich zu meiner Familie zurückzukönnen. Aus einem primitiven Impuls heraus habe ich ihm geglaubt, dass, wenn ich springe, er mich gehen lässt. Das war ziemlich dumm von mir, wie mir erst jetzt auffällt ...

Keno beobachtet mich schmunzelnd von oben herab und ich kann bei diesem sonderbaren Anblick gar nicht mehr wegschauen.

Er kann also tatsächlich lächeln. Mit sanften Falten um seine umwerfenden Augen, die jetzt total verspielt funkeln. Mit erhobener Braue samt Mundwinkel, was so heiß aussieht, dass es mich beinahe tötet.

Sein Gesichtsausdruck ist warm, gar nicht gehässig oder teuflisch. Eher neugierig und amüsiert.

Er hat sich über die Seile der Brücke gebeugt und verfolgt mit Interesse, dass die Tiere längst auf mich aufmerksam geworden sind.

Seine trainierten Arme sind lässig vor seiner breiten Brust verschränkt und meine Fingerspitzen kribbeln, weil ihm schon wieder diese verruchten Strähnen in die Stirn fallen.

Doch ich sollte mich wirklich nicht auf ihn fokussieren, wo ich hier unten stehe und jeden Augenblick zu Hackfleisch verarbeitet werden könnte. Konzentriert lenke ich meine Aufmerksamkeit um und bereue es sofort.

Der gefleckte Leopard zieht gerade den Nacken ein und schleicht geduckt auf mich zu. Das ist nicht gut. Gar nicht gut! Was sieht das Tier in mir? Eine Beute, die es zu erlegen gilt?! Denn genau so schleichen sie sich an Antilopen ran, bevor sie fällig sind. Das habe ich hundertmal im Fernseher gesehen.

Mein Blick wandert von der Raubkatze zurück zu Keno, dessen Augen weiterhin funkelnd auf mich gerichtet sind. Die Farbe seiner Iriden geht eins zu eins in die der satten Grünpflanzen hinter ihm über.

Noch immer sind unsere Blicke ineinander verkeilt und er scheint die Ruhe selbst zu sein. Entweder, weil ihm egal ist, dass ich gleich nur noch ein blutiger Batzen Fleisch sein werde, oder weil er sich sicher ist, dass sie mir nichts tun. *Pff, als ob die handzahm wären! Panik ist erlaubt! Jetzt!*

Trotzdem blende ich die Raubtiere mit einem Mal restlos aus, und das, obwohl eine von ihnen ein grässliches Fauchen verlauten lässt, das mir direkt in die angespannten Muskeln fährt. Die Gänsehaut, die daraufhin folgt, fühlt sich beinahe schmerzhaft an.

Doch Kenos Unerschrockenheit nimmt mich völlig für sich ein, schwappt gnadenlos auf mich über, was mich einen tiefen Atemzug nehmen lässt, der mich tatsächlich beruhigt. Ein bisschen zumindest. Von ruhig bin ich meilenweit entfernt.

»Die hatten heute noch kein Frühstück, *princesa*«, raunt er belustigt und hat seine Augen noch immer nicht von mir gelöst.

»Super«, krächze ich ironisch und überblicke aus dem Augenwinkel das gläserne Gehege.

Wo ist das schwarze Monster hin verschwunden? Ich kann es nicht mehr sehen und werde jetzt doch wieder panisch. Mein Herz springt aufgeregt gegen meinen Brustkorb, bis meine Rippen schmerzen.

»Gefällt es dir dort unten oder willst du wieder rauf?«, fragt Keno und schmunzelt so verwegen, dass ich nach Luft schnappe. *Kannst du bitte aufhören, so verdammt heiß auszusehen? Das ist ja Folter!*

»Rauf«, presse ich atemlos hervor. Dann sehe ich einen schwarzen Schatten, der sich mir rasend schnell nähert.

Er kommt aus dem Nichts und erschreckt mich zu Tode, sodass ich kurz wirklich glaube, jeden Moment das Bewusstsein zu verlieren. »RAUF! RAUF! RAUF!!!«

Panisch umklammere ich die schwere Kette, durch die ein ruckartiger Zug geht und mich nach oben reißt, bevor das Tier mich zu fassen bekommt.

Mit einem Satz hebt Keno mich zurück über die Einfassung der Hängebrücke und ich sacke auf den

Holzbrettern zittrig in die Knie, weil meine Beine mich vor Schreck nicht länger tragen können.

Die Anspannung fällt schlagartig von mir ab und die Aufregung, die zurückbleibt, wiegt tonnenschwer und erdrückt mich regelrecht.

»Du bist echt gesprungen. Ich glaub das einfach nicht«, schnaubt Keno und bricht in schallendes Gelächter aus. Sein Kopf liegt im Nacken, die Hände auf seinem trainierten Bauch und ich sterbe noch ein bisschen mehr, weil er sich gar nicht mehr einkriegt.

Er lacht so herzhaft, dass ein aufgescheuchtes Lächeln über meine eigenen Lippen fliegt. Es klingt so dunkel, so rau und gleichzeitig so wunderschön und warm, dass mein Herz sich kräftig zusammenkrampft und einen wild donnernden Schlag durch meinen Körper hallen lässt. *Boom-boom.*

»Ich frag mich, was dich als Erstes umbringen wird«, raunt er mit funkelnden Augen und schüttelt amüsiert den Kopf, als er vor mir in die Hocke geht und mit zwei Fingern mein Kinn antippt. »Deine Loyalität oder deine Sturheit.«

Atemlos halte ich seinen Blick, dann erhebt er sich schnaubend und setzt seinen Weg fort, als wäre eben nichts passiert. Ich springe ein paar Sekunden zeitverzögert wackelig auf die Beine und eile hinter ihm her.

Auch wenn er so tut, als wäre ich gerade nicht haarscharf am Tod vorbeigeschrammt, kann ich mich innerlich nicht beruhigen. Ich bin ein nervliches Wrack und bekomme meine bebenden Hände kaum unter Kontrolle, die schwitzen, als hätte ich sie in einen Eimer voll Wasser gesteckt.

Am Ende der Hängebrücke führt ein geschotterter Weg zu einem Parkplatz, der oberhalb des abgesenkten Anwesens liegt. Dort sehe ich den Mann, der am Steuer saß, als wir im Dschungel die Böschung nach unten gestürzt sind, weil ich ihn erwürgen wollte.

Ein tiefblaues Veilchen leuchtet um sein Auge herum und ich erkenne einen genähten Cut oberhalb seiner Braue.

Der Blick, den mir der Kerl zuwirft, lässt mich vor Kälte um ein Haar erstarren. Er ist nicht gut auf mich zu sprechen. Vermutlich, weil ich sein Gesicht mit meiner Aktion vorübergehend entstellt habe. Wobei diese breit genähte Wunde wohl für immer als Narbe zurückbleiben wird.

Schnell senke ich den Kopf und beende den aufgestachelten Blickkontakt, weil ich ihn nicht noch wütender machen will.

Ich höre, wie Keno an der Kette nestelt, und sehe dann, wie er mich an einem Pfeiler der Brücke befestigt. Er parkt mich hier wie einen Hund vor dem Supermarkt, was mich sofort wieder zornig macht.

Bevor ich zu einer wüsten Schimpftirade ausholen kann, hat er sich mit großen Schritten entfernt und zu dem genähten Kerl aufgeschlossen, der mit verschränkten Armen an einem staubigen Geländewagen lehnt.

Sie stehen zu weit weg, sodass ich nicht genau hören kann, was sie reden, aber Keno wirkt mächtig aufgebracht. Er gestikuliert wild mit den Händen und schüttelt immer wieder frustriert den Kopf.

Einmal zeigt er auf mich und ich zucke zusammen, als hätte er mich mit dem ausgestreckten Finger gestoßen. Was regt er sich so auf? Ich will ja gar nicht hier sein, verdammt! *Lass mich gehen und all deine Probleme lösen sich in Luft auf!*

Irgendwann schrillt ein Handy los, was ich nur leise wahrnehme, und ich kann sehen, wie Keno seines aus der hinteren Jeanstasche zieht.

Als sein Blick darauf fällt, verfinstern sich seine Züge und ich erkenne wieder die Anspannung, die von seinem Körper Besitz ergreift. Es ist wie eine dunkle Wolke, die sich um ihn bauscht und sekündlich immer gewaltiger wird.

Nach einem knappen ›sí‹ legt er auf und kommt zu mir zurück. Mit einer Aura, dir mir den Atem verschlägt.

»Wir sprechen uns noch Dario!«, grollt er zu dem anderen Mann über die Schulter, der seinen

Blick erneut mit meinem verkeilt und seinen Daumennagel über die Kehle zieht. *Okay, das war deutlich ...*

Ich schnappe nach Luft und reiße mich von diesem Irren los, während Keno sich einen Teil der Kette um seine gigantische Faust wickelt und mich wie einen Hund an der Leine zurück zum Innenhof führt.

Die Aura, die ihn mit einem Mal umgibt, ist so gefährlich, dass ich keinen Ton hervorbringe und einfach hinter ihm herschleiche.

Stillschweigend betreten wir das riesengroße Haus, in dem er mich nach meiner ersten Horrornacht duschen hat lassen. Letztes Mal hatte er es so eilig und die Umgebung lag noch im Dämmerlicht, doch jetzt ist es taghell und ich kann alles viel genauer betrachten.

Ich mag die Aura nicht, die diesem Gemäuer anhaftet. Die Schwingungen, die hier herrschen, sind düster und kalt. Sie machen mir Angst und ich will gar nicht wissen, wie viel Grausamkeit hier schon hinter verschlossenen Türen passiert ist. Diese zermürbende Stille spricht Bände.

Wir passieren einen gemauerten Torbogen, der auf weiß verzierten Betonsäulen steht und in ein weitläufiges Atrium führt, um das die Villa gebaut ist und von dem zu jeder Seite zwei Durchgänge abführen.

Vor allem im Innenhof des Hauses türmen sich gigantisch viele Grünpflanzen, zwischen denen sich schwere, orientalisch aussehende Teppiche in tiefem weinrot mit goldenen Verwebungen erstrecken.

Mein Blick schweift weiter nach oben, tastet sich über drei Stockwerke, deren cremefarbene Balkone zur Innenseite des Atriums ausgerichtet sind.

Im zweiten Stock sehe ich ein blondes Mädchen über das Geländer gebeugt stehen, die mit einem strahlenden Lächeln zu uns runter winkt.

Keno fängt den Blick der Kleinen auf und ich beobachte ihn haargenau, weil ich so wenig über ihn und die Menschen, die hier leben, weiß.

Ich sauge jedes Detail, jede noch so kleine Information, wie ein Schwamm in mich auf, weil ich nicht weiß, wann und ob mir dieses Wissen nützlich sein könnte.

Etwas blitzt in Kenos Augen auf, lässt seine Züge urplötzlich ganz weich aussehen, als würde er sehr viel für das blonde Mädchen empfinden. Doch statt zurückzuwinken oder ihr entgegenzulächeln, wie sie es tut, als wäre er ihr größter Superheld, verhärten sich seine Züge wieder. Er schenkt ihr ein knappes Nicken und schleift mich weiter.

»Hätte es dich umgebracht?«, zische ich fassungslos, weil mich der Gesichtsausdruck des

Mädchens traurig macht, als Keno sich abwendet und sie sich mit hängenden Schultern vom Geländer zurückzieht.

»Ja«, antwortet er knapp und völlig unterkühlt. Ja? Am liebsten würde ich ihn mit der schweren Kette erwürgen. Wie kann man nur so ein emotionaler Krüppel sein?!

»Es hat sie verletzt«, schiebe ich frustriert hinterher, weil ich einfach nicht meine Klappe halten kann.

Obwohl ich das Mädchen und die Beziehung zwischen den beiden nicht kenne, habe ich das dringende Bedürfnis, ihm das stellvertretend für sie mitzuteilen.

»Meine Nichte weiß, wie ich bin«, knurrt Keno sichtlich angefressen über das Gespräch, weil es mich im Grunde nichts angeht.

Trotzdem kann ich nicht damit aufhören, auch wenn sein Knurren eine deutliche Warnung an mich war, das Thema auf sich beruhen zu lassen.

Sie ist also seine Nichte. Das könnte Samira sein, Donnas und Cirilos Tochter. Sie sieht Donna sehr ähnlich. Alle anderen, die ich bisher zu Gesicht bekommen haben, sind schwarzhaarig. Donna und Samira hingegen haben strahlendblondes Haar.

»Und dennoch liebt sie dich«, rutscht es mir versehentlich über die Lippen, was Keno so abrupt stehen bleiben lässt, dass ich mich zu Tode erschrecke und um ein Haar in ihn rein laufe. Das ist ja wie beim Stopp-and-Go-Verkehr zur Rushhour, wie wir uns hier fortbewegen!

Sein gewaltiger Rücken arbeitet unter seinen tiefen Atemzügen, als hätte ich einen verdammt wunden Punkt getroffen. Wieder mal.

Ich sehe, wie seine großen Hände sich an den Seiten zu steinharten Fäusten ballen und er leicht zittert. Sein Körper spannt sich so sehr an, dass die Sehnen und Muskelstränge an seinen gebräunten Armen scharf hervortreten.

»Das hoffe ich nicht für sie«, raunt er gefährlich leise, was sofort wieder meinen Herzschlag an Fahrt aufnehmen lässt, wie immer, wenn er in diesem dunkelschönen Timbre mit mir spricht. »Denn mich zu lieben bedeutet, im ewigen Fegefeuer qualvoll zu verkümmern. Niemand tut sich diese Hölle freiwillig an.«

Ich halte stockend den Atem an und kann mir nicht erklären, warum mir seine Worte einen derart harten Stich zwischen die Rippen versetzen. Das denkt er also über sich selbst? Das ist ... traurig.

Mein Herz schlägt noch ein gutes Stück schneller, als ich instinktiv eine Hand nach ihm ausstrecke, weil sich das so unfassbar schmerzhaft anhört. Weil niemand so schlecht von sich selbst denken sollte. Das hat meine Mama mir von klein auf beigebracht.

Jeder Mensch hat seine guten Seiten, bei manchen sind sie offensichtlicher, bei anderen versteckter. Trotzdem ist jeder auf seine ganz eigene Art besonders. Jeder von uns ist in irgendeiner Art und Weise liebenswert.

Ich will ihm das sagen. Ihn berühren und irgendwie sogar trösten, wohlwissend, dass er mir vor nicht mal vierundzwanzig Stunden wehgetan hat. Der Drang ist unvorstellbar. Doch dann denke ich an die Situation im Badezimmer, als er mir gedroht hat, ihn nie wieder anzufassen.

Also lasse ich meine Hand wieder sinken und trete stattdessen einen Schritt näher an seine einschüchternde Rückseite heran, um ihm mit meiner Nähe Trost zu spenden. *Weil ich bescheuert bin, okay?*

Ich weiß nicht, ob er mich spüren kann. Ich ihn dafür umso deutlicher. Die Hitze seines gestählten Körpers strahlt wie das Fegefeuer selbst auf mich ab, während ich versuche, aus seinen herzzerreißenden Worten etwas Positives zu basteln, weil ich nun mal so bin.

»Es ist nicht die Hölle, wenn man liebt, wie sehr es brennt«, wispere ich frei von jeglichem Verstand.

Schockiert über mich selbst schnappe ich kaum merklich nach Luft, weil es sich gar nicht so falsch anfühlt, das auszusprechen. Ist es so? Kann man das Höllenfeuer wirklich als angenehme Wärme empfinden, ohne dabei in Flammen aufzugehen?

Langsam dreht Keno sich zu mir um und blickt mit zusammengezogenen Brauen auf mich herab. Gerade jetzt fühle ich mich ihm gegenüber noch kleiner. Der Ausdruck in seinen Augen ist sonderbar, für mich nicht zu deuten und trotzdem so … anders.

Er wirkt irritiert und irgendwie verwundert. Misstrauisch. Nachdenklich. Wütend. Mein Magen kribbelt, weil ich nicht weiß, was jetzt passiert. Was er tun oder sagen wird. *Bitte schlag mich nicht! Ich wollte das gar nicht laut aussprechen!*

»Tu dir selbst einen Gefallen und sag jetzt nichts mehr, okay?«, warnt er mich leise mit rauer Stimme, die mir einen weiteren Schauer über den Rücken schickt.

Seine übliche Zornesfalte sitze zwischen seinen dunklen Brauen, doch diesmal erreicht die Wut den Rest seines Gesichtes nicht. Es ist … weich. Das wiederum macht mich weich. *Hilfe!*

»Okay«, flüstere ich mit geschürzten Lippen zurück und ignoriere eisern das Flattern zwischen meinen Rippen, das sein Blick in mir auslöst.

Wir biegen im Inneren diesmal nach rechts ab und laufen einen schmalen Gang entlang, in dem ich vorher noch nicht war. Das Bad befindet sich auf der linken Seite.

Auch hier ist alles prunkvoll dekoriert mit großen Pflanzkübeln, in denen dicke Palmen stecken, und golden gerahmten Gemälden von Menschen, die ich nicht kenne.

Keiner von diesen schwarzhaarigen, blauäugigen Männer lächelt. Alle umgibt diese Düsternis und sie haben ihre Lippen zu unbarmherzigen Strichen zusammengepresst. Sie wirken wie versteinert und ich frage mich, wie viele Generationen von Keno wir hier gerade passieren.

Unsere Schritte werden von dem orientalischen Teppich, der sich auch hier in jede Ecke erstreckt, gedämpft. Es liegt ein würzig frischer Duft in der Luft, der mich an Orange und milden Zigarrenrauch erinnert, vermischt mit teuren Männerdüften. Hier riecht es so *Mafia* ...

»Ist er wirklich dein Vater?«, frage ich nach einer Weile leise, weil ich es nicht passend finde, in diesem Haus lauter zu sprechen als nötig ist.

Das wollte ich ihn schon einmal fragen, nachdem Cirilo diese Andeutung in meinem Verlies gemacht hat, nur habe ich mich bisher nicht getraut.

»Don Juan? Ja.« Kenos Antwort kommt knapp und eintönig, weil er wieder so verhärtet ist.

Wohin ist sein Lachen von vorhin verschwunden? Es stand ihm unfassbar gut.

»Wieso nennst du ihn dann *Don Juan*?«, hake ich vorsichtig nach, weil es für mich keinen Sinn ergibt.

Mir würde im Traum nicht einfallen, meinen Papa nicht als ›Papa‹ zu bezeichnen. Auch ihm wäre das nicht recht. Ich könnte mir gar keine andere Benennung für ihn vorstellen. Man bekommt doch von klein auf beigebracht, wer Mama und Papa ist.

»Als ich ihn das letzte Mal versehentlich *Vater* genannt habe, war ich elf Jahre alt. Die Schelle, die ich mir daraufhin einfing, hat mir den Kiefer gebrochen und ich lag zwei Wochen auf der Krankenstation. Er ist kein Vater. Deshalb.«

Die Worte rammen mich wie ein Bock, weshalb ich fassungslos stehenbleibe. Für einen Moment fühle ich mich wie erfroren.

Meine Augen bohren sich ungläubig in Kenos Rückseite und ich kann nicht begreifen, was er mir da sagt. Will den Film nicht sehen, der schon wieder Gestalt annimmt in meinem zerrütteten Verstand.

Die Worte kommen ohne jegliche Emotion über seine Lippen, als wäre es vollkommen egal, dass ihm sowas Schreckliches widerfahren ist. Als wäre es nicht der Rede wert.

Und obwohl es mich nichts angeht und ich ihn nicht wirklich kenne, komme ich nicht umhin, dass mein Herz blutet. *Jetzt* blutet es für einen Jungen, dem so viel Grausames zugemutet wurde, dass es für fünf Leben reicht.

Grenzenloses Mitgefühl überschwemmt mich regelrecht und ich kann kaum atmen, weil das so abgrundtief traurig ist.

»Und ...«, beginne ich und schlucke schwer. »Und deine Mom?«

»Ist bei Dalilas Geburt gestorben.« Auch das knallt er mir einfach so vor die Füße, als wäre es vollkommen bedeutungslos, weshalb sich in mir alles noch ein bisschen heftiger verkrampft.

»Das tut mir leid«, flüstere ich mit Tränen in den Augen, weil ich zu schockiert bin und nicht weiß, was ich sonst darauf erwidern soll.

»Das muss es nicht«, brummt Keno unbeeindruckt und nickt zwei bulligen Männern zu, die eine glänzende Holztür flankieren, vor der wir plötzlich halten.

Dann hebt er seine Faust und klopft gegen das dunkelbraune Türblatt. Eigentlich hämmert er dagegen, was zeigt, wie aufgewühlt er selbst ist.

»Ja?«, kommt es von innen und ich versteife mich jetzt ebenfalls, weil diese Stimme so einschüchternd klingt.

»Du wirst dort drin nicht sprechen«, beschwört mich Keno mit zusammengezogenen Brauen und baut sich über mir auf, was mich den Nacken einziehen und ganz klein werden lässt »Gar nicht. Keinen Ton. Außer du hast Todessehnsucht. Hast du das verstanden?«

»Okay«, wispere ich zittrig, weil er so ernst aussieht, dass es mir Angst macht.

»Amara«, raunt er und greift sanft nach meinem Kinn, was mein ganzes Gesicht prickeln lässt. »Ich meine es ernst. Kein Ton. Gar keiner. Atmen ist erlaubt, sonst nichts.«

»Okay ...«

Dann gleitet die Tür mit einem schwachen Luftzug auf und wir betreten einen eindrucksvollen Raum, in dem die Farben blutrot und Gold dominieren. Der Rest ist mit dunklem Holz ausgestattet.

Deckenhohe Bücherregale, die bis zum Rand vollgestopft sind, eine schwere Ottomane in dunklem Rot und ein gigantischer Schreibtisch, hinter dem ein beeindruckend gutaussehender Mann mittleren Alters sitzt, offenbaren sich mir.

Sein Haar ist rabenschwarz, wie die Luft, die ihn umgibt. Die Augen berechnend und stechend Blau. Schnell wende ich den Blick ab, weil es mir so vorkommt, als könnte er mit diesen Augen bis in mein Innerstes vordringend und mühelos jedes Geheimnis offenlegen.

Die Tür fällt hinter uns ins Schloss und Kenos Aura ändert sich schlagartig. Keine Ahnung, warum es mir überhaupt auffällt, aber es macht mich wahnsinnig nervös, mich mit diesen beiden Naturgewalten in diesem beengenden Raum aufzuhalten.

Wenn ich vorher dachte, dass Keno zornig oder angespannt war, dann ist er jetzt ein Killer ohne Herz und Verstand. Seine Bewegungen sind mechanisch, die Atmung ganz flach.

Das Grün seiner Iriden verdunkelt sich zunehmend, ebenso seine Züge, die noch mehr zu unnachgiebigem Blei erstarren, als hätte man ihm mit dem Betreten dieses Zimmers den Menschlichkeitsstecker gezogen.

»Ich will Guatemala«, verkündet der makellose Dämon hinter dem Tisch gelassen mit aneinandergelegten Fingerspitzen und visiert uns abwechselnd aus seinen lodernden Gletschern an.

Ich verliere beinahe den Boden unter den Füßen, weil er das einfach so sagt. Wie eine Granate fetzen mir seine Worte um die Ohren und mit einem Mal ergibt alles einen Sinn.

Er will sich unser Land unter den Nagel reißen, deshalb bin ich hier. Will er Papa etwa erpressen? Das kann er vergessen. Darauf wird er sich nicht einlassen. Eher noch wird er bald wissen, wo sich seine Tochter aufhält und alles daran setzen, mich hier rauszuholen.

»Ein Bündnis wurde abgelehnt, ich brauche aber dieses unbedeutende Fleckchen Erde, um gegen diese verfluchten Mexikaner anzukommen. Sie versperren meine Handelswege und das macht mich sehr unglücklich«, fährt er ungerührt fort und scheint gar nicht zu bemerken, dass ich kurz vor einem gigantischen Kreischanfall stehe. »Eine Woche gebe ich diesem hässlichen Gonçalves noch Bedenkzeit, dann laufen wir dort ein.«

Bis auf die Knochen schockiert starre ich Keno an, der wie ein programmierter Roboter einmal knapp nickt. Er nickt! *Du kannst nicht nicken, spinnst du?!*

Ich hole aus geteilten Lippen Luft, will etwas erwidern, doch dann denke ich an Kenos eindringlichen Blick, bevor wir das Höllentor des Teufels passiert haben, und schlucke alles angestrengt runter, was mir im Gegenzug die Magensäure nach oben treibt.

»Gonçalves muss nur seine Unterschrift auf den Vertrag setzen und das wird er, wenn ihm etwas an seinem Blümchen liegt«, raunt der Teufel unheilvoll und nickt abfällig auf mich, was mich innerlich zusammenfahren lässt.

Ich bin hier, weil ich ein ... Druckmittel bin? Papa weiß, wo ich bin? Und ich bin immer noch hier?! Ich glaub das einfach nicht ...

Keno bleibt reglos und nickt wieder nur angespannt. Kann oder will er diesem Mann nicht die Stirn bieten? Wieso ist er derart unterwürfig in diesen vier Wänden?

Ich kann spüren, wie es in ihm arbeitet, obwohl er äußerlich vollkommen gefasst wirkt. Es ist, als würde diese verfluchte Kette eine Verbindung zwischen uns herstellen, die ich gar nicht will, die aber trotzdem mit einem Mal da ist.

»Wer ist sie, dass sie als Druckmittel reicht?«, höre ich dann seinen Mund die Worte verlassen. Sie klingen hohl und nicht wirklich interessiert, trotzdem ist er neugierig, weil er sonst nicht gefragt hätte.

»Sie ist die Erbin«, meint Kenos Vater mit einem teuflischen Lächeln, als er seinen Schreibtisch umrundet und sich vor uns aufbaut. »Die einzige rechtmäßige Erbin. Und wenn Gonçalves auf den Vertrag, der uns absichern soll, nicht eingeht, dann hat er gar keinen Erben mehr und wird zusammen mit seinem unbedeutenden Königreich untergehen, sobald er an seiner Krankheit krepiert ist.«

Ich soll nicht sprechen. Keno hat es mir strikt verboten, doch es passiert, bevor ich es stoppen kann.

»Ich werde es tun!«, schießt es ungefiltert und frei von jeglichem Verstand aus mir heraus. »Ich werde diesen Vertrag unterzeichnen!« *Wenn du etwas tun kannst, was deine Familie glücklich macht, dann tust du es, ohne zu fragen. Und wenn du Unheil für die Familie verhindern kannst, dann tust du es, ohne darüber nachzudenken. Para la familia.*

Mit der letzten Silbe, die meinen Mund verlässt, schnellt seine Hand nach vorn und trifft mich samt seiner beringten Rückhand so hart im Gesicht, dass ich mit verschwommenem Blick auf die Knie sacke.

Keuchend presse ich die Handflächen auf den Boden und ringe um Atem, um nicht den Halt zu verlieren, weil sich alles um mich herum dreht.

Der Schmerz, der unter der Haut und meiner Schädeldecke explodiert, ist gigantisch. *Vittorio schlägt wie ein Mädchen* – das ist das Erste, was mir in den vernebelten Sinn kommt.

Keno rührt sich keinen Millimeter. Er scheint nicht mal mehr zu atmen und trotzdem fühle ich seine Wut. Weshalb? Weil sein Vater mich geohrfeigt hat?

»Wer hat dir erlaubt, mich anzusprechen?!«, wird der jetzt laut und tritt mit einem perfekt glänzenden Lederschuh auf meine Finger, bis ich mich wimmernd krümme, weil sie verräterisch knacken. »Frauen sollten sich nicht in Geschäftliches einmischen. Wärst du meine Frau, würde ich dir das beibringen, *tesoro*. Du kannst keinen Vertrag unterzeichnen, weil du im Augenblick so unbedeutend bist, wie der Dreck, der in meinen Teppichfasern hängt.«

»Es muss doch ...« Ich unterbreche mich mit einem gequälten Laut, der sich aus meiner zugeschnürten Kehle kämpft, als er seinen Schuh auf meiner Rückhand dreht und meine Haut schier in Flammen aufgeht. »Es muss einen anderen Weg geben, um dieses Bündnis zu schließen! Kein Angriff!«

»Den gibt es tatsächlich«, säuselt der blauäugige Dämon und nimmt endlich seinen Fuß von meiner Hand, die ich schnell zu mir ziehe und drücke. »Der wird dir aber nicht gefallen, hübsche ... kleine ... *Amara*.«

Mein Name aus seinem Mund klingt wie die größte Krankheit dieser Welt und mir schnürt sich immer weiter der Magen zusammen, als mir bewusst wird, wie grausam dieser Mann ist.

»Ich werde es tun! Sofort«, keuche ich gegen die Schmerzen an, die meinen Körper durchspülen, weil ich genau weiß, worauf dieser Bastard hinaus will. Ich will nicht, aber was bleibt mir für eine andere Wahl?

Wenn ich jetzt nicht das Schlimmste abwende, dann marschiert dieser grauenvolle Mensch mit seinen Männern in einer Woche bei uns zu Hause ein.

Krieg bedeutet Verwüstung. Zerstörung. Tod. Aber ich kann und will niemanden aus meiner Familie verlieren. Nicht, wenn ich es verhindern kann.

»Mein Vater wird nicht kommen können, um einen Vertrag zu unterzeichnen. Bei mir ist es nicht nötig, da ich volljährig bin. Ich kann für mich selbst sprechen«, wispere ich noch immer am Boden kauernd, weil ich mich unter den Schmerzen kaum aufrichten kann.

Die Worte sprudeln und sprudeln, kommen zittrig und voller Anstrengung, weil ich das nicht will. Nichts davon, aber wo liegt der Ausweg? Gibt es einen? Ich kann ihn nicht sehen, verdammt!

Kenos Vater geht vor mir in die Hocke und lässt seine Hand über mein Gesicht streichen, ganz sanft, bevor der nächste Schlag folgt, der so heftig kommt, dass meine Lippe aufplatzt.

Ich schmecke Blut und versuche, das dumpfe Pochen unter meiner Kopfhaut irgendwie auszublenden. Mein Gesicht fühlt sich bereits jetzt geschwollen an und es tut so unfassbar weh, dass ich in Tränen ausbreche, obwohl ich vor diesem Arschloch eigentlich keine Schwäche zeigen wollte.

»Ich will von dir nicht angesprochen werden! Verstehst du unsere Sprache nicht?«, brüllt er mich außer sich vor Wut an. *Wir sprechen dieselbe Sprache, du elendiger Wichser!*

Spucketröpfchen fliegen mir entgegen und ich muss ein angewidertes Würgen unterdrücken. Er packt mich so grob am Kiefer, dass ich kurz glaube, er zerbricht unter seinem wuchtigen Griff.

»Ich will, dass mein zu Hause und meine Familie in Ruhe gelassen werden«, presse ich aus zusammengebissenen Zähnen und ohnmächtig vor Schmerz hervor.

Tränen laufen unentwegt über mein Gesicht, die das Monster mit Verachtung zur Kenntnis nimmt. »Niemand betritt unsere Landesgrenze, dann können wir das Bündnis besiegeln.«

Der Griff wird jetzt so fest, dass es knackt, und ich muss einen gequälten Schrei gewaltsam runterschlucken, der mich um ein Haar ersticken lässt, weil kein Platz in meiner zugeschnürten Kehle ist.

»Du hast keine Ahnung, was du dir damit antust, kleine Prinzessin«, raunt Juan unheilvoll und blickt abwechselnd in meine Augen. In seinen lodert das blanke Feuer der Vernichtung. »Es wäre einfacher, um den Tod zu betteln, statt eine Heirat mit einem von mir erschaffenen Monster einzugehen. Keno wird dir das Leben zur qualvollsten Hölle machen, wenn ich das will.«

»Das ist mir egal«, spucke ich ihm eisern entgegen und wünschte mir, dass meine blitzenden Augen ihn auf den Schlag töten könnten.

Erneut hebt er die Hand und ich zucke zusammen. Dann dringt das Klirren der Kette an meine rauschenden Ohren, unmittelbar, bevor ich mit einem straffen Ruck zurückgerissen werde – weg von Juan, raus aus seinem unbarmherzigen Griff.

Jetzt kauere ich hinter Keno auf dem Boden, der mir irrwitzigerweise in diesem Moment wie ein Schutzschild vorkommt.

Ungläubig hebt er seinen Blick zu Keno und ich kann sehen, wie er ihn gerne für diese Tat bestrafen möchte.

»Willst du etwas sagen, *Sohn*?«, knurrt er wie das gefährlichste aller Raubtiere.

Sein Gesicht erinnert genau in dieser Sekunde an des Teufels grausamste Fratze, weil er von Keno unterbrochen wurde. Weil Keno sich eingemischt und mich zurückgezerrt hat, obwohl dieser Bastard noch lange nicht mit mir fertig war.

»Ja, *Don Juan*. Das will ich.« Das kommt äußerst gereizt und entschlossen. Und wieder ist da etwas in mir, das mein Herz krampfen und einmal kräftig aufpochen lässt, als würde es einen tiefen Atemzug nehmen. *Boom-boom.*

Keno

Kapitel 24

Keine Ahnung, was es ist, aber Amaras unerschrockener Mut diesem Mann gegenüber schwappt mit einem Mal auf mich über. Ich bin kein Feigling. Das war ich nie.

Ich wurde zu einem gewissenlosen Arschloch herangezogen. Programmiert und geformt, wie es mein Erzeuger wollte. Zu seinen Bedingungen, damit er mich biegen und lenken kann, wie es ihm gerade passt.

Ich führe Befehle perfekt aus. Ich tue schlimme Dinge und ich bin verdammt gut darin. Ich habe kein Gewissen, empfinde keine Reue und Gefühle anderer Menschen sind mir grundsätzlich scheißegal. Empathie ist mir ein Fremdwort.

Und trotzdem verschiebt sie gerade etwas in mir, weil Amara ausgerechnet mit diesem Mann in die Verhandlung geht. Sie *verhandelt* mit Don Juan!

Ist ihr klar, dass sie ein gigantisches Damoklesschwert über ihrem Kopf hängen hat, das mit dem nächsten Wimpernschlag auf sie runterfetzen könnte?

Anscheinend gibt sie einen Fick darauf und genau diese Einstellung lässt mich gerade vergessen, wie ich mich in diesem Büro zu verhalten habe.

»Wenn ich dieser Heirat zustimme, dann enterbst du Cirilo und setzt mich an erste Stelle.« Das verlange ich vollkommen emotionslos, obwohl ich innerlich so angespannt bin, wie nie zuvor.

So habe ich noch nie mit dem Alten gesprochen. Allein das Wort ›wenn‹ geht gegen alles, was er mir von klein auf eingeprügelt hat. Man hat ihm gegenüber keinen Wenn-Anspruch zu stellen.

Aber wie gesagt, irgendwas passiert gerade in mir und ich kann es nicht stoppen. Es ist zu mächtig und ich komme dagegen nicht an.

Wahnsinn blitzt in seinen Augen auf und ich spüre bereits, wie er mir für diese Worte die Zunge raus schneidet, damit mir etwas so Dummes in meinem ganzen Leben nie wieder passiert.

Dieser Mann hat uns alle in seiner Gewalt. Er ist selbsternannter Richter und Gott, entscheidet über Glück und Leid – so unfassbar viel Leid.

Noch heute würde ich meine Hand dafür ins Feuer legen, dass er etwas mit Camillas Tod zu schaffen hatte. Er hat unserer Mutter Strafe versprochen, wenn sie sich nicht von Carlos fernhält.

Er war einer der Wachmänner. Warmherzig und immer gut gelaunt. Das hat Mom unglaublich gutgetan, weil sie in seiner Gegenwart ständig dieses verträumte Lächeln auf den Lippen hatte.

Die beiden hatten eine Blick-Affäre. Es wurde nie körperlich, weil Mama viel zu stolz für einen Seitensprung war und Carlos sich niemals Hand an sie legen hätte trauen, aus Respekt vor Don Juan.

Doch selbst diese harmlosen Blicke konnte der kranke Bastard nicht ertragen. Er ist vollkommen ausgerastet. Einen Tag später fanden wir meine zweitjüngste Schwester mit unschuldigen 5 Jahren ausgeweidet über dem Leoparden-Gehege hängend.

Sie war Moms Liebling. Der Grund, warum sie noch immer diese kubanisch verseuchte Luft atmete und ihr trauriges Leben nicht längst beendet hatte. Carlos war ab dem Tag wie vom Erdboden verschluckt.

Mein ältester Bruder Ernesto starb vor zwei Jahren, als der Alte ihn zu einem Schuldner geschickt hatte. Es war offensichtlich eine Falle und ich musste seinen verstümmelten Leichnam abholen, damit er beerdigt werden konnte.

Sein Tod war meine Strafe für eine verpatzte Hafenlieferung ...

Als ich die Überreste meines toten Bruders in ein Laken gewickelt auf dem Trainingsplatz abgelegt hatte, sah ich die Verachtung in Juans Blick, doch da war noch etwas anderes. Eine Warnung an mich, denn unmittelbar davor habe ich mir ein einziges Mal in meinem Leben erlaubt, schwach zu sein.

Ich habe eine kleine Kämpferin namens Emma und ein paar Container-Mädchen laufen lassen, die wir am Hafen entgegennehmen hätten und verschachern sollen.

Das Endresultat meiner Dummheit lag einen Tag später tot und bis zur Unkenntlichkeit entstellt vor meinen Füßen – mein großer Bruder Ernesto, der alles für mich war.

Don Juan schreckt vor nichts zurück, macht nicht mal beim eigenen Blut halt. Er hat keine einzige Träne um eines seiner verlorenen Kinder vergossen. Deshalb spure ich. Ausnahmslos, weil ich vier weitere Geschwister habe und auf keinen von ihnen verzichten will. Bis jetzt, denn jetzt ist irgendetwas anders.

»Du willst Cirilo um seinen rechtmäßigen Platz bringen? So wenig bedeutet dir dein eigener Bruder?«, fragt Juan gehässig und mit blitzenden Augen, die mich warnen sollen, meine nächsten Worte mit Bedacht zu wählen.

Cirilo bedeutet mir die Welt, nur deshalb gehe ich jetzt mit diesem gewissenlosen Wichser in die Verhandlung. Weil Cirilo all das hier verabscheut, nur lässt der Don-Wichser ihn und seine Familie nicht gehen, weil er will, dass er die Geschäfte übernimmt.

Er hält sie hier gefangen, wie auch den Rest von uns. Alle wären längst über sämtliche Berge geflüchtet, würden sie sich trauen. Würden sie auch nur einen Schritt weit kommen, ohne in eine Sprengfalle zu rennen.

»Das ist ausgeschlossen«, bestimmt Juan hart, ohne meine Antwort abzuwarten. »Du bist die Waffe, auf die ich nicht verzichten kann. Ich brauch dich draußen, nicht hier drin.«

»Dann findet auch keine Heirat statt«, lehne ich mich weit aus dem Fenster und spüre, wie sich allein durch den Blick seiner dunkelblauen Augen eine Schlinge aus Stacheldraht um meine Kehle legt.

Das einzige Problem ist, dass Juan mich nicht einfach nur töten wird für mein aktuelles Fehlverhalten. Ich werde leiden, so verdammt leiden, weil ich diesem Mann zu viele Nerven gekostet habe.

Es war schwerer, als bei Ernesto oder Cirilo, mich abzurichten. Mich zu brechen und willenlos zu machen, weil ich eine sehr ausgeprägte

Persönlichkeit habe und alles in mir gegen diesen Mann rebelliert, seit ich denken kann.

Diese Auflehnung hat er mir irgendwann abtrainiert. Ich habe gelernt, sie in mir verschlossen zu halten, nur ist sie niemals ganz verschwunden. Und jetzt gerade reißt sie sich brüllend von den Ketten und übernimmt das Steuer meines Handelns.

»Ich werde dein Erbe antreten, dafür beschaff ich dir Guatemala. Sofort, weil sie für sich selbst unterschreiben kann und ohnehin die rechtmäßige Erbin dieses Schandflecks ist«, halte ich eisern dagegen, weil aufgeben keine Option ist.

Nicht, wo ich schon so weit in der Scheiße stecke. Jetzt muss ich es durchziehen. *Weil du gesprungen bist, mi amor. Ohne Verstand, aber mit so verdammt viel Herz ...*

Juans Blick wandert zwischen mir und Amara, die noch immer hinter mir am Boden kauert, hin und her. Er versucht, die Situation einzuschätzen, und es macht ihn wahnsinnig, weil er es nicht kann.

Ich kann es ja selbst nicht. Kann mir nicht erklären, was mit einem Mal über mich kommt. Es passt ihm ganz offensichtlich nicht, weil es den Anschein erweckt, als würde ich Amara in Schutz nehmen. Tue ich das? Keine Ahnung!

»Erst will ich wissen, was hier los ist«, meint er mit einem trägen Schmunzeln auf den Lippen.

»Gerade hab ich da so ein Gefühl und es gefällt mir nicht, Keno.« Er reicht mir eine Waffe, die er von seinem Schreibtisch fischt und schnalzt mit der Zunge.

Und dieses Schnalzen ... Gottverdammte Scheiße!

Ich entsichere die Knarre auf die Sekunde mit einem leisen Klick und richte sie, ohne hinzusehen, auf Amara. Der Lauf bohrt sich in ihre Schläfe und ich kann ihr Zittern über die Knarre bis in meine Hand fühlen.

Ohne mich ihr zuzuwenden, verkeile ich meine Augen mit Juans, in denen die blanke Provokation steht. Er will mich herausfordern. Auf die Probe stellen. *Tu das nicht!*

Wieder schnalzt er und ich kann nicht erklären, was gerade passiert, doch es lässt mich handeln wie immer. Ich reagiere auf dieses Geräusch wie ein Hund, der auf eine Klingel fixiert wurde und total durchdreht, wenn sie los schrillt.

Völlig frei von jeglichem Verstand oder der Option, selbst eingreifen zu können drücke ich ab.

Mein Herz springt mir beinahe aus der Brust und auf meiner Haut bricht sich eiskalter Schweiß Bahn, als ich begreife, was ich eben getan habe.

Er hat geschnalzt.

Und ich habe abgedrückt!

Amara entfährt ein entsetztes Keuchen, während sich ein siegessicheres Grinsen auf Juans Lippen spannt, nachdem das Magazin der Waffe hohl geklickt hat.

»Ein Glück war das Ding nicht geladen«, raunt er teuflisch lächelnd an eine leichenblasse Amara gewandt, während ich mit meiner eigenen Atemkontrolle beschäftigt bin. *Scheiße, was war das? Ich wollte das gar nicht tun!*

Nachdenklich reibt Juan sich mit einem Finger über das verhärtete Kinn. Er wirkt jetzt viel zufriedener. Eine Weile wandert sein Blick ohne Eile zwischen uns hin und her, bis ihm schließlich eine Idee zu kommen scheint. Noch bevor er spricht, ahne ich, dass sie mir – uns – nicht gefallen wird. Das tut es nie.

»Fein«, beschließt er mit diesem dämonischen Glanz in seinen tiefblauen Augen. »Ich werde einem Deal zustimmen, weil ich heute gute Laune habe. Nur einem. Ich lasse Guatemala in Frieden oder ich setze dich ...« Er nickt auf mich. »Als meinen Thronfolger ein. Diese überaus sinnvolle Heirat werdet ihr so oder so eingehen, ganz einfach, weil ich es so bestimme.«

Amara springt auf die Beine und begehrt erneut gegen ihn auf. Sie hat sichtlich Schmerzen und ich würde ihr dennoch gerne einen Tritt verpassen, weil sie wieder das Wort ergreift. *Bleib doch einfach liegen und halt die Klappe, du dummes Ding!*

»Das ist nicht fair! Ich werde dieser verdammten Heirat zustimmen, wenn ihr euch von Guatemala fernhaltet! NUR DANN!«, plärrt sie außer sich vor Wut und funkelt Juan kampflustig an.

Hat sie nicht kapiert, dass sie auf einem hauchdünnen Seil balanciert? Gerade schwankt sie erneut auf die Todesseite und ich kann ihr nicht helfen. *Ich darf jetzt keinen falschen Schritt machen, Amara!*

Und trotzdem könnte ich schier aus der Haut fahren, als Juan ihr eine weitere Ohrfeige verpasst, die sie rückwärts umkippen und sich wimmernd am Boden krümmen lässt.

Rasender Zorn überfällt mich schlagartig wie ein tollwütiges Tier. Meine Augen pinnen sich auf das Blut, das aus ihrer vollen Unterlippe sickert. Scannen die aufgeplatzte Haut an ihrer Augenbraue. Nehmen das gerötete Jochbein wahr, unter dem sich bereits eine deutliche Schwellung abzeichnet.

Ich knirsche mit den Zähnen und habe mit einem Mal das überwältigende Bedürfnis, jemandes Knochen zu brechen. Bevorzugt Juans.

Fass! Sie! Nicht! An! Das ist der einzige Gedanke, der mich plötzlich in Dauerschleife glühend heiß durchzuckt. Die Wut in meinem Inneren wird so gigantisch, dass ich mich kaum mehr halten kann.

Das ist neu und echt nicht gut. Jetzt wird es gefährlich ...

Amara will sich aufrappeln, keucht gequält bei ihrem ersten Versuch, scheitert und probiert es ein zweites Mal. Sie wirkt dabei so schwach, zerbrechlich und sanft und dennoch so fucking stark, weil sie sich trotz der Qualen zurück auf die Beine kämpfen will.

Dann sehe ich im Augenwinkel Juans Bein nach vorn schießen, das ihr mindestens zwei Rippen brechen wird. Ein roter Schleier schiebt sich unvermittelt vor meine Linse. Da ist nur noch rot und ich kann mir nicht erklären warum. *Wehe!*

Mit einer übermenschlich schnellen Bewegung blocke ich seinen Tritt nach Amara mit meinem eigenen Bein ab, das ich ihm wie einen Betonpfeiler in den Weg stelle. Ich zucke nicht mal, als er volles Rohr in mich kracht, weil das Adrenalin mich gnadenlos überwältigt und taub für alles um mich herum macht.

Mit Funken sprühenden Augen starre ich in sein perfektes Gesicht und atme so angestrengt vor Wut, dass ich um ein Haar überschnappe.

Ich muss mehrmals blinzeln, um nicht vollends die Beherrschung zu verlieren. Ein schrilles Pfeifen dröhnt in meinen Ohren und der rote Schleier verstärkt sich nur noch weiter, statt zu verschwinden.

»Genug«, knurre ich heiser und so angespannt, dass ich eigentlich in der Mitte auseinanderfallen müsste.

Unvermittelt schnellt seine Faust nach vorn, direkt auf mein Gesicht zu, die ich mit einer Hand abfange und seine Finger zwischen meinen hart umschließe.

Er ist verdammt schnell, aber egal, mit was er aufwartet, ich bin schneller. Das sollte er doch eigentlich wissen, schließlich hat er mich überhaupt erst so weit getrieben.

Meine Reflexe sind schneller. Meine Instinkte perfektionierter. Ich schieße genauer und gegen meine Schlagkraft kommt er im Leben nicht an.

»Das sagst *du* mir nicht!«, zischt er angepisst und will sich aus meinem Griff losreißen, doch jetzt ist ein Punkt überschritten, an dem ich nicht mehr zurückkann.

Alles, was jetzt passiert, kann ich nicht mehr steuern. Es geschieht einfach. Diesmal ist es kein schnalzendes Geräusch, das mich antreibt, sondern mein eigener, tief in mir verwurzelter Instinkt.

»Du hast sie gerade zu meiner Frau gemacht, also doch. Genau das sag *ich* dir. Alles andere hat damit nichts zu tun, aber du wirst nie wieder deine Hand gegen sie erheben!«

Ich sage es so nüchtern, wie ich nur kann, obwohl sich das alles so fucking falsch anhört in meinen Ohren. Ich kann sie nicht heiraten. Ich wollte nie heiraten!

Mit einem festen Blick in seine Augen lasse ich langsam seine Hand los und verfolge lauernd, wie er um seinen Tisch herum schlendert und sich auf seinem schwarzen Ledersessel niederlässt, als wäre eben nichts passiert. Als hätte ich gerade nicht in seiner unmittelbaren Nähe die Beherrschung verloren. Als hätte ich ihn gerade nicht zurechtgewiesen. Ich!

Er hat die Fingerspitzen aneinandergelegt, als er zu mir aufblickt. Gehässig. Als würde er mir diese beschissene Wendung meines Lebens regelrecht wünschen.

Obwohl ich glaube, das Schlimmste verhindert zu haben, geht er dennoch als Sieger aus der Runde. Wie immer. Weil er Don fucking Juan ist.

»Ich ändere noch heute mein Testament«, lässt er mich mit diesem überlegenen Lächeln auf den Lippen wissen.

Ich nicke knapp und packe Amara am Arm, um sie auf die zittrigen Beine zu ziehen. Tragen werde ich sie ganz bestimmt nicht. Dass ich den Schlag für sie abgefangen habe, war schlimm genug und ändert zwischen ihr und mir rein gar nichts.

»Ach und Keno?«, hält Juan mich vom Gehen ab und ich drehe mich ein letztes Mal zu ihm um.

»Besorg einen Arzt und informier mich noch heute darüber, wann die Trauung stattfinden kann. Du weißt, was die Vermählung eines *Thronfolgers* mit sich bringt.«

Wieder kriege ich nur ein mechanisches Nicken zu Stande, weil alles in mir noch immer so heftig verkrampft ist. Scheiße, das weiß ich nur zu gut. Aus dem roten Schleier des Zornes werden mit einem Mal schwarze Wände, die auf mich zurücken und mir die Luft zum Atmen nehmen.

»Und denk an ihre Unschuld«, erinnert er mich noch sanft lächelnd mit weicher Stimme. »Wenn sie keine Jungfrau mehr ist, dann erschießt du sie noch in deinem Bett. Benutzte Huren nehmen wir nicht in die Familie auf.«

Amara hat kein Wort gesprochen, als ich sie zurück in meine Casita geschleift habe. Eigentlich müsste ich sie wieder in das Kellerloch verfrachten, doch jetzt wird sie immer hier sein oder? *Oh mein Gott, ich glaub das einfach nicht!*

Wie konnte diese ganze Scheiße nur derart aus dem Ruder laufen? Dieser Bastard wollte allen Ernstes einen Krieg anzetteln, um sich dieses Scheißland unter den Nagel zu reißen.

Da sind wir wieder beim Thema, dass Juan um nichts bittet. Er befiehlt es. Er setzt seinen Willen durch, egal wie. Und er nimmt sich, was er will, ohne Rücksicht auf Verluste.

»Hier«, murmle ich rau und drücke Amara im Vorbeigehen ein Kühlpack in die Hand, damit sie ihr Gesicht vor einer gigantischen Schwellung bewahren kann.

Ich weiß, wie heftig Juans Schläge sitzen, und ich bewundere wirklich, dass sie nicht mehr heult. Stattdessen ist ihr dunkelbrauner Blick leer geworden. Ihre Iriden schimmern beinahe schwarz und sie ist leichenblass.

Vermutlich, weil sie selbst nicht begreift, in was für eine kranke Scheiße sie sich da eben geritten hat. Die Kette um ihr Fußgelenk habe ich wieder entfernt. Sie kann jetzt ohnehin nirgends mehr hin flüchten.

»*Gracias*«, haucht sie hohl und sucht meinen Blick. Was soll ich ihr noch ausweichen? Jetzt wird sie niemals wieder gehen. Das ist doch beschissen!

Also setze ich mich ihr gegenüber und falte die Hände, lege die Spitzen meiner Zeigefinger an die Lippen und stütze meine Ellbogen auf den Knien auf.

»Dir ist klar, dass es keine Scheidung geben wird, oder? Keinen Ausweg, niemals«, versuche ich ihr das Ausmaß des Dramas vor Augen zu führen, das sie selbst heraufbeschworen hat.

Bei meinen Worten zuckt sie erschrocken zusammen, als wäre sie eben aus einer Starre erwacht.

Wieder saugen sich ihre dunkeln Iriden an meinen fest und ich würde sie am liebsten schütteln, weil sie darin keinen Halt finden wird, den sie so verzweifelt sucht.

Ich kann ihr den nicht geben!

Ich bin der fucking Tod!

Ich empfinde rein *gar nichts*!

Und in dem Moment scheint in ihrem Unterbewusstsein durchzusickern, dass ihre vorlaute Klappe schlussendlich ihr Todesurteil war.

»Ich bin keine Jungfrau mehr«, wispert sie atemlos und senkt ihr Gesicht beschämt auf ihre schlanken Finger, die unkontrolliert zittern.

»DAS IST DOCH NICHT DEIN ERNST!«, entfährt es mir brüllend und ich wische mir abgefuckt über das Gesicht.

Ich muss sie abknallen, jetzt ist es amtlich. Direkt nach der Vermählung, nachdem wir ... Mir wird unglaublich schlecht. Mir!

Mir wird nie schlecht, aber gerade jetzt habe ich das dringende Bedürfnis auf den Boden zu kotzen. Ich will alles vollreihern und anschließend meine Casita in Brand stecken. Am besten, während ich noch hier drin stehe.

»Wozu der Arzt?« Die Frage kommt so leise und tonlos über Amaras aufgeplatzte Lippe, dass ich sie kaum verstehen kann.

Gerade will ich zu einer verdammt bitteren Erklärung ansetzen, als es an der Tür klopft. Ich schlucke die Worte wieder runter und erhebe mich schwerfällig.

Mit einer wütenden Bewegung reiße ich das anthrazitfarbene Holz auf und starre auf den kleinen Wicht, der wie immer seine Hornbrille richtet, wenn er in meiner Nähe ist. *Vollidiot!*

Mit eingezogenem Nacken wartet er darauf, dass ich ihn rein bitte. Ich deute mit dem Kopf ein Nicken an, dass er mir folgen soll.

Amara hat sich auf der schwarzen Couch zu einem kleinen Ball zusammengekauert und starrt uns mit übergroßen Augen an. Dass sie Angst hat, ist nicht zu übersehen, weil sie nicht weiß, was jetzt passiert. *Ab jetzt passiert nichts Gutes mehr in deinem Leben, mi amor, das kannst du mir glauben.*

»Mach, was auch immer du tun musst und ...«, presse ich wild atmend an den Arzt gewandt hervor. »Sie ist Jungfrau und morgen fruchtbar, kapiert?!« Was bringt es, diese Scheiße aufzuschieben? Je eher wir diesen Fuck hinter uns bringen, desto schneller kann ich wieder geradeaus denken.

Meine Worte kommen so eindringlich, damit der Idioten-Doc auch *wirklich* kapiert, dass er es *genau so* sagen muss, wenn jemand fragt. Don Juan zum Beispiel. Oh und er wird fragen ...

»WAS?!«, ruft Amara entsetzt und springt von der Couch auf. Mit schnellen Schritten steht sie dicht vor mir und reckt trotzig ihren Kopf, um sich größer zu machen. *So wild. So mutig. So unbeugsam. Das wird dich irgendwann das Leben kosten, princesa.*

»Das bin ich garantiert nicht! Außerdem verhüte ich zuverlässig!«

»Perfekt!«, knurre ich mit todbringendem Blick, was sie wieder ein Stück schrumpfen lässt. »Du willst ja schließlich auch kein Kind von mir!«

»Kein ... WAS?! KENO!«, ruft sie mir verständnislos hinterher, als ich die Haustür aufreiße und nach draußen stürme.

Scheiße, sie hat keine Ahnung, was passieren wird. Ich muss hier weg. Brauche einen klaren Kopf, weil sich mit einem Mal alles in meinem Leben verschoben hat. In die vollkommen falsche Richtung.

Ich will keine Frau!

Ich will kein Kind!

Schon gar nicht, solange *er* hier ist und mir – uns – das Leben zur Hölle machen wird. *Amara, ich will kein uns! Und es wird kein fucking uns geben, weil du schon morgen sterben wirst. Die Waffe, die er mir morgen in die Hände legt, wird ein randvolles*

Magazin haben! Ticktack! Die Zeit sitzt dir im Nacken, also lauf. Lauf um dein gottverdammtes Leben! LAUF!

Amara

Kapitel 25

Fassungslos starre ich Keno hinterher, der mich einfach allein mit dem Arzt zurücklässt. Seine Schritte sind so energisch, dass er feinen rotbraunen Staub mit seinen Boots aufwirbelt, als er wie ein Tornado aus Wut und Zorn über den Innenhof fegt.

Jetzt stehe ich hier, mitten in seinem Haus, wo ich mich so schrecklich fremd fühle. Mit lädierter Visage und einem tonnenschweren Klumpen in meinem Magen, der sekündlich schwerer wird. *Was zum Teufel ist da gerade passiert?!*

Mit hängenden Schultern, weil ich so dermaßen im Arsch bin, schlurfe ich zurück zur Couch, wo der Doc mit angespannten Gesichtszügen auf mich wartet. *Er* ist angespannt? Pff, der komische Vogel hat doch keine Ahnung.

Ich fühle mich, als hätte ich die letzte Stunde nur geträumt. Als wären die letzten Tage ein falscher Film gewesen, in den ich versehentlich platziert wurde mit dem krönenden Abschluss in Mister Wichsers Büro, der mir ins Gesicht gesagt hat, dass er Krieg will. Doch die pochende Wange sagt mir, dass es die bittere Realität ist.

Wie konnte ich nur einer Heirat mit diesem Mann zustimmen? Nein, ich habe mich regelrecht darauf gestürzt, als ich hörte, dass Juan sich Guatemala holen will. *Applaus, Amara. Anstatt einmal in deinem Leben die Klappe zu halten und deine Flucht zu planen, stürzt du dich mit Anlauf in dein Verderben. Felicidades!*

Und obwohl meine innere Stimme flüstert, dass ich damit mein Todesurteil besiegelt habe, habe ich nicht ansatzweise so viel Angst, wie vermutlich angebracht wäre.

Da ist etwas in Keno, von dem er selbst anscheinend nichts weiß. Er hätte den Tritt seines Vaters nicht für mich abblocken müssen. Trotzdem hat er es getan. So schnell, dass er nicht mal die Chance hatte, darüber nachzudenken, was er da eigentlich tut.

Er hätte Juan nicht drohen müssen, dass er nie wieder die Hand gegen mich zu erheben hat, und dennoch sind die Worte aus ihm herausgeschossen, wie aus einem geplatzten Hydranten.

Er hat instinktiv gehandelt und wenn sein Instinkt ist, mich zu schützen, dann ... weiß ich auch nicht, was das zu bedeuten hat.

Wieder war da dieses seltsame Ding, das mit meinem Herzen passiert ist, als er ein gefährliches ›genug‹ geknurrt und sich schützend vor mir aufgebaut hat. *Boom-boom.*

Nichtsdestotrotz war da auch diese Waffe. Eine entsicherte Waffe, die er mir ohne mit der Wimper zu zucken an den Schädel gehalten und einfach abgedrückt hat. Das Magazin war leer, aber ich bin mir nicht sicher, ob Keno das wusste.

Sein zerstreuter Gesichtsausdruck, als das hohle Klicken durch den Raum hallte, sah nicht so aus, als wäre er sich darüber im Klaren gewesen, was er da eigentlich tut. Reue flammte über sein scharf geschnittenes Gesicht und seine Augen wirkten für einen winzig kleinen Moment regelrecht verloren.

»Was jetzt?«, frage ich den Doc mit verschränkten Armen und mustere ihn haarscharf.

Auf keinen Fall lasse ich mich von ihm betatschen, wenn er mir unsympathisch ist. Doch er wirkt hier noch deplatzierter, als ich mich fühle, also gehe ich davon aus, dass er ein guter Mensch ist.

Zumindest um Lichtjahre freundlicher, als das letzte Arschloch, mit dem ich auf diesem Anwesen

Bekanntschaft gemacht habe. Juan. *Don* werde ich ihn nicht nennen. Vorher beiße ich mir die Zunge ab, denn dieser geschmierte Lackaffe befehligt mir mal überhaupt nichts.

»Ich muss Sie untersuchen. Auf Ihre ... Jungfräulichkeit, Fruchtbarkeit und einen Test bezüglich Geschlechtskrankheiten machen«, erklärt er fachmännisch und trotzdem stockend, als hätte er Angst. Wovor?! Etwa vor mir? Wohl kaum.

Ich betrachte seine hellbraunen Augen, die panisch von rechts nach links und wieder zurück huschen. Dann folge ich seinem Blick über meine Schulter und sehe die Leoparden unruhig vor der Glasscheibe auf und ab schleichen. Sie haben den Nacken eingezogen und die Gefleckte bleckt unzufrieden die Zähne. *Ja, ich wäre jetzt auch lieber woanders, perdón ...*

»Ich glaube, sie tun einem gar nichts«, murmle ich in mich hinein und lege mich artig auf den Rücken, damit der Arzt mit seiner Untersuchung beginnen kann. »Ich war in ihrem Gehege und ... lebe immer noch.« *Noch* – geht es mir fröstelnd durch den Kopf.

Scheiße, wieso ist das vorher nur derart aus dem Ruder gelaufen? Was will dieser glattrasierte Fatzke mit unserem Land? Was will er mit den verdammten Mexis? Die blockieren einen Scheiß und selbst wenn, dann garantiert nicht auf unserem Grund und Boden, weil ich davon wüsste. Da muss mehr dahinterstecken, als dieser aalglatte Penner uns offenbart hat. Das hinterlässt einen noch viel bittereren Geschmack, als das ganze Drama ohnehin schon. *Wir können nicht heiraten, Keno! Wir zerfleischen uns und bei meiner Statur und deiner absurden Kraft ziehe ich garantiert den Kürzeren ...*

»Hat Keno Sie in das Gehege gestoßen?«, mutmaßt der Arzt und sucht flüchtig meinen Blick. *Na der hält ja viel von dir ...*

Dass wir uns unterhalten, scheint ihn zu entspannen, deshalb sage ich ihm nicht, dass Keno dieses Haus mit Sicherheit video- und tonüberwachen lässt und bestimmt hören kann, was er gerade gesagt hat.

Mit akribischen Griffen holt er verschiedene Utensilien aus seinem Koffer und streift sich Latexhandschuhe über, während mir ein frustriertes Seufzen entfährt.

»Nein, ich bin gesprungen«, antworte ich aufrichtig.

»Das war sehr mutig von Ihnen, Señorita ...«

»Amara«, helfe ich ihm schnell auf die Sprünge. »Einfach nur Amara. Du musst mich nicht siezen.«

»Amara«, wiederholt er meinen Namen mit einem schüchternen Lächeln und stößt den angehaltenen Atem aus. »Ich heiße Zayden.«

»Freut mich, Zayden«, erwidere ich matt lächelnd, weil mir nach lachen eigentlich gar nicht ist, aber ich will ihm die Verunsicherung nehmen. Die muss er in meiner Gegenwart nicht verspüren.

Er scheint ebenfalls nicht gerne hier zu sein und vielleicht finde ich in ihm ja sogar einen Verbündeten. Zumindest *ein* freundliches Gesicht, das nicht falsch ist oder mich auf einem Scheiterhaufen brennen sehen will.

Kurz durchzuckt mich das Bild, wie dieser Dario mir mit seinem Daumen angedeutet hat, dass er mir die Kehle aufschlitzen will.

Ich sollte mich künftig besser unsichtbar machen, denn die Menschen, die hier ganz offensichtlich ein Problem mit mir haben, häufen sich ...

Donna, die mich anscheinend absichtlich in eine aussichtslose Flucht geschickt und dann auch noch rumerzählt hat, dass ich sie ohnmächtig geschlagen hätte.

Dario, der mich aufschlitzen will, was auch immer sein Scheißproblem mit mir ist. Wenn es wegen dem Unfall ist, den ich verursacht habe, dann muss ich sagen, dass er eine verdammt nachtragende Pussy ist, denn in meiner Situation hätte wohl jeder versucht, aus diesem Wagen rauszukommen.

Und dann wäre da noch das absolute Quotenarschloch: *Don* Juan, der mich ohrfeigt, als wäre es sein liebstes Hobby. Der mich skrupellos meiner Freiheit beraubt, meinen herzkranken Papa erpresst und mir obendrein noch damit droht, unser Land anzugreifen.

»Ich werde dir jetzt Blut abnehmen und müsste dann mal einen Blick auf ... Würdest du dich bitte untenrum freimachen?«, reißt Zayden mich aus meinen Gedanken und ich gebe meine Unterlippe frei, die ich angespannt mit den Zähnen malträtiert habe.

»Nicht nötig«, winke ich schnell ab.

Aus zweierlei Gründen. Den Ersten behalte ich für mich, weil ich mich doch ein bisschen dafür schäme, dass ich kein Höschen trage. Das lange Shirt von Keno ist alles, was mich bedeckt und das ist so verflucht entwürdigend.

Den zweiten Grund allerdings, muss ich ihm sagen, weil ich da unten von ihm unter gar keinen Umständen angefasst werden will. Es ist auch gar nicht nötig.

»Das mit der Jungfräulichkeit habe ich mit Keno bereits geklärt. Es ... wird zu Problemen führen, was aber nicht deine Sorge sein soll«, entgegne ich mit Nachdruck und festem Blick in seine Augen, damit er versteht.

Ein knappes Nicken mit geschürzten Lippen folgt und dann verschwindet eine Nadel in meinem abgebundenen Arm, deren Kanüle sich stetig mit dunkelrotem Blut füllt.

Zayden verspricht, mir ein neues Diaphragma zu bringen, weil ich es in anderthalb Wochen wechseln muss und bei Gott, ich bekomme kein Kind mit Keno! Wie auch immer er das gemeint hat, bevor er abgerauscht ist.

Er verabreicht mir etwas gegen die Schmerzen in meinem Gesicht, näht den Cut an meiner Braue mit zwei Stichen und legt mir ein neues Kühlpad auf die Wange, nachdem er sich den Schnitt an meinem Hals erneut angesehen hat. Mittlerweile ist bereits eine dünne Hautschicht darüber gewachsen und es brennt auch gar nicht mehr.

Dann verabschiedet er sich mit einem beinahe traurigen ›lebwohl‹ und ich laufe unschlüssig durch das Bungalow. Wieso nur hat sich dieses Wort wie ein endgültiger Abschied angehört?

Da sind so viele offene Fragen in meinem Kopf, der jeden Augenblick zu platzen droht. Wieder bricht mir der Schweiß aus, weil ich völlig neben mir stehe und diese feuchtschwüle Dschungelluft, die einen hier permanent umgibt, schier wahnsinnig macht.

Was will Juan mit Guatemala? Was bringt ihm ein Bündnis? Wir hatten mit den Kubanern noch nie etwas zu schaffen, das weiß ich ganz sicher, weil Papa mich schon früh in seine Geschäfte eingeweiht hat.

Mir schwirrt der Kopf und das Chaos verdichtet sich stetig, statt sich zu lichten. Mir fehlen zu viele

Informationen, sodass ich keinen logischen Schluss aus Juans Handlungen ziehen kann.

Inzwischen dämmert es draußen und Keno ist noch immer nicht zurück. Ich weiß nicht, ob ich hierbleiben darf oder ob ich mich freiwillig in dem feuchten Kellerloch einsperren soll. Beide Optionen gefallen mir nicht.

Ich habe keine Ahnung, wie er sich das künftig vorstellt, sollten wir tatsächlich zu diesem Altar schreiten, wonach es ganz offensichtlich aussieht.

Vielleicht kann ich ihn dazu überreden, dass wir in meine Heimat gehen. Wenn mein Papa das Zeitliche segnet, dann wäre es sowieso unumgänglich, weil jemand vor Ort sein muss, der sich um die Geschäfte kümmert. Das bin ich Papa schuldig, nach allem, was er für dieses Land auf sich genommen hat.

Nur so kann ich verhindern, dass dieses Arschloch Juan nicht alles dem Erdboden gleichmacht oder mein Onkel Allegro ein imaginäres Zepter an sich reißt, das ihm nicht zusteht. Am Ende macht der noch gemeinsame Sache mit Juan, das wäre eine Katastrophe!

Frustriert raufe ich mir das Haar und betrete das gigantische Badezimmer, das ebenfalls auf zwei Seiten mit Glaswänden von der Decke bis zum Boden durchzogen ist. Inzwischen weiß ich jedoch, dass man nur nach draußen, aber nicht von außen nach innen schauen kann. Total abgefahren.

Links neben der Tür führt eine verchromte Wendeltreppe nach unten. Ich bin zwar neugierig, was sich dort befindet, will es aber irgendwie doch nicht wissen.

Im schlimmsten Fall ende ich in einem weiteren Folterkeller. Darauf kann ich getrost verzichten. Vielleicht wird das da unten auch mein neues Zimmer, denn dass Keno und ich zusammen in diesem kleinen Häuschen leben, ist selbst für mich ausgeschlossen und ich bin der Optimist von uns beiden.

Ich streife mir sein Shirt ab und betrete die ebenerdige Dusche mitten im Dschungel, lasse mich von dem angenehmen Wasser der Regendusche berieseln und versuche, meine verkrampften Schultern zu entspannen.

Mein Gesicht brennt wie Hölle und das dumpfe Pochen unter meiner Schädeldecke macht mich wahnsinnig. Zayden hat versprochen, dass das Schmerzmittel schnell helfen wird. Da bin ich mal gespannt.

Völlig erschöpft wasche ich mein Haar und seife meinen Körper mit dem einzigen Duschgel hier drin ein, als ich mit einem Mal restlos von Kenos unbeschreiblichem Geruch umhüllt werde.

Schnell spüle ich den Schaum von mir und schrubbe mit den Händen hysterisch über meine Haut, weil ich nicht wie er riechen will. Es duftet unglaublich gut und lässt auf unerklärliche Weise meine Brust flattern, trotzdem fühlt es sich so abgrundtief falsch an.

Nachdem ich mich abgetrocknet habe, flechte ich mein nasses Haar zu zwei langen Zöpfen an der Kopfhaut entlang, weil ich hier natürlich keinen Föhn finde und schlüpfe in ein frisches Shirt aus Kenos Schrank. *Gott, ich hab ja noch nicht mal Kleidung hier ...*

Mit stechendem Magen, als hätte mir jemand Seeigel hineingelegt, schnappe ich mir eine Decke aus dem großen Bett. Ich verkrümle mich auf die Couch, weil ich es einfach nicht über mich bringe, mich aus freien Stücken zwischen diese bequemen Laken zu legen.

Es ist *sein* Bett und die Tatsache, dass ich bereits eine Nacht mit ihm da drin verbracht habe, ist schlimm genug.

Wegen der Schmerzmittel, die nun schlagartig ihre volle, benebelnde Wirkung entfalten, und der Anstrengung der letzten Tage brauche ich gar nicht lange, bis mir erschöpft die Augen zufallen.

Keno

Kapitel 26

Ich kann mich nicht daran erinnern, wann ich jemals so unfassbar viel gesoffen und mich derart provokant von einer Schlägerei in die Nächste gestürzt habe.

Jeder Schlag – und heute durfte echt jeder Spacko mal sein Glück versuchen – hat meinen Verstand ein Stück weit geklärt und mir unendlich gutgetan.

Dem Don-Ficker wird nicht gefallen, dass ich halb Havanna aufgemischt habe, aber er ist schließlich schuld an dem ganzen Elend, also interessiert es mich im Augenblick einen feuchten Dreck, was er dazu zu sagen hat.

Jetzt bin ich wieder etwas klarer im Kopf und habe einen Entschluss gefasst. Mit großen Schritten überqure ich den Innenhof des Anwesens, der in absoluter Dunkelheit liegt, und halte direkt auf meine Casita zu.

Ich werde Amara erschießen.

Ich werde sie töten.

Jetzt sofort und nicht erst morgen, wenn sie nackt unter mir in einem Bett liegt und Juan sein dressiertes Hündchen mit einem Schnalzen zwingt, den Abzug zu drücken.

Mit diesem einen Schuss, den sie gar nicht spüren wird, werden sich alle Probleme in Luft auflösen. Sie will mich nicht an ihrer Seite haben. Garantiert nicht. Niemand will das.

Niemandem auf dieser Welt kann und will ich ein Leben zumuten, in dem ich vorkomme. Das ist so falsch. Ich bin nicht dazu bestimmt, ein Familienleben zu führen. Das wusste ich von Anfang an, nachdem Juan mit meiner Abrichtung fertig war. Ich habe in diesem Scheißbüro heute den Abzug gedrückt, das sagt doch alles!

Der Schock über mein fremdgesteuertes Handeln sitzt noch immer gigantisch tief und ich kann einfach nicht begreifen, wieso ich nicht gegensteuern konnte. Wäre diese Knarre geladen gewesen, hätte ich Amara volles Rohr das Hirn aus der Birne geknallt.

Dabei war in diesem Augenblick alles in mir darauf gepolt, sie vor meinem Erzeuger zu schützen.

Also werde ich es beenden, bevor alles noch beschissener werden kann, denn ich werde ihr so unvorstellbar wehtun, wenn Don Juan das von mir verlangt. Ich weiß es einfach. Den Beweis habe ich vor wenigen Stunden in seinem Büro geliefert.

Seine Worte, dass ihr Tod gnädiger wäre, als ein Leben mit einem von ihm erschaffenen Monster, war kein Spaß.

Genau das bin ich. Ein Monster, das Don Juan erschaffen hat. Weil ich im Grunde ein Schwächling bin und mich nicht dagegen wehren kann, wenn er den Tu-Es-Button drückt.

Sehr armselig, ich weiß. Aber deshalb werde ich jetzt gegensteuern – und den Zwerg abknallen. Schnell und schmerzlos.

Mehrmals blinzle ich, um meine Sicht zu schärfen, die noch leicht verschwommen ist vom vielen Alkohol, den ich wie ein Fass ohne Boden in mich gekippt habe.

Ich habe mir sogar beschissenes Koks ins Hirn geballert und das mache ich nur in absoluten Ausnahmefällen.

Verzweiflung stellt komische Dinge mit einem an. Normal bin ich die Gefasstheit in Person. Es gibt kaum etwas, was mich noch schockt, aber die rassige, kleine Amara tut es unentwegt.

Ein Blick aus diesen tiefbraunen Augen reicht, um mich total durcheinanderzubringen. Das ist etwas, womit ich echt nicht umgehen kann. Es ist warm und macht mich schwach. Es lässt mich fühlen und das ist in der Welt, in der ich lebe, tödlich.

Deshalb schiebe ich mich geräuschlos wie ein Schatten in meine Casita und betrete in absoluter Stille das Wohnzimmer. Eigentlich vermute ich den Winzling im Schlafzimmer, doch die Frechheit hat sie sich anscheinend nicht rausgenommen.

Ich hätte das Bett verbrannt, hätte sie ein weiteres Mal in den Fasern ihren Geruch hinterlassen. Seitdem träume ich komische Dinge, wenn ich für ein paar Stunden wegpenne, weil der Duft dann in meine Nase zieht. Und das Thema mit den Träumen hatten wir bereits: Sie sind etwas für Idioten.

Stattdessen liegt sie zusammengerollt auf der Couch. Einzig eine Decke hat sie sich aus meinem Bett geklaut, die ich ihr am liebsten entreißen möchte.

Sie trägt erneut ein Shirt von mir – diesmal ein weißes, was sie zusammen mit ihren geflochtenen Zöpfen wie einen unschuldigen Engel aussehen lässt. Ihre seidigen Lippen sind leicht geteilt und lassen sanfte Atemzüge entweichen. Sie wirkt so fucking friedlich, dass ich mir fassungslos an die Nasenwurzel greife.

Der Dämon in mir befeuert mich unentwegt, es schnell zu beenden. Es verdammt nochmal einfach zu tun. Er brüllt so laut, dass ich mich frage, warum Amara davon nicht längst wachgeworden ist. Er reißt an den Ketten und spuckt Feuer wie ein blutrünstiger Drache.

Langsam glaube ich, dass ich eine heftige Persönlichkeitsstörung habe, weil da immer diese zwei Seiten in mir rumoren. Sie kämpfen um die Oberhand, führen, seit ich denken kann, einen bitterbösen Krieg, der mich langsam aber sicher in den absoluten Wahnsinn treibt.

Noch schlimmer wurde es, als ich diese gottverdammte Frau holen musste. Als meine Hand das erste Mal um dieser zarten Kehle lag. Als ihre tiefbraunen Augen feurig auflodernten, weil ich ihr einen Schritt zu nah kam. Als diese Rebellion ihr feines Gesicht dominierte und sie meinem Alten die Stirn bieten wollte. *Dein Feuer, mi amor, ist das Heißeste, was ich jemals gesehen habe, und trotzdem werde ich diese Flamme jetzt ersticken, damit sie für die Ewigkeit erlischt ...*

Konzentriert verenge ich die Augen und spanne mich an, weil ich schon wieder auf diese weichgeklopfte Seite schwenke, während ich diese bombenhübsche Frau beim Schlafen beobachte.

Mein Schädel dröhnt wie lange nicht und ich inhaliere einen tiefen Atemzug, um das Stechen aus meiner verkrampften Brust zu vertreiben.

Ich kann mir selber nicht erklären, warum es so ist, weiß aber ganz sicher, dass ich durchdrehe, wenn diese beiden Seiten in mir nicht aufhören, an mir herumzureißen. Wie ein Pendel, das einfach nicht länger stillstehen will, schwankt es in mir immer heftiger.

Licht und Schatten.
Tag und Nacht.
Gut und Böse.
Sonne und Finsternis.
Es muss aufhören!

Ich ziehe meine Beretta aus dem hinteren Hosenbund und entsichere sie mit einem leisen Klicken. Noch immer regt Amara sich nicht.

Ein letztes Mal noch will ich sie genauer betrachten und trete näher an die Couch heran, als mein Blick durch die Glasscheibe hinter ihr fällt.

Ich weiß natürlich nicht, was die Leoparden machen, wenn ich nachts schlafe, aber jetzt liegen sie dicht an die Glasfront gepresst direkt hinter Amaras Kopf, der auf der Couchlehne ruht, die an der Scheibe ansteht. So eng, dass sie zwischen den beiden versinken würde, wäre da nicht das Glas, das sie voneinander trennt.

Mit zusammengezogenen Brauen betrachte ich dieses Bild genauer, das an Absurdität kaum zu überbieten ist. Es sieht aus, als hätten sie sich absichtlich zu ihr gelegt.

Irritiert schüttle ich den Kopf und ziele konzentriert auf die schlafende Frau, deren Brust sich sanft hebt und senkt. Gleich nicht mehr. *Gleich ist es vorbei, princesa.*

Wenn ich abdrücke, dann können wir alle wieder zur Tagesordnung übergehen. Dann kann ich wieder ohne schlechtem Gewissen in meiner quälenden Dunkelheit versinken und sie muss nicht einen abgefuckten Penner wie mich zu ihrem Mann nehmen. Es wird besser so sein.

Mir will einfach nicht in den Verstand, wie sie so tief und seelenruhig schlafen kann. In *meinem* Haus. Unter diesen Umständen noch dazu.

Es scheint fast so, als würde sie sich hier geborgen, sogar behütet fühlen. Andernfalls wäre sie doch längst wach geworden, weil der Körper grundsätzlich in Alarmbereitschaft ist, wenn man sich irgendwo unwohl fühlt.

In ihrer Zelle ist sie bei dem kleinsten Geräusch panisch in die Höhe geschreckt. Warum also schläft sie ausgerechnet in meiner Casita wie ein fucking Stein?

Mein Finger legt sich verkrampft auf den Abzug und ich nehme einen weiteren, tiefen Atemzug. *Tu es! Leg sie um, dann musst du dich mit dieser ganzen Scheiße nicht mehr abficken. Drück! Ab!*

Unvermittelt hebt Lady den Kopf. Sie starrt mich quer durch die Dunkelheit an. Sehr eindringlich, aber ohne, sich zu bewegen. Einzig ihr langer Schwanz schwenkt angespannt von rechts nach links. Ob sie den Dämon hört, der einfach nicht aufhört wie ein Wahnsinniger zu brüllen?

Mit schief gelegtem Kopf starre ich zurück und kann kaum atmen, weil diese Situation so absurd ist. Was soll das werden? Will sie mich warnen, es nicht zu tun?

Okay, ich verliere den Verstand. Ich bin einfach nur besoffen und anscheinend alles, aber noch immer nicht klar im Kopf. Vielleicht war der Stoff schlecht. Oder einer hat mir so hart auf die Nuss gehauen, dass irgendwas in meinem Schädel kaputt gegangen ist. Was weiß ich?!

Dann fällt mein Blick auf ein gefaltetes Stück Papier, das neben der Couch auf dem gläsernen Wohnzimmertisch liegt. Es sollte mich einen Scheiß interessieren, was das ist, aber meine Augen scheinen regelrecht darauf gepolt zu werden.

Für dich steht darauf. Mit einem tiefen Seufzen sichere ich die Waffe und lasse sie wieder hinter meinem Rücken im Hosenbund verschwinden, bevor ich mir den Zettel greife. *Für dich ...*

Ein ungekanntes Gefühl, das ich nicht zuordnen und auch nicht leiden kann, steigt in mir auf, weil mir noch nie jemand etwas geschrieben hat. Wir alle haben einen Mund zum Sprechen, wieso also Worte auf einem Stück Papier verewigen?

Trotzdem falte ich den kleinen Fetzen mit angehaltenem Atem und einem sonderbaren Brennen in der Magengegend auseinander.

Ich weiß, dass du wütend bist und mich nicht leiden kannst, aber wir kriegen das hin. Irgendwie.
Bitte sperr mich nicht wieder im Keller ein.
Ich werde nicht weglaufen.
Keine Faxen – versprochen.
Amara

Zum Teufel, das solltest du aber! Lauf! Lauf, so schnell du kannst, bevor es zu spät ist! - begehrt die nicht ganz so kaputte Seite in mir auf.

Angepisst, weil diese Stimme in mir erneut das Wort ergreift, reibe ich mir über das Gesicht. Ich lese die Zeilen ein weiteres Mal. Und nochmal.

Beim vierten Mal muss ich schmunzeln. Ein Glück ist es dunkel und niemand kann es sehen. Niemand, außer Lady, die mich noch immer hart im Visier hat.

Das ist Amaras einzige Angst, nach allem, was die letzten Tage passiert ist und heute beschlossen wurde? Dass ich sie zurück in den Keller sperre?

Frustriert schüttle ich den Kopf und lasse den Zettel in meiner Hosentasche verschwinden. Erneut betrachte ich diese seltsame Frau, die so friedlich und entspannt aussieht, wenn sie schläft. Auf meiner Couch mitten in meiner Hölle. *Ich glaub, du spinnst ein bisschen, mi amor ...*

Mit einem Mal ist der Drang, sie ins Jenseits zu befördern verschwunden. Die Dunkelheit schweigt. Vielleicht hat das Licht sie in diesem Moment getötet, ich weiß es nicht.

Mein Vorhaben hat sich einfach in Luft aufgelöst, als sich ein Lächeln auf meine Lippen gestohlen hat, weil Amara mir einen Brief geschrieben hat. *Du bist doch echt nicht mehr zu retten, princesa!*

Wenn ich mir ihre Schlafposition genauer ansehe, dann wird sie morgen den steifen Nacken des Jahrhunderts haben.

Weil mein Erzeuger ihr heute schon genug zugesetzt hat und sie dennoch so verdammt tapfer war, überkommt mich erneut ein sonderbares Gefühl.

Es rauscht so schnell heran, dass ich es nicht aufhalten kann, bis es schließlich vollständig Besitz von mir ergriffen hat und ich es auch nicht mehr verdrängen kann: Fürsorge.

Hier in meinen eigenen vier Wänden kann mich niemand sehen und ich gestehe mir ein weiteres Mal in meinem Leben Schwäche ein. Nur ein einziges Mal noch und diesmal wird es keine Konsequenzen haben, weil es niemand mitbekommt.

Vorsichtig schiebe ich meine Arme unter Amaras Kniekehlen und Schulterblätter und hebe sie samt der Decke an meine Brust.

Flatternd öffnet sie die Augen und hat sichtlich Probleme damit, sie offen zu halten. Sie muss echt am Ende sein. Trotzdem sucht sie verwaschen meinen Blick.

»Keno?«, wispert sie und kneift ihre Brauen leicht zusammen.

Warum macht es mich jedes Mal so rasend, wenn sie meinen Namen ausspricht? Es ist nicht ein rasend vermischt mit dem Bedürfnis, jemanden umzulegen. Aber verdammt nochmal, mein Herz rast dennoch!

»Nicht in den Keller. Ich hab dir einen Zettel geschrieben.« Das kommt so leise und verschlafen, dass ein längst totgeglaubtes Organ in meiner Brust sticht.

Die friedliche Ruhe, die Amara umgibt, kriecht warm unter meine Haut und lässt mich innerhalb von Sekunden runterfahren.

Amüsiert hebe ich einen Mundwinkel, als ich auf das verschlafene Murmeltier herabblicke. Ein ziemlich geschundenes Murmeltier mit geschwollener Wange und einem Cut über der Augenbraue, der vom Idioten-Doc mit zwei Stichen sauber genäht wurde.

»Bitte nicht«, haucht sie total übermüdet und entlockt mir ein belustigtes Schnauben, weil sie ihren Kopf tatsächlich gegen meine Brust sinken lässt, als wäre ich der fucking Held in dieser Geschichte. Das bin ich nicht, aber das ist gerade sowas von scheißegal.

»Sch, ich weiß«, flüstere ich weich und bette sie sanft auf die Matratze im Schlafzimmer. Sofort murmelt sie sich tiefer in die Laken und driftet nach einem niederschmetternd süßen Seufzen auf den Schlag wieder weg.

Ich sitze eine ganze Weile auf dem Sessel gegenüber des Bettes und beobachte Amara. Auf verrückte Weise beruhigt es mich, sie einfach nur anzuschauen.

Sie träumt intensiv, regt sich unglaublich oft und wispert aufgebrachte Worte, die ich nicht verstehen kann.

Ich werde sie nicht erschießen. Heute nicht. Und auch das Bett werde ich nicht in Brand stecken. Stattdessen überfliegen meine Augen ein weiteres Mal die Worte, die sie auf dem Papier verewigt hat.

Ich zerknülle den Zettel in meiner Faust und mahle mit den Kieferknochen. Hin und her gerissen fahre ich mir durch das Haar, werfe einen Blick auf Amara, dann in den nachtschwarzen Dschungel hinter ihr, zurück auf Amara und schließlich wieder auf den Zettel in meiner Hand.

Etwas drängt sich in meinem Verstand lautstark in den Vordergrund. Eine Möglichkeit, wie ich zumindest ihren Arsch retten könnte, wenn ich schon dazu verdammt bin, auf ewig in diesem Höllenfeuer zu schmoren. Aber zum Teufel, ich kann das nicht tun. Oder doch?

Wie soll ich mich gegen etwas wehren, das mir über so viele Jahre hinweg einverleibt wurde? Wie kämpft man gegen eine unsichtbare Macht an, die man selbst nicht steuern kann? Wie bezwingt man ein Monster, das so tief in einem verankert und noch dazu nicht greifbar ist?

Mir ist bisher nie in den Sinn gekommen, mich Juans Anweisung zu widersetzen. Mich gegen dieses grauenvolle Schnalzen zu wehren, weil es doch nur Unheil anrichtet. *Aber für dich, mi amor, würde ich ...*

Ich bin ihn so leid, diesen inneren Kampf, dass ich ihm nachgebe. Jetzt. Genau in dieser Sekunde ergebe ich mich dem Licht, das ganz schwach irgendwo tief in mir flackert.

Schnell löse ich meine verkrampften Finger um das zarte Papier, streiche es glatt, so gut es geht und falte es wieder zusammen.

Dann erhebe ich mich und verlasse die Casita, weil ich einen Entschluss gefasst habe. Es ist vermutlich die hirnverbrannteste Entscheidung meines Lebens und wenn er schiefgeht, dann stirbt Amara noch vor der Trauung.

Aber wenn ich es jetzt nicht zumindest versuche, dann vermutlich nie und irgendwie bin ich ihr das schuldig. *Weil du gesprungen bist ...*

Amara

Kapitel 27

»Raus aus den Federn! Wir haben viel Arbeit vor uns, *preciosa*!«, plärrt eine rauchige Männerstimme wie ein Hammerschlag auf mich ein.

Entsetzt und starr vor Panik reiße ich die Augen auf. Bevor ich begreife, was gerade geschieht, werde ich am Fuß mit Überschallgeschwindigkeit von einem weichen Untergrund gerissen. Hart schlage ich auf einem kalten Boden auf, reibe mir orientierungslos und keuchend vor Schmerz die Hüfte.

»Geht's noch?!«, keife ich träge blinzelnd und versuche fast schon gewaltsam, die vom Schlaf verschwommene Linse scharf zu stellen.

»*Buenos dias*«, haucht mir jemand direkt ins Gesicht und ich rucke mit dem Kopf zurück, als ich sehe, wer da mitten in der Nacht mein Gehör malträtiert.

»DU!«, fauche ich fuchsteufelswild, weil mir Kenos kleiner Bruder spitzbübisch entgegenfunkelt.

Er ist der Horst, dem ich in die Arme gerannt bin, als ich flüchten wollte. Dayron. Den Namen habe ich nicht vergessen, weil ich alle Informationen auf diesem Anwesen aufsauge wie ein fucking Schwamm.

Die Casita liegt in absoluter Dunkelheit und ich habe keine Ahnung, wie spät es ist. Auf jeden Fall vor fünf Uhr morgens, weil der Himmel sonst schon von ein wenig Hellblau und Lila beleuchtet wäre. Stattdessen ist er rabenschwarz – genauso wie mein Gemütszustand.

Mit einem energischen Schubser befördere ich den Clown ein Stück zurück, weil er mir derart auf die Pelle rückt.

»Hopp hopp, wir haben nicht viel Zeit«, quasselt er munter weiter, während ich mir den pochenden Schädel reibe und erstmal wieder mit meinem Leben klarkommen muss. Was zum Teufel will der Freak hier?

»Steh auf jetzt!«

»Ich kann nicht!«, fauche ich noch immer leicht benommen und spüre Tränen der Überforderung in mir aufsteigen. Mir tut alles weh, allen voran mein Kopf. Die Lippe. Meine Wange. Sämtliche Glieder fühlen sich wie Wackelpudding an und ich bin sowas von hinüber. »Ich kann echt nicht mehr.«

Das sage ich mehr zu mir selbst, weil ich mir eingestehen muss, langsam meine Grenzen erreicht zu haben. Was?! Was muss ich noch aushalten, bevor es endlich vorbei ist? Ich bin durch! AM ENDE MEINER KRÄFTE!

Erneut geht dieser Dayron vor mir in die Hocke und umfängt sanft mein Kinn, um mein Gesicht anzuheben.

»Das kommt jetzt aus tiefstem Herzen, Darling«, säuselt er mit einem trägen Lächeln auf den hübschen Lippen. Mein Gott, ich ertrage es echt nicht, wie perfekt diese ganzen Menschen hier aussehen. Da bekommt man ja Komplexe der übelsten Sorte! »Dein Geheule kotzt mich an und es interessiert mich einen Dreck. Hoch mit dir!«

»NEIN!«, jammere ich, als er grob meinen Arm packt und mich ohne Rücksicht auf die überaus instabilen Beine zieht.

Im nächsten Moment realisiere ich, dass ich in Kenos Schlafzimmer bin. Hä? Ich habe mich doch extra auf die Couch gelegt, um *nicht* dort drin schlafen zu müssen. Hat Keno mich da etwa reingelegt, oder was? Was soll denn das?

»Was stehst du hier rum und trödelst? Wenn die Sonne aufgegangen ist dann ...«

»Verwandelt sich meine Kutsche in einen fucking Kürbis und der Zauber ist vorbei?«, keife ich zickig und reiße meinen Arm aus seinem Griff. »Kann's kaum erwarten!«

»Ich mag dich«, gluckst er und fängt mich erneut ein. Diesmal schließen sich seine Finger so fest um mein Gelenk, dass ich mir die Hand abreißen müsste, um mich von ihm loszumachen.

»Was willst du überhaupt hier? Wo ist Keno?«

»Angst?«, haucht er dicht vor meinem Gesicht, dem ich ausdruckslos entgegenstarre.

»Vor dir?« Meine Braue wandert spöttisch nach oben, während ein verächtliches Schnauben über meine Lippen platzt.

Ganz ehrlich? Der anzüglich grinsende Kasper macht mir von allen Menschen hier am allerwenigsten Angst, obwohl auch er im Gegensatz zu mir riesig ist.

»Was wird das, wenn's fertig ist?«

»Wir müssen den Bann brechen«, raunt er kryptisch und lacht dann ein bisschen verrückt auf, während er mich unbarmherzig hinter sich her schleift.

Raus aus der Casita, über den gigantisch großen Innenhof, der in gnadenloser Finsternis liegt und direkt auf das Kellerverlies zu.

Störrisch ramme ich meine Fersen in den Boden, wohlwissend, dass meine schmerzenden

Fußsohlen sich gerade erst wieder halbwegs erholt haben.

Wenn ich je wieder daheim sein sollte, dann werde ich künftig mit Schuhen schlafen. Ich werde sie niemals wieder ablegen!

»Vergiss es!«, zische ich aufgebracht und schlage mit meiner anderen Hand nach ihm. »Ich geh da nicht wieder runter!« Der nächste Freak, der mich irgendwo einsperren will, oder was?!

»Doch«, grollt er finster und reißt mich so dicht an sich, dass mein winziger Körper der Länge nach gegen seinen klatscht. »Zur Fahrzeugflotte geht's in den Keller also Klappe jetzt und mitkommen.«

»Wohin fahren wir?« Gott, ich kapier überhaupt nichts mehr und bin es so fucking leid, mich von diesen Pennern herumschubsen zu lassen. Es reicht jetzt echt!

»Wirst du gleich sehen, *preciosa*.« *Gracis für die absolut nicht hilfreiche Auskunft, du Spacko!*

Dayron parkt nach einer kurzen, schaukelnden Fahrt den Geländewagen an einer Stelle mitten im Dschungel, an der ich schon mal war. Als ich flüchten wollte und Keno mich wieder eingefangen hat.

Die mit Grünpflanzen bewachsene Felswand ragt in der Dunkelheit direkt vor mir auf, nachdem ich mich mit einem mürrischen Laut von der warmen Sitzheizung geschoben habe.

Als ich ein knackendes Geräusch höre, fahre ich panisch zusammen und erkenne erst nach mehrmaligem Blinzeln, dass jemand an dieser Wand steht. Keno. Oh mein Gott, was wird das jetzt wieder?

Ich zupfe am Shirt, in dem ich stecke, um es mir weiter über die Beine zu ziehen, weil eine kühle Brise in der frühen Morgenstunde weht und mich unaufhörlich frösteln lässt. Außerdem fühle ich mich nackt und ausgeliefert.

»Was machen wir hier?«, kommt es leicht zittrig über meine bebenden Lippen, weil das Adrenalin mich vollends im Griff hat, seit dieses jüngere Monster mich wie ein Drillsergeant aus dem Bett gesprengt hat.

Das gefällt mir nicht. Wieso sind wir hier? Mitten in der Nacht? Sämtliche Alarmglocken beginnen in mir zu schrillen, so laut, dass meine Ohren abwechselnd rauschen und pfeifen, während ein unangenehmer Schweißfilm über meine Haut flammt.

»Er«, meint Dayron und nickt auf Keno, der ganz starr ist. »Wird dich in wenigen Stunden killen, wenn wir die Scheiße jetzt nicht in den Griff kriegen. Heute ist er ausnahmsweise mal höchstmotiviert, also lasst uns keine Zeit verlieren.« Dayron klatscht in die Hände, was mich erneut zusammenfahren lässt.

»Heißt?«, hake ich dezent verwirrt und am Ende meiner nervlichen Reserven nach.

Ich schlinge meine Arme schützend um meinen Körper und jage meine Nägel derart tief in die Oberarme, dass ein Ziepen auf meiner Haut entsteht. Keno ist höchstmotiviert ... Warum nur beschert mir dieser Satz gerade ein echt übles Magengeschwür?

»Dass wir jetzt russisch Roulette spielen und schauen, was dabei rauskommt.«

»Kann mich mal jemand aufklären und in ganzen Scheißsätzen mit mir sprechen?!«, keife ich erneut auf einem Wutlevel, das mich ganz schwindelig macht. Der tickt doch nicht mehr richtig!

»Schrei hier nicht so rum und stell dich an die Wand, du Gartenzwerg«, befiehlt Dayron finster und ich bekomme bei seinen Stimmungsschwankungen beinahe ein Schleudertrauma.

Weil ich mich nicht in Bewegung setze, packt er mich erneut am Arm und dirigiert mich vor die zugewucherte Wand, als würde ein Fotograf ein Modell vor einer Leinwand platzieren. *Finger weg, du blöder Penner!*

»Sagst du vielleicht auch mal was dazu?«, fauche ich Keno an, der mit seinen verschränkten Giga-

Armen ein Stück von mir entfernt steht und mit ausdrucksloser Miene starr den Boden anvisiert.

»Wenn das schiefgeht ...«, setzt er an und scheint aber gar nicht mit mir zu sprechen, sondern mit Dayron, der total entspannt eine Waffe entsichert und sie ihm in die Hand drückt. *Was zum Teufel?!*

»Stirbt sie. Jetzt oder in ein paar Stunden«, beendet er Kenos Satz ungerührt. »Oder aber du strengst dich jezt an und brichst aus diesem Scheißzwang endlich aus.«

»Was?!«, entfährt es mir spitz, als ich langsam beginne zu begreifen, was die hier treiben. Die wollen mich doch verarschen!

Die letzte Silbe meiner panikgetränkten Stimme verklingt, als Dayron mit der Zunge schnalzt und Keno die Waffe, ohne zu zögern, auf mich richtet und abdrückt.

Ich fahre fast aus der Haut und keuche entsetzt auf, weil er es schon wieder getan hat. Er hat auf mich geschossen! Das Magazin war erneut leer, aber das wusste der Blödarsch ja nicht!

Scheiße, was ist das denn ständig bei ihm? Alles in ihm sträubt sich dagegen, ich kann es sehen, weil er regelrecht bebt. Seine Zähne sind aufeinandergepresst, der Kiefer verhärtet, als wäre er aus Stein und ich spüre seine Wut bis zu mir wabern, obwohl er zwei Schritte von mir entfernt steht.

»Reiß dich zusammen«, knurrt Dayron und nimmt ihm die Waffe aus der Hand, um sie durch eine andere zu ersetzen, die er von der Motorhaube der *Hellcat* fischt.

Erst jetzt fällt mein Blick auf das tarngrüne Ungetüm und ich klappe beinahe ohnmächtig in mich zusammen, als ich sieben weitere Geschosse ausmache.

Dayron schnalzt.

Keno drückt ab.

Das Magazin klick hohl.

»Hört auf!«, kreische ich außer mir vor Entsetzen, weil jede dieser mistigen Scheißwaffen geladen sein könnte. Russisch Roulette am Arsch!

Meine Beine drohen, jeden Augenblick unter mir nachzugeben, und ich schnappe gleich über. »Hört auf, das bringt doch nichts!«

»FUCK!«, donnert Keno aus zusammengebissenen Zähnen und rauft sich mit einer Hand das Haar, weil er erneut einfach abdrückt, nachdem sein Bruder geschnalzt hat. *Scheiße verdammt!*

Die Hand, in die ihm Dayron eine neue Waffe gelegt hat, beginnt zu zittern und ich kann sehen, wie sehr er gegen diese unsichtbare Macht ankämpft.

Dann fällt es mir wie Schuppen von den Augen. Er wurde konditioniert! Von wem auch immer und das derart präzise, dass er gegen diesen Drang nicht ankommt, sobald er dieses Geräusch hört.

Das ist unfassbar. Unvorstellbar und so ... abstoßend. Krank. Widerlich. Fuck, ich finde gar kein Wort dafür!

Ich kenne das bei Hunden, aber Keno ist ... ein Mensch. Ich will gar nicht wissen, wie tief dieser psychische Missbrauch reichen muss, um sowas zustande zu bringen. *Gott, was haben die mit dir gemacht?*

»Er wird mich abknallen, Dayron!«, platzt es hysterisch schnaufend aus mir heraus. Alles in mir beginnt zu krampfen und ich überlege fieberhaft nach einem Ausweg aus dieser absurden Situation.

Wenn Dayron ihn jetzt nicht zurückpfeift, dann bläst Keno mir das Hirn raus. Drei Waffen waren nicht geladen und die vierte wird mein Todesurteil sein. Ich weiß es mit einer erschreckenden Gewissheit. Also mache ich einen Satz zur Seite, als Kenos Finger sich sträubend auf den Abzug legt.

»BLEIB STEHEN!«, geht Dayron mich rasiermesserscharf an, sodass ich mitten in meiner Bewegung erstarre. »Tu dir selbst einen Gefallen und spiel einfach mit. Du hast dich um eine Heirat mit ihm gerissen, also kneif jetzt deine kleinen Arschbacken zusammen und hilf ihm, verdammt!«

Ich soll ihm helfen?! Wie zum Teufel soll ich das bewerkstelligen? »ER WIRD MICH ERSCHIESSEN!«

»Nein, er wird sich jetzt verfickt nochmal zusammenreißen!«, hält Dayron eisern dagegen und tritt neben seinen großen Bruder. »Konzentrier dich, Alter! Was fühlst du?«

»WUT!!«, brüllt der mit irrem Blick und macht mit der Knarre in der Hand einen so energischen Schritt auf mich zu, dass mir das Herz bis in das nicht vorhandene Höschen rutscht.

»Dann kämpf dagegen an«, redet Dayron weiter auf Keno ein, während mir immer heftiger der Schweiß ausbricht und sich alles zu drehen beginnt. Er wird abdrücken. Scheiße, er wird, ich weiß es!

»Sieh mich an«, wispere ich mit tränenerstickter Stimme und kann kaum atmen, weil der Kloß in meiner Kehle meine Atemwege verstopft. Wenn er mich jetzt erschießt, dann ist alles verloren »Keno, sieh mich an. Du musst diese Wut umlenken!«

»Reiß dich zusammen, Bro!«

»ICH KANN NICHT!«, donnert Keno völlig überfordert von allem, was da gerade in ihm wütet und presst mir schwer atmend die Knarre direkt gegen die Stirn.

Das Metall legt sich eiskalt und unheilvoll auf meine überhitze Haut und ich kann keinen klaren Gedanken mehr fassen. Die Sicht vor meiner Linse verschwimmt immer mehr und meine letzte Hoffnung ist, dass Dayron diesen Irrsinn einfach beendet.

»Du willst das nicht«, hauche ich zittrig und nervlich am absoluten Ende. »Schau mich an! Du willst das nicht tun! Dein Vater hat mich geschlagen und du bist dazwischen gegangen. Du wirst mich jetzt nicht einfach erschießen!«

Weil mir immer deutlicher bewusst wird, dass Dayron diesen Wahnsinn nicht aufhalten wird, steigere ich mich so sehr rein, dass ich total hysterisch werde.

Meine Hand krallt sich verzweifelt in Kenos Shirt, direkt über seinem Herzen, das wie ein Presslufthammer gegen seinen breiten Brustkorb donnert. Der Stoff ist feucht, weil es so heftig in ihm arbeitet, dass ihm der Schweiß aus sämtlichen Poren schießt.

Der Lauf bohrt sich noch tiefer in meine Stirn und Kenos Augen sprühen derart aufgebrachte Funken, dass ich kurz das Gefühl habe zu verbrennen.

»Lenk es um! Schubs mich! Schlag mich! IRGENDWAS! Aber lenk es um und tu das nicht!«

»Keno! Konzentrier dich!«

»Bitte tu das nicht!«

Ein markerschütterndes Knurren platzt aus seiner Kehle, weil wir beide zeitgleich auf ihn einreden. Sein Gesicht ist verzogen, als hätte er Todesschmerzen. Als müsse er einen unbezwingbaren Kampf austragen.

Dann schnalz Dayron erneut mit der Zunge und mir bleibt auf die Sekunde das Herz stehen.

»FUUUCK!«, höre ich Keno noch voller Anstrengung brüllen, als mich ein nie gekanntes Rauschen vollends von dieser Welt fegt. *Es war nett hier, aber das war's jetzt endgültig. Adiós amigos ...*

Der Schuss bleibt aus, dafür reißt es mir gnadenlos den Boden unter den Füßen weg, als er mich grob im Gesicht packt und unbeherrscht seinen Mund auf meinen presst. *Was zum verschissenen Teufel?!*

Ich krache hart mit der Rückseite gegen die raue Felswand und sterbe im selben Atemzug, weil ein Blitz in meine Schädeldecke einschlägt, der meinen gesamten Körper in zwei Hälften spaltet.

In der Sekunde, in der Kenos Lippen die meinen berühren, falle ich auseinander wie eine Vase, die man mit Vollgas gegen eine Wand geschmettert hat. Ich kann das Klirren der unzähligen Scherben hören und nehme zeitgleich überhaupt nichts mehr wahr.

Seine gottverdammt weiche Zunge schiebt sich zornig zwischen meine Lippen, die ich vollkommen widerstandslos für ihn öffne.

Das feurige Knistern, das in meinem Mund entsteht, erstreckt sich rasendschnell in jeden Winkel meines vor Anspannung zitternden Körpers, bis ich restlos in Flammen stehe. *Oh mein Gott!*

Mein Adrenalinpegel schießt so rasant in schwindelerregende Höhen, als würde ich meinen Kopf in ein weit aufgerissenes Löwenmaul stecken. Das Gefühl ist verschlingend, mit absolut nichts zu vergleichen. Ein Sprung in ein Leopardengehege? Lachhaft!

Ich kann nicht denken. Nicht atmen. Absolut nicht reagieren. Mich nicht bewegen, bin wie erstarrt. Ich ertrinke in eintausend Emotionen, die alle gleichzeitig meinen Geist fluten und mich restlos überfordern.

»Oookay ...«, wabert Dayrons Stimme gedehnt an meine rauschenden Ohren und klingt, als hätte mich jemand unter Wasser gedrückt. »Das ist neu.«

Schwer atmend zieht Keno seinen Kopf zurück. Sein Brustkorb arbeitet hektisch und ich sterbe noch ein bisschen mehr, als ich in dieses gewaltige Grün starre, das mich bis auf die Knochen verbrennt.

»Du hast es geschafft, Bro!«

»Du ... du hast mich geküsst«, entfährt es mir völlig tonlos, weil meine Stimme sich auf Lebzeiten verabschiedet hat. Weil ich noch immer versuche, zu verarbeiten, was hier gerade passiert ist.

»Scheiße«, keucht Keno atemlos und blinzelt zutiefst verstört über sein eigenes Handeln.

Er starrt mich an, als wäre ich ein Geist, dabei ist er derjenige, der keinen tropfen Blut mehr im Gesicht hat. Seine Haut wirkt kalkweiß, die Augen aufgewühlter als eine Tsunamiwelle an ihrem höchsten Punkt, kurz bevor sie ein ganzes Land unter sich begräbt.

»Schaff sie weg.«

»Was?«, fragen Dayron und ich wie aus einem Mund, während Keno zwei Schritte rückwärts macht und sich vornüberbeugt, als müsse er kotzen.

Er stützt seine Hände auf die Knie und ringt so hektisch um Atem, dass ich kurz befürchte, er kollabiert jeden Moment.

»SCHAFF! SIE! VERFICKT! NOCHMAL! WEG! BRING SIE WEG! WEG VON MIR!« Das kommt so hart gedonnert, dass mir erneut der Schweiß ausbricht und Dayron sich augenblicklich in Bewegung setzt.

Weil ich noch immer wie erstarrt bin, wirft er mich kommentarlos über seine Schulter und trägt mich zurück zum Geländewagen, mit dem wir gekommen sind.

Ich wehre mich nicht, als er mir einen Gurt anlegt, den Wagen umrundet und den Motor aufheulen lässt. Ich kann nicht, weil alles in mir restlos leergefegt ist.

Dieser Kuss hat meinen imaginären Antriebsstecker auf brutalste Weise gezogen und ich weiß nicht, ob ich jemals darüber hinwegkommen werde, dass ich diesem brandgefährlichen

Raubtier vor wenigen Sekunden derart nah war. Der Rausch ebbt einfach nicht ab.

Noch immer sind meine Augen auf Keno fixiert, der sich bisher keinen Millimeter bewegt hat.

Würde sein Rücken unter diesen abnormalen Atemzügen nicht derart kraftvoll arbeiten, könnte ich schwören, er wäre zu Stein erstarrt. *Wieso hast du das gemacht?!*

Der Lichtkegel des Wagens, der auf ihn geworfen wird, minimalisiert sich immer schneller, als Dayron zurücksetzt, und schließlich ist er ganz verschwunden.

»Herzlichen Glückwunsch«, murmelt er und betrachtet mich skeptisch von der Seite, so, als könne auch er nicht begreifen, was passiert ist. »Du hast überlebt und jetzt ... leb mit dem Trauma.«

Ja, das ist ein ziemlich treffender Vergleich, denn es ist ein in Stein gemeißelter Fakt, dass ich nun traumatisiert bin. Zutiefst!

Wie ferngesteuert gleitet meine zitternde Hand zu meinem Mund. Meine Fingerspitzen streifen völlig neben mir stehend die prickelnden Lippen, die bis vor wenigen Augenblicken noch regelrecht gebrannt haben.

»Fuck«, ist alles, was ich keuchen kann, weil mein Körper sich noch immer im absoluten Ausnahmezustand befindet. *Was zur Hölle war das?!*

»Entspann dich, *preciosa*«, grollt Dayron träge lächelnd und klopft mir tröstend auf den nackten

Schenkel, was mich nicht im Geringsten beruhigt. »Keine der Knarren war scharf. Er sollte das nur glauben.«

Klasse, nur kann diese Information den Tornado in meinem Bauch jetzt auch nicht mehr entschärfen ...

»Ich will aussteigen«, hauche ich tonlos, weil ich spüre, wie sich meine Kehle immer weiter zuschnürt.

Keine Ahnung, was mich gerade derart aus der Bahn wirft, aber die Vorboten einer Panikattacke rauschen mit Vollgas durch meinen Körper. »Halt den Wagen an!«

Meine Handflächen beginnen zu schwitzen, das Flattern in meinem Brustkorb wird unerträglich und das Dröhnen in meinem Schädel schmerzt in meinen Ohren, als hätte jemand direkt neben mir eine Bombe gezündet.

Ich schnappe nach Atem, doch es kommt kein bisschen Sauerstoff in meinen verkrampften Lungen an. *Luft! Ich brauche Luft!*

»Halt den Wagen an!«

»Nope. Chill. Du tust ja gerade so, als hätte er dich gefressen.«

»DAYRON!« Weil er nicht reagiert, greife ich ihm wie im Wahn ins Lenkrad. Noch bevor ich es herumreißen kann, schlägt er meine Hand blitzschnell bei Seite, dann springt er scharf in die Eisen.

Ich rucke nach vorn, werde in den Gurt gerissen und stütze meine schweißnassen Hände gegen das Armaturenbrett. Immer hektischer sauge ich die Luft ein, während ein weißes Flackern mein Sichtfeld trübt.

»Wieso hat er das gemacht?«, japse ich tränenerstickt und höre meine eigenen Worte kaum, weil es in meinen Ohren so laut rauscht. »Er hat ... hat mich einfach ... ich meine, was ...«

»Amara!«, mahnt Dayron und schnallt mich ab, um mich zu sich zu drehen. Entsetzt starre ich ihn an und kralle meine Finger in seine Hände, die er nach mir ausstreckt. »Atme! HEY! Du musst atmen!« Er schüttelt mich. Ich spüre es nicht, obwohl mein Sichtfeld heftig wankt.

Völlig belämmert taste ich hinter mir nach dem Türgriff und bekomme ihn beim dritten Anlauf endlich zu fassen. Ich muss sofort raus aus diesem Wagen. Weg von diesen Menschen. Raus aus diesem Scheißland!

Das Bedürfnis, vor was auch immer, mit Überschallgeschwindigkeit davonzurennen ist so übermächtig, dass ich es keine Sekunde lang niederkämpfen kann. *Ich will hier weg!*

»Mir tut das jetzt echt leid, Schätzchen«, höre ich Dayrons rauchige Stimme zu mir sprechen, die wahnsinnig schuldgeplagt klingt. »Denk daran, wenn du wieder aufwachst, okay?«

Daraufhin pikt mich etwas Spitzes am Arm und eine niederschmetternde Ruhe dehnt sich schlagartig in mir aus, die mich augenblicklich erschlaffen lässt. *Du elendiger Mistkerl hast mich jetzt nicht ernsthaft betäubt!*

Keno

Kapitel 28

»Komm rein«, dringt die gelangweilte Stimme meines Erzeugers durch das Türblatt, das ich am liebsten ankotzen möchte.

Dagegen pissen wäre auch eine Option, aber gerade jetzt, wo ich noch immer derart aufgewühlt bin, sollte ich alles, was ich sage oder tue genauestens überdenken. *Ich hab dich geküsst, mi amor ...*

»Du wolltest mich sprechen?«, entgegne ich hohl, nachdem ich die Tür äußerst beherrscht geschlossen habe und mich zu Don Juan umwende, um vor seinem Tisch Stellung zu beziehen. Heute kein Ringgeknutsche. Von mir aus.

Ich will überhaupt nicht hier sein. Stattdessen würde ich gerne für mich selbst eine beschissene Party schmeißen.

Ist irgendjemandem eigentlich klar, was da gerade mit mir passiert ist? Ich war stärker! Stärker als alles, was mir dieser dämliche Wichser zwischen diesen kargen Steinwänden des Folterkellers über die Jahre hinweg einverleibt hat.

Stolz und Erleichterung durchspülen meinen Körper unaufhörlich und ich habe das, was da in mir wütet, noch lange nicht sortiert. Die Zeit dazu hatte ich auch gar nicht, weil ich während meiner Atemkontrolle einen Anruf vom Oberficker bekommen habe. Und hier bin ich.

»Setz dich, mein Junge.« *Mein Junge ...* Oh bitte! Muss er mich jetzt extra reizen? Der Penner riecht doch schon wieder dreißig Meilen gegen den Wind, dass mit mir was nicht stimmt.

Ich kann gar nicht beschreiben, in was für einem Rausch ich mich die ganze letzte Stunde befunden habe. Da war so ein verdammt fucking geiles Glücksgefühl, weil ich es getan habe! Ich habe mich gegen dieses grässliche Geräusch gewehrt, und zwar mit allem, was ich auffahren konnte.

Das *wie*, sei mal dahingestellt. Darüber kann und will ich jetzt nicht nachdenken, weil ich mich eh schon kaum auf die Visage meines Alten konzentrieren kann. Also setze ich mich.

»Wie geht es dir?«, fragt er mit viel zu guter Laune und ich beäuge ihn skeptisch, ohne mir meine Verunsicherung äußerlich anmerken zu lassen.

Er kann es nicht wissen. Oder? Aber warum fragt er dann so saudumm?

»Alles wie immer«, antworte ich monoton, um mir nicht in die Karten schauen zu lassen. *Ha! Du elendiger Scheißer! Du kannst mich mal mit deinem Gepfeife und Geschnalze. Ich werd dir deine fucking Zunge bei der nächsten Gelegenheit einfach rausreißen. Mal schauen, was dir dann noch bleibt.*

»Drink?«

»Gern.« Okay, was ist hier los? Ich lasse ihn keine Sekunde aus den Augen, während er die bernsteinfarbene Flüssigkeit aus der überteuerten Flasche auf seinem Schreibtisch gemächlich in ein bauchiges Glas gleiten lässt.

Als er es mir mit einem schiefen Lächeln über seinen glatt polierten Tisch zuschiebt, weiche ich synchron mit seiner Hand zurück, bis mein Rücken die Stuhllehne berührt.

»Ist es vergiftet?«, mutmaße ich mit erhobener Braue, weil ich ihm nicht traue.

Auf meine durchaus berechtigte Frage hin bricht ein süffisantes Lachen über seine perfekten Lippen. Dann schnappt er sich einen Brieföffner und wippt ihn zwischen Daumen und Zeigefinger auf und ab, während er mich noch immer hart im Visier hat.

Ich schaue da jetzt einfach nicht hin, weil das vielleicht wieder irgendein kranker Psychotrick ist. Am Ende hypnotisiert mich der Wichser noch.

Also suche ich den Hinterhalt in seinen eisigen Gletschern. Doch die sind verschlossen und ausdruckslos wie immer. Die Maske sitzt perfekt. Keine einzige Emotion hängt in seiner makellosen Fresse.

»Du glaubst ernsthaft, ich vergifte meinen Nachfolger? Denkst du ich bin so dumm?«, schnaubt er spöttisch und greift zu meinem Glas, um einen Schluck daraus zu trinken, ehe er es mir wieder hinstellt. *Nicht antworten, ist ne Fangfrage!*

Jetzt nach dem Glas zu greifen, wäre selten dämlich und erbärmlich noch dazu, also beachte ich den Alkohol einfach gar nicht weiter, wobei mir der gerade echt guttun würde.

»Was ist so dringend?« Am Tag meiner Hochzeit, wohl gemerkt. Dass die nicht stattfinden wird, weiß der geheiligte Don fucking Juan ja noch nicht. Ich schon und das lässt mich dreckig in mich hinein grinsen.

Statt bis ins kleinste Detail zu analysieren, warum ich derart unbeherrscht über den hübschen Zwerg hergefallen bin, habe ich mir nämlich einen Plan zurechtgelegt, um dieser Misere aus dem Weg zu gehen. Amara wird verschwinden. Noch heute. Ich werde sie einfach laufen lassen. *Keine Braut, keine Hochzeit, hehe ... Und mal ehrlich, princesa, ich will echt viel im Leben, aber dich bestimmt nicht kaputt machen. Das würde ich dir niemals ins Gesicht sagen, aber die Wahrheit ist, dass du mir dafür zu schade bist ...*

»Das Testament«, erwidert er galant und zieht einen ganzen Stapel Papier aus seiner linken Schreibtischschublade, den er mir vor die Nase schiebt.

»Kann ich den Vertrag mitnehmen?«

»Du kannst ihn unterzeichnen«, antwortet er und wirkt lauernd. »Jetzt.« Keine Ahnung, was er in meinem Gesicht sucht, aber ich werde es ihm nicht geben, bleibe stattdessen ausdruckslos wie immer.

Deshalb greife ich nach dem Papier samt danebenliegendem Stift und überfliege knapp die wichtigsten Zeilen. Er hat sich wirklich an die Abmachung gehalten, was ich gar nicht so richtig begreifen kann. Aber gut, das war der Deal.

Obwohl ein letzter Rest Zweifel zurückbleibt, setze ich meinen fucking Namen unter den fucking Schrieb, den ich ihm anschließend mit einer harschen Bewegung wieder zurückschiebe.

»Sonst noch was?«, hake ich betont gelangweilt nach und verschränke meine Arme vor der Brust.

Noch immer ruhen seine unbezwingbaren Augen auf meinem Gesicht und ich lächle dämonisch in mich hinein, weil er nicht hinter mein Pokerface blicken kann.

Weil er nicht weiß, was vorher passiert ist und ich die Knarre vielleicht beim nächsten Schnalzen in seine dämliche Fresse halten werde.

Ob ich dann tatsächlich abdrücken könnte, weiß ich nicht genau, weil Familie und so. Aber lustig wäre es trotzdem, wenn ihm sämtliche Farbe aus dem glatten Gesicht weicht.

»Gonçalves hat ein Bündnis erneut abgelehnt«, lässt er mich mit funkelnden Augen wissen und lehnt sich, für meinen Geschmack, viel zu entspannt in seinem Chefsessel zurück, dessen Leder ein quietschendes Geräusch von sich gibt.

»Heißt?« Einfach dumm stellen in diesen vier Wänden. Ich weiß, dass er etwas von mir will. Dass ihm das, was wir zusammen mit Amara vereinbart hatten, nicht genügt. Schließlich hat diesen Deal nicht er vorgeschlagen. Und wir wissen ja, dass alles, was nicht aus seiner Fressluke kommt, unbedeutend ist.

»Dass du diese Amara zur Frau nimmst, egal wie du das anstellst«, beschließt er und wartet geduldig mit aneinandergelegten Fingerspitzen auf meine Reaktion.

Die fällt recht simpel aus. »Okay.« Bin ja nicht bescheuert. Trotzdem sieht er mich so intensiv an, als wäre dieser Befehl ein Test. Testet er mich? Weswegen?!

»Okay?«, haucht er mit erhobener Braue und ich gebe mich einfach weiterhin für einen Deppen aus, damit er mir nicht ansieht, wie tief mir diese Frau schon jetzt unter die Haut gegangen ist.

»Klar, hatten wir so vereinbart, richtig?« *Was bin ich doch für ein artiger Scheißer, nicht wahr?*

»Richtig«, meint Don Juan weich und scannt mich mit verengten Augen.

»Suchst du etwas Bestimmtes in meinem Gesicht?« Mea culpa, aber es musste raus, sonst wäre ich geplatzt.

»Allerdings. Wo *ist* Amara?«

»In ihrer Zelle.«

»Keno«, knurrt der Alte und legt seine Hände kontrolliert auf der Tischplatte ab, um Eindruck zu schinden. Soll ich ihm sagen, dass ich mich gleich einschiffe vor lachen? Lieber nicht.

»Ja? Don Juan?«

»Wo ist das Mädchen?«

»Das Mädchen, das du mir zur Überwachung aufgehalst hast, heißt A-M-A-R-A.« Zur Sicherheit sage ich ihm das nochmal extra langsam und betont. »Sie ist in ihrer Zelle, wo sie hingehört, weil das deine Anweisung war.«

Vorausgesetzt Dayron hat sie dorthin zurückgebracht, wobei ich mir da bei ihm keine Sorgen mache. »War das falsch?«

Jetzt köchelt er. Das ist geil, denn wenn ich ihn noch ein bisschen weiter ärgere, dann verliert er die Fassung und somit zwangsläufig auch seine Maske.

»Reiz mich nicht«, droht er mit zusammengebissenen Zähnen und funkelt mich übermütig an. »Dort war sie aber vorhin nicht!« *Ja, weil sie bei mir war und ich über diesen gottgleichen Mund hergefallen bin wie ein blutrünstiges Tier. Ups ...*

»Du kannst nachsehen, sie ist im Keller. Kann ich jetzt gehen oder ist noch was? Ich würde mich gerne noch ein bisschen hinlegen, bevor ich zu meiner Hinrichtung, ähm ... Trauung schreite.«

Dass später keine Braut hinter mir her dackeln wird, weiß er noch nicht. Ich schon und diese kleine Überlegenheit befriedigt mich wie ein hammermäßiger Orgasmus nach einer dreijährigen Fick-Durststrecke. *Wie schmeckt das, Don Juan? Bitter? Tja ...*

»Das war alles«, presst er bemüht beherrscht hervor und kann es dennoch nicht lassen, den klingenförmigen Brieföffner neben mir in der Wand einschlagen zu lassen, als ich schon an der Tür bin.

»Ach und Keno ...«

»Hm?« War fast klar, dass da noch was kommt. Er ist viel zu angepisst, um das Feld jetzt kampflos zu verlassen.

»Wir können jetzt mit diesem Eiertanz aufhören. Schließlich wissen wir beide, dass du sie nicht zur Frau nehmen wirst.« Er legt eine bedeutungsschwere Künstlerpause ein und lächelt mir charmant entgegen, während ich mich frage, woher dieser Bastard immer alles weiß. »Stattdessen wirst du sie töten, denn diese Herzchenscheiße, die dir da aus den Augen springt, gefällt mir nicht. Du legst sie um. Jetzt. Sonst verkaufe ich Dalila an den meistbietenden Araber. Noch heute. Und hinlegen kannst du dich, wenn du tot bist. Du fährst zur Lagerhalle und nimmst die Koks-Lieferung entgegen, dann machst du dich für die Hochzeit fertig, die nicht stattfinden wird. Aber wir wollen ja die Gäste nicht wuschig machen, weshalb wir so kurz vor der Trauung natürlich nicht alles abblasen werden. Ticktack.« *FUCK!*

Amara

Kapitel 29

Keine Ahnung, was die letzten Stunden passiert ist. Ein dumpfes Pochen beherrscht meinen Verstand und ich glaube, dass ich sogar kurz weggedriftet bin, als hätte man mich unter Drogen gesetzt.

Ha! Man *hat* mich unter Drogen gesetzt. Ich wurde betäubt. Es war Dayron, dieser Fiessack! Ich weiß nicht, was er mir gespritzt hat, nur fehlen mir definitiv mehrere Stunden, weil die Sonne inzwischen viel zu tief am Horizont steht.

Sonnenuntergang bedeutet eigentlich laufen. Verdammt nochmal rennen, so weit mich meine kleinen Füße tragen, denn jetzt ist es jeden Augenblick so weit. Ob ich bereit bin? Kein bisschen!

Statt, um mein gottverdammtes Leben zu laufen, stehe ich hier wie paralysiert auf einem

Hocker in Alejas Ankleidezimmer und weiß gar nicht mehr so recht, wie ich hierher gekommen bin.

Sie stand plötzlich vor meiner Zelle und da war dieses entschlossene Funkeln in ihren strahlend blauen Augen, als sie mir sagte, dass sie gekommen ist, um mich für die Trauung zurechtzumachen.

Ich hatte mit Kenos großer Schwester noch nichts zu tun, aber sie ist ein sehr sanftmütiges Wesen. Zumindest auf den ersten Blick.

Auf den Zweiten kann sie ziemlich überzeugend sein, sonst wäre ich bereits über alle Berge. Aber die Knarre, die in ihrem Schwangerschaftshosenbund steckte, war eine überdeutliche Warnung, dass sie mich anschießt, sollte ich es wagen, zu flüchten.

Ich bin noch immer derart aufgewühlt, dass meine Gedanken unentwegt wie herumwirbelnde Federn auseinanderdriften und ich keinen einzigen brauchbaren zu fassen bekomme.

Mit leerem Gesichtsausdruck und hohlen Augen, die beinahe schwarz wirken, betrachte ich mein Spiegelbild, während Kenos hochschwangere Schwester konzentriert an mir herumzupft. Ihr schwarzes Haar schimmert unter den Deckenspots wie Seide und liegt über einer zarten Schulter.

Ich bin vollkommen reglos, zucke nicht mal zusammen, als sie mich mit einer Nadel pikst, weil ich immer wieder alle Situationen der letzten Tage in meinem Geist Revue passieren lasse.

Alejas gemurmeltes ›*excusa*‹ höre ich wie durch einen Nebelschleier, weil ich gedanklich meilenweit entfernt bin. Ich pendle quasi nur noch zwischen dem Wahnsinn, der hier unentwegt stattfindet, und meiner aktuellen Zwangslage, in die ich mich Vollidiotin auch noch selbst hineinmanövriert habe, hin und her.

Niemals wollte ich unter solchen Umständen in ein Brautkleid schlüpfen. Das alles ist falsch. Es verknotet meine Eingeweide und lässt meinen Magen sich anfühlen, als hätte mir jemand glühend heiße Kohlen hineingepackt.

Klar, tief in mir drin weiß ich, dass ich gleich nicht zu diesem Altar schreiten werde, weil ich mich vorher mit Alejas Knarre erschieße. *Ich will nicht deine Frau werden, hörst du?!*

Trotzdem habe ich mir den Tag, an dem ich zum ersten Mal in einen Traum aus Weiß steige, anders vorgestellt.

Die Euphorie, die sich mit diesem besonderen Moment angeblich einstellt, wird von einer tiefschwarzen Wolke überschattet, die unaufhörlich Regen in dicken Tropfen entlässt.

Wie automatisch wische ich über meine Wangen und bemerke erst jetzt, dass es kein Regen ist, der mein Gesicht benetzt, sondern Tränen der Überforderung, die aus meinen Augen quillen.

»Süße«, haucht Aleja sanft und rappelt sich mühsam auf die Beine. Ich habe total ausgeblendet, dass sie seit einer gefühlten Ewigkeit zu meinen Füßen kniet und das Kleid absteckt, damit es mir notdürftig passt.

Ich bin viel kleiner und zierlicher als sie, weshalb eine Menge geändert werden muss. Bis heute Abend. Das ist in wenigen Stunden und mir wird so unsagbar schlecht.

Außerdem verspüre ich einen fiesen Stich in meiner Brust, weil Aleja sich die ganze Arbeit umsonst machen wird. Dabei sollte sie sich schonen und ausruhen so kurz vor der Geburt ihrer Babys. Sie bekommt Zwillinge und ich frage mich, wie sie überhaupt noch stehen kann bei der Kugel, die sie schiebt.

Sie ist ein herzensguter Mensch mit einer kuschelig warmen Aura und ich kann einfach nicht begreifen, wie sie an einem so düsteren Ort wie diesem leben und trotzdem derart hell strahlen kann. Sie kommt mir vor wie eine Blume, die dem ewigen Eis trotzt. Sie scheißt einfach auf die Kälte und blüht.

»Ich ...«, kommt es rau über meine Lippen und ich räuspere mich aufgewühlt. »Ich hab mir das mein Leben lang irgendwie anders vorgestellt.«

Das Geständnis kommt hauchdünn, weil der Kloß in meiner Kehle immer dicker wird. Mom müsste hier sein. Oder meine Tanten. Ich bräuchte sie alle gerade so dringend an meiner Seite, weil ich mich wie zerrissen fühle.

Weil ich Alejas Hochzeitskleid trage, das mir abwechselnd Schauer und Gänsehaut verpasst, bis ich mich so konfus fühle, als wäre ich reif für die Irrenanstalt.

»Es wird alles gut«, flüstert sie und greift sanft nach meiner kalt schwitzigen Hand, um mit ihren weichen Lippen meine Fingerknöchel zu küssen.

Der Stich in meinem Inneren brennt heftig. So, als würde ein Messer zwischen meinen Rippen stecken, das gedreht wird.

Scheiße, warum muss sie auch so verdammt nett sein? Auf verquere Weise glaube ich ihr sogar, obwohl es Schwachsinn ist, weil ich keinen weiteren Tag mehr hier sein werde.

Ich werde gehen, weil ich mich von diesem Wahnsinnigen nicht nochmal so schamlos anfallen lasse. Das, was Keno mit diesem einen Kuss in mir ausgelöst hat, lässt mich noch immer atemlos zurück, wenn ich bloß daran denke.

Dass ein Mensch derart viel Macht über mich hat, geht gegen alles, was mich ausmacht. Wenn ein einziger Kuss reicht, um mich dermaßen aus der Bahn zu werfen, dann sterbe ich vermutlich, wenn er mich richtig anfasst. Das geht gar nicht. Ich bin kein unterwürfiges Weibchen. Ich will nicht zu Wachs werden zwischen diesen großen Händen, die mich schwächer machen, als gut für mich ist.

Eigentlich müsste ich Aleja jetzt antworten. Gegenwehr leisten, doch ich bin so in meinen Emotionen gefangen, dass ich nur atmen und mich im Spiegel anstarren kann.

Ein Fluchtplan ist meilenweit entfernt, obwohl mir die Zeit wie ein Gespenst im Nacken sitzt.

Ich werde einfach abhauen. Innerhalb der nächsten Stunde wird sich ein winzig kleines Zeitfenster bieten, in dem ich flüchten kann. Ganz bestimmt. Und wenn ich erstmal dieses Anwesen verlassen habe, dann komme ich schon irgendwie klar.

Ich bin schließlich nicht dumm und überlege mir dann Schritt für Schritt, was zu tun ist. Nur kann ich hier nicht denken. Nicht atmen, zum Teufel!

Niemand gibt mir eine Garantie dafür, dass Juan sich daran hält, mein Land in Frieden zu lassen, wenn ich mit dieser Heirat ein Bündnis eingehe.

Diese Erkenntnis trifft mich wie ein Hammerschlag, weshalb ich unter gar keinen Umständen hierbleiben und Keno zum Mann nehmen kann.

Am Ende sperren die mich nach der Trauung in irgendeinem Loch noch vollends weg und was dann? Nein, ich muss gehen. Egal wie!

»Du siehst so unglaublich hübsch aus«, haucht Aleja ehrfürchtig und umrundet mich zweimal mit einem verräterischen Glanz in den Augen. »Dein Haar werden wir offen lassen und ob wir überhaupt Make-up benutzen, überlegen wir uns noch.«

Sie ist voll in ihrem Element und ich sehe, wie es hinter ihrer glatten Stirn arbeitet. Sie wird am Boden zerstört sein, wenn ich nicht mehr hier bin. Die arme Frau setzt ›all ihre Hoffnung‹ in mich. Weil sie verrückt ist! Total gestört.

»Es bedeutet mir sehr viel, dass du das tust«, schnieft sie mit einem Mal und treibt die glühend heiße Klinge des schlechten Gewissens immer weiter zwischen meine Rippen. Keine Ahnung, was ich darauf erwidern soll, also bleibe ich stumm. Stumm und vollkommen reglos.

»Du wirst dich hier einleben und es wird dir gut gehen. Du bist nicht allein und wirst es nicht bereuen, das versprech ich dir«, beteuert sie mit so weicher Stimme, dass ich am liebsten mit ihr mitheulen würde.

»Meinem Bruder wird es guttun, jemanden wie dich an seiner Seite zu haben. Er wird auftauen und … er hat ein Herz, auch wenn es auf den ersten

Blick nicht so aussieht.« Ihre Stimme bricht mit jedem weiteren Wort und ich kann gar nicht fassen, wie sehr sie ihn liebt.

»Entschuldige mich kurz«, meint sie dann sich räuspernd und stürmt aus dem Zimmer.

Sie ist echt aufgewühlt und es tut mir so wahnsinnig leid für sie, dass sie glaubt, durch diese Heirat etwas Gutes zu bezwecken.

Ich weiß, dass Keno ein Herz besitzt, denn herzlose Monster küssen nicht ... *so*. Monster haben keine seidig weichen Lippen, die dieses heiß glühende Knistern verursachen können. Oder?!

Die Tür fällt ins Schloss und ich höre Aleja ein weiteres Mal aufschluchzen. Diesmal ganz leise, während ihre Schritte sich immer weiter entfernen.

Zurück bleibe ich mit wildem Herzschlag und stockendem Atem, noch immer auf diesem blöden Podest stehend. Mein Blick haftet auf dem Spiegel und ich erkenne mich selbst gar nicht mehr, weil meine Augen so hohl sind.

Immerhin bin ich endlich wieder sauber. Aleja war so gütig und hat mich duschen lassen. Mein Haar hat sie mir anschließend geföhnt, was sich so wohltuend und intim angefühlt hat, dass ich kurz vollkommen ausgeblendet habe, wo ich hier eigentlich bin.

Es berührt mich, wie sehr sie möchte, dass ich bleibe. Aber wer sind wir, dass ich eine

Entscheidung zu ihren Gunsten fälle? Wir kennen uns noch keine zwei Stunden! Egal wie nett sie zu mir ist, ich bin dieser Frau absolut nichts schuldig.

Als nach einer Weile erneut die Tür zum Ankleidezimmer aufgedrückt wird, reagiere ich erst gar nicht, weil ich glaube, dass Kenos große Schwester zurück ist und sich wieder gefangen hat.

Erschrocken fahre ich mit dem Kopf herum, als sich unvermittelt eine kühle Hand um mein Gelenk schließt.

»Donna!«, keuche ich und werde mit einem energischen Griff vom Podest gezogen.

Um ein Haar verliere ich den Halt und stolpere über den weich fallenden Tüllstoff, der noch immer viel zu lang für meine Winzlingsgröße ist. »Was machst du hier?«

»Dich wegbringen. Endgültig«, flüstert sie entschlossen zurück und lugt mit dem Kopf im Flur um eine Ecke herum, bevor sie mich energisch hinter sich her schleift.

Ich lecke mir über die Lippen. »Was?!« Mein Puls rast augenblicklich los, weil das nun doch ein bisschen plötzlich kommt. *Ach, was labere ich für eine Scheiße?! Es kommt genau richtig! Hauptsache weg, weg, weg! Aber wir trauen ihr nicht. Oder doch?*

»Ich weiß, du vertraust mir nicht, aber du hast nur diese eine Chance, bevor dein Schicksal in wenigen Augenblicken endgültig besiegelt wird«, flüstert sie und blickt mir eindringlich entgegen, bevor sie mit gesenkter Stimme fortfährt. »Dario hat einen Wagen klargemacht, der ohne GPS fährt und somit nicht verfolgt werden kann. Eine geschmierte Wache wird dich zu unserem privaten Landeplatz bringen. Von dort aus gelangst du mit einem Jet nach Havanna, weil es auf der Straße viel zu gefährlich ist. Im Handschuhfach des Wagens findest du ein Flugticket nach Guatemala und einen gefälschten Ausweis, damit es bei einer Passkontrolle keine Probleme gibt.«

»Einen was?!«, entfährt es mir spitz und sie klatscht mir herumwirbelnd eine Hand auf den Mund, als wir das Haupthaus wie zwei Schwerverbrecher verlassen und im Gebäudeschatten Richtung Dschungel schleichen.

»Sch!! Willst du auffliegen?!«

Sie verarscht mich doch oder? »Seit wann planst du das? Wie konntest du das alles so schnell auftreiben?« Mir schwirrt echt der Kopf.

»Seit sie dich in diesem dreckigen Kellerloch weggesperrt haben«, schnauft sie aufgebracht und packt mich an den Schultern. »Amara, hör mir zu! Es tut mir leid, dass meine Hilfe nicht schneller kam, aber hier ist sie. Du kannst sie annehmen und frei sein, oder dich hier für den Rest deines Lebens einsperren und in Ketten legen lassen. Denn das wird er. Er ist kein guter Mensch.«

»Und trotzdem bist du verliebt in ihn«, entfährt es mir frei von jeglichem Verstand, was die Finger, die um meine Oberarme liegen, sich ein bisschen tiefer in meine Haut bohren lassen. *Wunder Punkt. Ich versteh schon.*

Sie antwortet nicht auf meine Worte. Muss sie auch nicht. Es geht mich schließlich nichts an, wer hier für wen die Beine breit macht.

Ihre blauen Augen graben sich in mein Gesicht und ich sehe die pure Entschlossenheit auf ihrem. Da ist noch etwas anderes, das ich aber nicht greifen kann, bevor sie es fort blinzelt. »Dario schuldet mir noch den ein oder anderen Gefallen. Er hat die Papiere besorgt. Hör zu, Keno hat die Anweisung, dich zu töten!«

»Was?«, hauche ich total neben mir stehend und suche nach dem Hinterhalt in ihren Augen. »Woher willst du das wissen? Ich dachte ... dachte ...«

Ja, was dachte ich denn eigentlich? Dass er mich jetzt heiratet und wir dann verliebt sind? *Bäh, Amara! Du bist so ein gehirnamputiertes Dummchen! Schäm dich!*

»Ich hab gelauscht, als er bei Don Juan im Büro war. Die Zeit sitzt dir echt im Nacken, Kleine. Also? Gehen oder bleiben?«

»O-okay«, stottere ich dezent überfordert, obwohl in meinem Verstand alles Sinn ergibt, was sie sagt. *Gehen!*

Ich denke keine weitere Sekunde über diese Entscheidung nach, denn mich hält hier absolut gar nichts mehr.

Dann gleitet mein Blick panisch an mir herab und ich kralle meine schwitzigen Finger in den zarten Stoff. »Ich kann unmöglich mit diesem Kleid ein Flugzeug betreten!«

»Sch!!«, mahnt Donna erneut mit einem hektischen Blick über die Schulter und treibt mich auf einen silberfarbenen Geländewagen zu, der zwischen dicken Palmenblättern versteckt im Schatten der untergehenden Sonne parkt.

Sie greift um mich herum nach dem Griff der hinteren Tür und schiebt mich, ohne weiter Zeit zu verlieren, auf den kühlen Ledersitz der Rückbank. »Im Fußraum ist eine Tasche mit einem Kleid und Sandalen von mir. Ich wusste nicht, wo deine Sachen hingebracht wurden.«

Welche Sachen? Die verschwundenen Highheels? Mein zerschlissenes Etuikleid, das ich in der Kirche trug, bevor Keno mich holen kam? Oder die Strumpfhose, die mir ebenfalls abhandengekommen ist? Ich frage einfach nicht ...

»Danke«, bringe ich stattdessen hervor und suche erneut ihren Blick.

Mit einem Mal kommt sie mir gar nicht mehr verlogen oder falsch vor. Eher wie meine Retterin, weil dieser Plan sich anhört, als hätte er tatsächlich Hand und Fuß.

Er ist weitaus durchdachter, als meine bisherigen Fluchtversuche, die allesamt zum Scheitern verurteilt waren. Und bei dem Aufwand, den selbst sie betreiben musste, um mich von hier fortzuschaffen, wäre ich an jedem weiteren Plan kläglich gescheitert.

Mir stünde keine geschmierte Wache zur Verfügung. Kein Fluchtwagen ohne GPS. Kein privater Jet, der mich zum nächsten Flughafen bringt. Kein gefälschter Ausweis, kein Flugticket, kein gar nichts. Fuck, ich wäre aufgeschmissen ohne sie!

Ich kenne mich hier nicht aus, habe keinerlei Verbindung zu irgendjemandem oder irgendwas. Also muss ich darauf vertrauen, dass ihr Plan aufgeht, denn eine bessere Chance hat sich mir bisher nicht geboten.

Donna nickt knapp mit einem sanften Lächeln auf den rot schimmernden Lippen, dann wirft sie die Tür in die Angeln.

Noch bevor ich nachdenken kann, ob ich etwas übersehen habe, setzt der Wagen sich in Bewegung.

Keno

Kapitel 30

Ich umwickle meine rechte Hand mit einem weißen Verband, weil ich so lange gegen die Hauswand geboxt habe, bis Blut geflossen ist. Schmerz! Alles, was ich wollte, war Schmerz, um dieses grässliche Chaos in mir zum Stillstand zu bringen.

Doch ich spüre nichts, außer diese Zerrissenheit, weil ich erneut etwas tun muss, was ich nicht tun will. Weil ich in keiner Welt mehr leben will, wo ich mich entscheiden muss zwischen dem Glück meiner kleinen Schwester oder ... meinem eigenen. *Was ist das ständig für eine Scheiße?!*

Völlig zerstreut habe ich die Koks-Lieferung entgegengenommen und war sogar so durch den Wind, dass ich meinen Mundschutz vergessen hatte. Jetzt bin ich ein bisschen prall und der Sturm in meinem Inneren ebbt nur langsam ab.

Der weiße Schnee türmte sich an endlos langen Tischen in einer abgelegenen Lagerhalle und wurde von unbedeutenden Arbeitern in kleine Päckchen aufgeteilt, damit sie von unseren Fahrern überall im Land verteilt werden können.

Leicht stoned steuere ich das Kellerverlies an und jeder Schritt geradeaus fällt mir so schwer, als würde mich ein Gummiband zurückhalten. Alles in mir blockiert, weil ich weiß, was ich dort unten zu erledigen habe. Endgültig. *Und ich will nicht!*

Juans Ansage war klar und deutlich. Dalila wird noch heute verkauft, sollte ich es nicht durchziehen. *Jetzt sind mir die Hände gebunden, mi amor. Denn vorher ging es immer nur um dich, jetzt auch um meine kleine Schwester. Lo siento, princesa ...*

Mit verkrampften Gliedern und einem gigantischen Klumpen in der Brust steige ich die krummen Steintreppen hinab in die Tiefe und kontrolliere meinen Atem samt Herzschlag eisern.

Wo ist der Dämon, wenn ich ihn brauche? Gerade jetzt würde ich ihm mit Freuden das Kommando meines Handelns überlassen. Dann müsste ich mich nicht wie ein Haufen Scheiße fühlen, denn genau das tue ich. Ich fühle und ich hasse das.

Darum bin ich immer gut gefahren, als alles in mir taub war. Doch jetzt habe ich diesen Engel geküsst und ich weiß auch nicht ... *Ich hasse das, Amara!*

Mein Weg führt mich um eine Ecke herum, als ich mit stocksteifen Schritten den schmalen Gang der Zellen ablaufe, bis ich bei der Letzten angekommen bin.

Noch immer ist mein Blick stur auf den Boden gerichtet, weil ich nicht weiß, was es in mir auslöst, wenn ich sie jetzt ansehe. Ich kann sie verdammt nochmal nicht anschauen, weil ich es dann nicht durchziehen kann.

Dabei sollte ich es einfach tun. Blind und ohne Reue. Wie immer. Für Dalila, die ich mit ihren unschuldigen neunzehn Jahren garantiert nicht verschachern lassen werde, zum Teufel!

Mit verbissener Miene hebt sich mein Blick und ich sehe ... nichts. Die Zelle ist leer. Hä?

Obwohl alles vergittert ist, bin ich sogar so was von neben der Spur, dass ich die Tür entriegle und das kleine Gefängnis betrete, um mich umzusehen, als hätte Amara sich hinter irgendeinem Staubkörnchen verkrochen.

Ich krame mein Handy aus der Arschtasche und wähle Dayron an. Der kleine Pisser wird sie ja wohl kaum verschleppt haben. Wenn er sie gefickt hat, dann ficke ich ihn. Keine Ahnung, warum, aber es ist so!

Beim dritten Klingeln hebt er ab.

»Ich schwör dir, Day«, knurre ich mit geballter Faust sofort drauf los und stiere ein zorniges Loch in die rote Backsteinwand. »Wenn ich jetzt in dein Zimmer komme und Amara dort finde, dann ...«

»Chill mal, Alter! Bist du dicht?«

»Wo ist sie?!«

»In ihrer Zelle!«, pflaumt er total angepisst zurück und ich kneife mir an die Nasenwurzel, weil ich gerade echt keinen Spaß verstehe. »Ich hab sie in die beschissene Zelle gebracht, wie du es wolltest!«

»Da ist sie aber nicht«, knirsche ich aus zusammengebissenen Zähnen und fahre mir mit der Hand durch das Haar, während ich mich nochmal umsehe, als hätte ich sie einfach bloß übersehen. *Du bist ein Zwerg, da kann das schon mal passieren, princesa ...*

»Wie meinst du das? Sie war dort drin. Sie wurde total hysterisch, weil du einfach über sie hergefallen bist und dann musste ich sie betäuben. Sie lag dort drin!«

»DIE FUCKZELLE IST ABER LEER!«

»Herzlichen Glückwunsch, Bro«, gluckst Dayron daraufhin und ich höre seinen schweren Atem durch die Leitung, als er Rauch ausstößt. »Dann findet wohl auch keine Hochzeit statt, oder? Schwein gehabt, würd ich sagen.«

»Ja«, murmle ich geistesabwesend und drücke das Gespräch weg. Schwein gehabt ...

Mit verschränkten Armen lehne ich mich an die steinige Wand und stütze das Handy gegen meine

Lippen, über die ein total unangebrachtes Lächeln fliegt. Ein überraschter Laut kämpft sich aus meiner Brust, weil ich es echt nicht fassen kann.

Weil gerade eine so fucking schwere Last von meinem Brustkorb fällt, dass ich zum ersten Mal seit langem wieder das Gefühl habe, atmen zu können. Weil ich sie nicht umlegen muss. Weil sie weg ist.

Ich lebe seit dreißig Jahren auf diesem Anwesen und weiß mit absoluter Sicherheit, dass sich noch niemals jemand unbemerkt aus dem Staub machen konnte. *Keine Ahnung, wie du das geschafft hast, aber ich find das ein bisschen heiß, mi amor ...*
Die sonderbare Wärme, die mich beim Anblick ihrer leeren Zelle trifft, ist mir völlig fremd und sie überwältigt mich gerade ein bisschen. Ich weiß im ersten Moment nicht, ob ich lauthals lachen oder weinen soll, weil sie jetzt wirklich nicht mehr da ist. *Und obwohl ich wollte, dass du verschwindest, passt mir das jetzt auch wieder nicht, princesa ...*

GRACIAS

Zuerst möchte ich mich von ganzem Herzen bei meiner wundervollen Alpha-Leserin **Tessa** bedanken! Du bist mein Licht in der Dunkelheit und ich bin so unglaublich froh, dass du mich gefunden hast! Danke für all die Zeit und dein Herzblut, das in jede einzelne Zeile miteingeflossen ist!

Mein zweiter Dank gilt meinen umwerfenden Testlese-Mäusen **Antje**, **Bianca**, **Claudia**, **Rovena** und **Sabrina**. Ihr seid die allergrößten Schätze und ich freue mich jedes Mal über den Austausch mit euch. Danke, dass es euch gibt! Ich wäre aufgeschmissen ohne euch ;-)

Ein fettes GRACIAS mit dickem Bussi geht raus an **Keno's Queens** – Ladys, ihr seid der absolute Oberhammer und rockt jede Feierlichkeit mit mir bis zum Umfallen – DANKE VON HERZEN!!

Außerdem danke ich **dir**, weil du dir mein neues Buchbaby geholt und gelesen hast!

Ich hoffe, dass ich dir ein paar aufregende Lesestunden schenken konnte, und freue mich über ein Feedback in jeglicher Form (Instagram, E-Mail, Amazon, usw.).

Von Herzen alles Liebe und bis ganz bald!
Deine Ellie

Impressum

RUN for your life – Ein dunkler Liebesroman
2. Auflage, 2023
© Ellie Bradon – alle Rechte vorbehalten
die Autorin wird vertreten von:
Marina Rackl
Nußackerweg 3
92345 Dietfurt a. d. Altmühl
ellie.bradon@gmail.com

Covergestaltung
unter Verwendung mehrerer
Motive und Hintergründe von © Canva
https://www.canva.com/

Eine Vervielfältigung des
vorliegenden Textes ist **untersagt**!
Das Werk darf – auch auszugsweise – nur mit
schriftlicher Genehmigung der Autorin
wiedergegeben werden!